### Das Buch

Phil Parker ist tot – es lebe Phil Mann! So lautet die Devise des windigen Geheimdienstlers Paul Van Dyke. Und wo wäre ein Rekonvaleszent besser und literarisch beziehungsreicher aufgehoben als in einem Sanatorium im Harz, dem Zauberberg des Mittelgebirges? Phil sieht sich von seinem Exfreund und Nochverleger aufs Abstellgleis geschoben. Das einzig Positive daran ist ein ansehnliches Tantiemenkonto mit einigen Hunderttausend im Plus. Aber Van Dyke wäre nicht Van Dyke, wenn er nicht seine schmutzigen Finger auf Phils Rente gelegt hätte und ihn gemeinsam mit einer Geheimdienst-Mieze erpressen würde. Phil ist gerade dabei, sich wieder an feste Nahrung und seinen neuen Namen zu gewöhnen, da nutzt Van Dyke die fehlende Willenskraft dieser gebrochenen Existenz schamlos aus. Phil soll einen obskuren Botengang in die DDR durchführen. Phil weigert sich. Van Dyke droht. Phil gehorcht ...

### Der Autor

Norbert Klugmann, geboren 1951 im niedersächsischen Uelzen, hat nach dem Studium in Hamburg als Journalist für verschiedene Zeitungen und Magazine gearbeitet. Seit 1979 ist er als freier Schriftsteller tätig, mit besonderer Leidenschaft für Krimis und Unterhaltungsromane. Er lebt mit seiner Familie in Hamburg.

In unserem Hause sind von Norbert Klugmann bereits erschienen:
*Die Hinrichtung*
*Die Tausendste Flut*

Norbert Klugmann

# Der Dresdner Stollen

Roman

Ullstein

## A FAINT COLD FEAR THRILLS THROUGH MY VEINS
*William Shakespeare*

Ullstein Taschenbuchverlag
Der Ullstein Taschenbuchverlag ist ein Unternehmen der Econ Ullstein List
Verlag GmbH & Co. KG, München
1. Auflage 2001
© 2001 by Econ Ullstein List Verlag GmbH & Co. KG, München
Die Originalausgabe erschien bei Rowohlt Taschenbuch Verlag GmbH, Reinbek
Umschlagkonzept: Lohmüller Werbeagentur GmbH & Co. KG, München
Umschlaggestaltung: DYADEsign, Düsseldorf
Titelabbildung: Mauritius, Mittenwald
Gesetzt aus der Bembo
Druck und Bindearbeiten: Clausen & Bosse, Leck
Printed in Germany
ISBN 3-548-24979-5

# Die Hauptpersonen

PHIL PARKER ist PHIL MANN

PHIL genießt den Zauberberg
Paul Van Dyke nimmt PHIL in die Mangel
Christa Martin liebt alles, was PHIL schreibt
Dr. Morak kümmert sich um PHILs Gesundheit
Julia weckt in PHIL neue Lebensgeister
Teresa, Sir Bommi, Quattro, Strauss haben mit PHIL eines gemeinsam: ihre gescheiterte Existenz
Max läßt sich von PHIL liebend gerne bestechen
Hella Brandenburg versprüht bei PHIL umsonst ihren Charme
Raimund Schmitt bearbeitet PHIL mit seinen Fäusten
Hauptkommissar Wojcicki und sein Assistent glauben nicht an PHILs Existenz
Egon Nauke läßt PHIL nicht mit seiner Eisenbahn spielen
Meta will den Schatz des Priamos und nicht PHIL
Der Eskimo hilft PHIL in höchster Not

Keine der Hauptpersonen denkt daran, daß PHIL PARKER alias MANN eigentlich nur eins hilft:
BETTRUHE

Als Eisenbahnerkind widme ich dieses Werk der Deutschen Bundesbahn. Sie verlor in mir einen Beamten und gewann dafür einen Poeten. Das ist mehr, als Auto- und Airbus-Industrie vorweisen können.

# I

«Besuch für Herrn Mann!» rief der Dragoner, und Phil Parker verspannte sich wie seit sieben Monaten nicht mehr.

«Behalt doch Platz», sagte Paul Van Dyke und drückte Phil in den Liegestuhl zurück.

«Ich hole ein Stühlchen», flötete der Dragoner. Wenn er den tollkühnen Versuch unternahm, Weichheit in seine Stimmbänder zwingen zu wollen, hörte er sich an wie ein Sportflugzeug beim Abschmieren.

Phil und Van Dyke duellierten sich in der Wartezeit mit Blicken. Dann flog der Dragoner herbei, und Van Dyke teilte Zucker aus: «Das ist ja ein ganz zauberhaft gewürfeltes Stoffmuster.»

Der Dragoner war happy und bestand darauf, den Liegestuhl für Van Dyke aufzustellen. Phil wünschte ihm alle Komplikationen des Liegestuhlaufbaus an den Hals.

«Gott, ist das schön hier», sagte Van Dyke und ließ sich neben Phil in den Leinenbezug sinken. Sie saßen auf der Rückseite des Hauptgebäudes am Rand eines Parks. Um sie herum war ein halbes Dutzend weiterer Liegestühle gruppiert. Der Sonnentag im April hatte viele Sanatoriumsinsassen ins Freie gelockt. Hinter dem Rasen begannen gleich die Felder, und hinter der Hügelkuppe lag St. Andreasberg. Zu Fuß war ein Erwachsener 15 Minuten dorthin unterwegs. Phil Parker ließ den Blick so lange über Van Dykes Boss-Pullover und die Leinenhose von Armani schweifen, bis er sich in seinem Trainingsanzug wie ein Dauercamper aus Recklinghausen fühlte. «Du siehst blendend aus», behauptete Van Dyke, ohne die Augen zu öffnen.

«Ich bin einer der bestaussehenden Toten aller Zeiten», murmelte Phil, und Van Dyke lachte.

«Immer noch der alte! Jederzeit einen Scherz auf den Lippen.»

«Dein Gorilla hat mir ja auch nicht die Lippe weggeschossen, sondern Leber, Galle, Bauchspeicheldrüse und Darm.»

7

«Aber von allem nur ein Stückchen.»
«Richtig. Quasi einen Appetithappen.»
«Mein lieber Philip, sei nicht undankbar! Wenn jemand von der Polizei den Schuß abgegeben hätte, wärst du jetzt ein toter Mann.»

Phil setzte zum Trainingsanzug die Schirmmütze mit grüner Sonnenblende auf. Im Hintergrund übten Quattro und Sir Bommi auf dem Rasen des Sanatoriums. Quattro jonglierte mit drei Bällen, und Sir Bommi warf ihm bisweilen den vierten in den Kreislauf, der jedesmal Quattros Kunst überforderte und alles zusammenbrechen ließ.

«Üben!» rief Phil, Quattro winkte. «Er schafft es nicht mehr», sagte Phil. «Drei Bälle jederzeit und stundenlang. Aber den vierten schafft er nicht mehr.»

«Hat er ihn denn mal geschafft?» fragte Van Dyke uninteressiert.

«Jeder hier hat bessere Zeiten gesehen», sagte Phil und sah zu, wie Sir Bommi mit dem vierten Ball Quattros Ordnung zum Absturz brachte. «Deshalb haben wir dich ja auch hier einquartiert», sagte Van Dyke und lobte den Dragoner für die Idee, ein Täßchen Tee zu kredenzen. Er wartete ab, bis der Dragoner beseligt davongeschwebt war, dann kippte er die Tasse aus und sagte: «Jauche.»

«Diese Jauche trinke ich seit sieben Monaten», knurrte Phil.

«Dafür siehst du wirklich blendend aus», sagte Van Dyke und blickte erneut zum Hinterausgang des Betten-Gebäudes. Phil Parker lehnte sich zurück und versuchte das Gefühl zu verdrängen, daß nun alles von vorne beginnen würde. Er dachte an die dünne Aktenmappe, die er in seiner Matratze versteckt hielt. Er hatte erst angefangen zu sammeln, als er nach insgesamt acht Operationen zur Rehabilitation in den Harz verfrachtet worden war. Die ersten Sensationsmeldungen hatte Phil aus den verstaubten Zeitungsstapeln im Heizungskeller des Sanatoriums herausgefischt.

*Todesschuß im Fernsehstudio! Er gab sein Leben – jetzt wird er reich!*
*Finaler Rettungsschuß zum Nachteil des Autors Phil Parker (36).*
*Ein beherztes Mitglied des Saal-Ordnungsdienstes verhinderte, daß der Live-Amoklauf des offensichtlich unter Drogen stehenden Parker in einer Katastrophe endete. Nastassja Kinski kam mit dem Schrecken davon. Jack Nicholson erlitt einen Schock und fuhr noch in der Nacht zur Kur nach Davos. Warum der Autor vor laufenden Kameras die Stargäste töten*

*wollte, wird wohl für immer ungeklärt bleiben. Ein Polizeisprecher: «Vielleicht hat Parker seine Erfolglosigkeit nicht mehr ausgehalten.»*

In späteren Zeitungsmeldungen war Phil Parker plötzlich stolzer Besitzer einer geladenen Pistole gewesen. Sein Freund und Verleger Paul Van Dyke äußerte sich in diversen Interviews mit einfühlsamen Worten: «*Philip hatte Talent. Mit Disziplin hätte er es zu etwas bringen können. Die deutsche Literatur hat einen Verlust erlitten. Wenn es eines Beweises bedarf: Kaufen Sie die ‹Hinrichtung›. Sie ist mit herrlich expressiver Feder geschrieben. Philip hat gespürt, daß seine Lebensuhr abgelaufen war.*»

Zwei Wochen nach dem Erscheinen hatte die Leiche als Autor auf den Bestsellerlisten von *Spiegel* und *Stern* gestanden. Ein halbes Jahr später pendelte die «Hinrichtung» zwischen den Positionen 4 und 6, ohne darunter abzurutschen.

«Wo stehe ich denn jetzt?» fragte Phil.

«Bis letzten Monat – also bis 31. März – 220000 verkaufte Bücher. Kontostand nach Abzug aller vertragsgemäßen Positionen: 480000 und ein paar Zerquetschte.»

«Finde ich aber nett von dir, daß du mich nicht mit dem Stand der Verfilmungsrechte behelligst.»

Van Dyke lachte: «Werd nicht unbescheiden, du Lorbaß», sagte er in diesem Tonfall, für den er allein schon einen tätlichen Angriff verdient hätte. «Du bist eine der wohlhabendsten Leichen der Kulturgeschichte. Ich muß dich ja wohl nicht daran erinnern, daß wir...»

«Klar doch», sagte Phil, folgte Van Dykes Blick und sah die Frau mit Sanatoriumschef Morak über den Rasen auf sie zukommen. «Weiß ich doch. Habe ich doch noch auf dem OP-Tisch unterschrieben, wahrscheinlich mit dem Kugelschreiber zwischen großem und zweitem Zeh. Philip Parker verhält sich ruhig, bis der Wirbel um die ‹Hinrichtung› abgeklungen und so weiter.»

«Exaktemang», sagte Van Dyke und winkte der Frau zu. «Danach verpassen wir dir eine wunderschöne neue Existenz. Viel angenehmer als dieses verlotterte Vegetieren, mit dem du dich in den letzten zehn Jahren schwerpunktmäßig beschäftigt hast. Geduld, Junge. Wir beide stehen quasi in Geschäftsbeziehungen. Nur mit dem Unterschied, daß diese Geschäftsbeziehungen drei Nullen hinten mehr aufweisen, als du jemals im Leben erlebt hast.»

Van Dyke pellte sich aus der Decke, verabreichte der Frau einen

Handkuß, und wie sie nun auf Phil Parker herunterschaute, erkannte er sie wieder.

«Die Geheimdienst-Tante», sagte er ehrlich erstaunt und war nun vollends sicher, daß das Leben für ihn eine neue Seite aufgeschlagen hatte. Spontan sehnte er sich nach seinem Zimmer im Rehabilitationszentrum. Er wollte die Tür verriegeln, ins Bett schlüpfen und vorher vielleicht noch die Vorhänge zuziehen, obwohl er das hellblau gefilterte Licht haßte.

«Grüß Sie Gott, lieber Philip», sagte Christa Martin. Sie hatte noch immer diesen erotisierenden Tonfall drauf, der selbst das dicke Fell von Professor Morak zu durchdringen schien. Er nannte es «ganz natürliche Schutzhaltung eines Helfers». Phil nannte es anders: «Grundlegende Uninteressiertheit eines Medizin-Roboters.»

Das Schöne an Phil Parkers derzeitiger Situation war, daß niemand von ihm erwartete, nicht einmal Frauen, daß er sich aus seinem Liegestuhl in die Senkrechte bemühte. Sein Handkuß wäre auch nicht halb so elegant ausgefallen wie Van Dykes. Wahrscheinlich hätte er der Martin in die Hand gebissen. Nach sieben Monaten Schonkost, davon drei Monate Ernährung durch einen Nasenschlauch, hatte sich Phils Lieblingstraum von zarten Frauen mit festen Brüsten in Kalbsfrikassee und Steaks verwandelt. Am liebsten träumte er die Geschichte von der drallen Serviererin in der Schürze und sonst nichts am Körper, die ihm ein Fleischgericht nach dem nächsten vor die Nase stellte und ihm den Himmel auf Erden versprach, wenn er auch diesen Teller noch schaffen würde. Der Himmel auf Erden entpuppte sich dann als neuer Teller, und Phil Parker war glücklich.

«Wie haben wir's denn?» fragte Morak und schnappte Phils Handgelenk, um eine Pulsmessung vorzutäuschen.

«Ich wiege 59 Kilo», sagte Phil. «Ich will endlich wieder eine sechs vorne stehen haben.»

Die drei Besucher lachten herzlich, und der Dragoner schleppte zwei Stühle für die Martin und den Arzt heran.

«Essen ist Schwerstarbeit», behauptete Morak. «Wer essen will, muß gesund sein.»

«Ich bin gesund», murmelte Phil und dachte an seine lächerlichen Oberarme und das bißchen Oberschenkel, das er über die Zeit gerettet hatte. Seitdem der Muskelabbau gestoppt worden war, wollten sie ihn mit diesen Maschinen foltern. Dann sollte sich auch noch Iwan der Schreckliche, der vorgab, ein Masseur zu sein, und seine Komplizin, eine Physiotherapeutin, an Phils Körper vergreifen. Er wehrte sich, so gut es ging. Aber er war noch sehr schwach, und die wundgelegene Stelle am Steiß heilte nur langsam ab.

«Wer gesund ist, bestimme ich», sagte Morak in diesem alpenländischen Sprechgesang, der selbst sachlich zutreffenden Formulierungen etwas grundlegend Unseriöses verlieh.

«Und?» fragte Van Dyke. «Ist er gesund?»

«Brauchen Sie ihn?» fragte der Professor zurück.

Van Dyke nickte, und die Martin suchte Blickkontakt mit Phil.

«Ich warne Sie, Professor», sagte Phil. «Wenn Sie mich diesen Hyänen ausliefern, petze ich das meiner Krankenkasse.»

Morak, Van Dyke und die Martin wollten sich ausschütten vor Lachen. Neidisch blickten von der Spielwiese die alten Komödianten herüber. Gelächter rief bei ihnen wehmütige Erinnerungen an die Jahre hervor, in denen es ihnen noch gelungen war, bei Menschen mit ihrer Kunst einen Lacher hervorzurufen. Jetzt rieben sich nur noch Hämorrhoidensalben- und Flachmannhersteller die Hände.

«Darf ich dich in aller Demut daran erinnern», sagte Van Dyke, «daß ich seit einem Jahr deine Krankenhaus- und Arztrechnungen in uneigennütziger Weise beglichen habe, weil du dich ja geweigert hast, als echter Künstler so etwas Profanes wie eine Krankenversicherung abzuschließen?»

«Du darfst nicht», sagte Phil und goß sich ein Gläschen Heilwasser ein.

«Wieviel?» fragte Van Dyke und blickte Morak an.

Der blickte gerade besorgt einer sich nähernden Ärztin entgegen und überlegte wohl schon, hinter welchem Busch er Deckung vor der Konfrontation mit einer Dienstobligenheit suchen sollte. Die Ärztin näherte sich unerbittlich, und Morak sagte: «200000 und ein paar Zerquetschte.»

Van Dyke strahlte Phil an, und Phil sagte:

«Ich bin jede einzelne Mark wert.»

«Ich habe ja auch gar nichts gesagt», behauptete Van Dyke und legte Kohlen nach. «Du bist sogar die 80000 Emmchen wert, die die Tochter unseres alten Freundes Alfred Rosenberg für die Einäscherung des väterlichen Anwesens von mir forderte und erhielt.»

«Was habe ich denn damit zu tun?»

«Du hast die Hütte angesteckt.»

Danach war Stille zwischen den dreien, denn der Professor war der Ärztin entgegengeeilt, so daß niemand hören konnte, mit welcher unverfrorenen Lüge er sich vor der Arbeit drücken wollte.

Phil kaute auf der Unterlippe. «Sonst noch irgendwas, das ich wissen müßte?»

Van Dyke blickte die Martin an und fragte neckisch: «Wollen wir es ihm sagen? Einmal muß er es ja doch erfahren.»

Die Martin reagierte wunschgemäß, indem sie den zögerlichen Part übernahm: «Ach nein. Wir sollten Phil nicht überfordern beim ersten Mal.» Anschließend ein Lächeln, das sich gewaschen hatte. Die Frau besaß Rasse, Kultur und eine pechschwarze Wimper unter dem rechten Auge.

«Schade», sagte Van Dyke. «Ich finde ja, wer gerne große Reden führt, muß damit rechnen, daß die ganze Scheiße irgendwann auf ihn zurückschlägt.»

«Sag's schon», forderte Phil ihn auf. Es war ihm nicht möglich, das Heilwasser herunterzubringen. Er winkte Sir Bommi herbei, der sich nach unsicheren Blicken auf Van Dyke und die Martin von der Seite näherte, die Flasche ergriff und sich eilig mit ihr entfernte. «Was fehlt dem denn?» fragte Van Dyke.

«Fliegen.»

«Bitte?»

«Bommi fehlen Fliegen. Bommi will der erste Flohzirkus-Direktor auf der Welt sein, der mit Fliegen arbeitet. Stubenfliegen, kennst du bestimmt. Summ summ. Außerdem verdünnt Bommi mit dem Wasser seinen Klaren.»

«Ein Alkoholkranker», sagte Van Dyke. Und obwohl er recht hatte, war das nicht das Wort, das Sir Bommi beschrieben hätte. Van Dyke gab sich einen Ruck:

«Na gut, wenn du darauf bestehst, sollst du es hören. Seinerzeit ist es ja auch zu einem Feuerchen gekommen, in dessen Verlauf ein Porsche 911...»

«...mein Wagen», unterbrach ihn Phil.

«Dein Wagen ist abgefackelt, und wie es der Zufall wollte, saß just zu diesem Zeitpunkt jemand hinterm Steuer.»

«Ihr habt Heiner in die Luft gejagt, weil ihr mich erwischen wolltet.»

Van Dyke schwieg und tätschelte den Unterarm der Martin. Phil konnte sich lebhaft den Verlauf einer geschlechtlichen Begegnung der beiden gutriechenden, gepflegten Menschen vorstellen. Wahrscheinlich trieben sie es am liebsten in Parfümerien. «Jedenfalls geriet Herr Heiner... Gehörte er nicht einer sexuellen Minderheiten-Fraktion an?»

Phil wollte antworten, sah Van Dykes Gesicht und schwieg.

«Sei es, wie es sei. Jedenfalls dürfte Herr Heiner unter Seinesgleichen seitdem einen deutlich besseren Stand haben, wenn man als Mann mit dem verkohlten Schniedel gilt», sagte Van Dyke und schaffte es die ganze Zeit, einen mitfühlenden Gesichtsausdruck beizubehalten.

«Kommt noch was?» fragte Phil. «Oder sabberst du uns nur mal wieder voll?»

Phil zog den Kopf ein, als er sah, wie Van Dyke seinen Gesichtsausdruck für Bestattungen einklinkte. «Ich bin untröstlich», behauptete er, «aber ich kann trotz meiner nicht eben üblen Connections nicht bis in den Bauch der Polizei vordringen.»

«Willst du damit etwa andeuten, daß selbst dein Einfluß Grenzen hat? Tu mir das nicht an, Paul! Diese Desillusionierung.»

«Mein lieber Junge», sagte Van Dyke, «mir scheint, du machst dir immer noch die eine oder andere Illusion.»

«Willst du mir die etwa nehmen?» fragte Phil. Von Minute zu Minute wuchs das Gefühl der Bedrohung. Von Minute zu Minute hatte er aber auch immer stärker das Gefühl, daß er sich gerade in einer Art Training befand. Was die Stretch- und Expandergeräte für die Körpermuskulatur bedeuteten, war ein verbaler Infight mit Paul Van Dyke für das Hirn.

«Du warst sehr, sehr krank», sagte Van Dyke und ging streichelnd zum Ellbogen der Martin über. «Es war daher nur natürlich, daß wir dir die Zeit gelassen haben, die du brauchtest.»

«Wir sind keine Unmenschen», sagte Christa Martin.

Dafür, daß sie so lange geschwiegen hatte, fand Phil ihren Gesprächsbeitrag bemerkenswert dumm. Aber vielleicht litt auch sie unter diesem «Zweiter-Sieger-Syndrom», das Phil mehr als einmal in der Gegenwart Van Dykes befallen hatte.

«Wir sind verantwortungsbewußte Zeitgenossen», sagte Van

Dyke und schaute versonnen über den Rasen, wo die Ärztin den Österreicher in eine Art Klammergriff genommen hatte. Das Wort «Notfall» war schon mehr als einmal zu der Gruppe um Phil vorgedrungen.

«Ich habe mit Engelszungen geredet», fuhr Van Dyke fort. «Aber sie lassen nicht davon ab.»

«Red endlich, Mann. Sonst gesunde ich noch vorzeitig und werde entlassen.»

«Versuchte Tötung.»

«Was?»

«Vielleicht auch Mordversuch, kommt ganz auf die juristische Philosophie an, die das damit befaßte Gericht obwalten läßt.»

«Ich soll daran schuld sein, daß Heiner mit dem Wagen in die Luft geflogen ist?»

«Ich bin untröstlich.»

«Mann Gottes, ich bin tot! Liest du keine Zeitungen? Wer war das denn, der mich hat sterben lassen?»

«Das weiß in der Tat niemand so gut wie ich», gab Van Dyke zu. Er blickte die Martin an. «Natürlich wird so eine Entscheidung nicht von einem einzigen Menschen gefällt. Man macht sich in der Öffentlichkeit ein ganz falsches Bild von der Entscheidungsfindung im Inneren der Geheimdienste. Teamwork ist das A und O.»

Die Ärztin hatte den Professor halb über den Rasen gezogen, von der Seite sprang Sir Bommi auf die beiden zu und langte geschickt über die Schulter des Professors. Anschließend stopfte er etwas in ein Glasgefäß und schritt zufrieden davon.

«Morak hat Motten», murmelte Phil.

«Ist ja auch schon älter, das Anwesen», wußte die Martin zu berichten. «Gegründet als Tuberkulose-Sanatorium im Jahre 18...»

«Christa, tu mir die Liebe und halt deinen ganz entzückenden Mund, ja?»

Sie blickte Van Dyke an und gehorchte. Van Dyke nahm Phil ins Visier. «Die Sache ist also die: Zwar ist Philip Parker, der Erfolgsautor des Erfolgsbuches ‹Die Hinrichtung›, offiziell seit sieben Monaten tot. Aber jeder macht mal einen Fehler, und ich kann nicht dafür garantieren, daß nicht irgendeine untergeordnete Charge am falschen Ort im falschen Moment vor den Ohren der falschesten Zeugen eine Bemerkung fallenläßt, aus der auch der

Dümmste herauslesen müßte, daß du vielleicht ganz und gar nicht tot bist. Verstehst du, worauf ich hinauswill? Dann überschlagen sich die Ereignisse. Dann ist Polen offen, dann ist die Kacke am Dampfen. Dann könnte sogar ein Trouble-Shooter wie dein alter Paul nichts mehr bewirken.»

«Du hängst doch mit drin. Das würde ich doch als allererstes rausschreien. Und als zweites...»

«Ich möchte dir doch dies und jenes zur Kenntnis bringen, damit du es in einer stillen Sekunde bedenken magst. Noch hast du deine neue Existenz nicht, Philip.»

Nun sah Phil Parker klar. Der andere mußte gar nicht mehr weitersprechen, aber:

«Zu einer neuen Existenz gehören Papiere, gehört Geld...»

«...Ich habe Geld. Viel Geld. Über 400 000 Mark.»

«Wovon 300 000 sofort wieder abgehen, wie wir gerade vorgerechnet bekommen haben. Und auch dann hast du den Rest nicht, weil nämlich den Rest meine Wenigkeit hat. Weißt du, Phil: Papiere, Geld, was ist das alles? Schall und Rauch ist das, wenn nur das Wichtigste stimmt: der Seelenfriede. Stimmst du mir zu?»

«Weiter.»

«Wenn auffliegt, daß dein Ableben eine Linkerei war, um dein schwachbrüstiges Büchlein in die Bestsellerlisten zu pushen, dann kannst du deinen Seesack packen, mein Freund. Dann wird dieses Land aufschreien. Dann werden sie für eine Woche ihre Seehunde, ihre tropischen Regenwälder und ihr Tiefflieger-Gebrumme vergessen. Dann wird sich die Tränensack-Moral, die bei uns 52mal im Jahr zu wechselnden Themen hochkommt, gegen dich richten. Verarschen können sich die Leute nämlich allein. Dazu brauchen sie dich nicht.»

«Frechheit siegt», sagte Phil. «Wenn selbst Kremlflieger mit Sympathie rechnen können...»

«...nicht ganz dumm, der Einwand. Doch vergißt du in diesem Fall, daß von anderer Seite Informationen, Hintergründe, Details, Indizien, Fahrpläne an interessierte Partner in den Massenmedien gereicht werden können.»

«Ihr wollt mich denzunzieren?»

«Was für ein häßliches Wort», sagte Van Dyke mit allen Anzeichen körperlichen Unwohlseins. «Wir wollen gar nichts, wir müßten dann *müssen*. Wir hätten dann keine Wahl. Wir wären mit einem Wort: untröstlich, so handeln zu müssen. Aber wir würden dafür sorgen, daß du auf diesem Erdball bestenfalls noch auf Feuerland einen neuen Anfang machen könntest.»

«Wollen wir nicht endlich zum Thema kommen?» fragte Christa Martin.

Phil hielt sein blasses Gesicht in die herrliche Spätaprilsonne. In diesem Jahr bedeutete ihm der Glutball was. Und plötzlich war sie wieder da, diese Stimme:

«Na, mein Sohn, Besuch? Geht es der Gesundheit gut? Wenn die Sonne scheint, freuen wir uns.»

Van Dyke und die Martin fuhren herum. Phil übernahm die Vorstellung:

«Mutter Teresa, Frau Martin von den gleichnamigen Gänsen und Herr Van Dyke. Nein, Teresa, Herr Van Dyke stammt nicht aus einer amerikanischen Fernsehserie.»

Mutter Teresa ließ ihren Jesus glucksen, und Phil sagte: «Wir drei Hübschen befinden uns gerade in einer ganz dringenden...»

«Oh, wir verstehen», rief Mutter Teresa und zog samt Jesus von dannen.

«Mann Gottes, was hatte die denn?» fragte Van Dyke. «Ich dachte, du bist der einzige Zombie in dieser Anstalt?»

«Mutter Teresa galt in den vierziger Jahren als vielleicht weltbeste Bauchrednerin.»

«Sie scherzen», sagte die Martin und blickte der davonschlurfenden Greisin nach.

«Ich bin viel zu schwach zum Scherzen. Die Frau ist in Polen erstens den Faschisten in die Hände gefallen, verlor zweitens durch den Angriff ihres eifersüchtigen Geliebten ein entscheidendes Stückchen Zunge oder Stimmband; und als sie dann durch einen Autounfall und eine Krebserkrankung zwei Kinder wegsterben sah, ist wohl irgendeine Feder in ihr zerbrochen. Sie hat ihren Valentin verbrannt, das war die Handpuppe, mit der sie aufgetreten ist, und sie hat sich diese schräge Puppe besorgt und glaubt wohl ernsthaft, es würde sich bei ihr um den Herrn Jesus handeln. Jetzt ist Teresa Anfang 80, und es wird nicht besser mit ihr.»

Sie sahen zu, wie die Greisin auf dem Rasen ihren Regenschirm zuklappte, mit ihm auf die Sonne wies und immer wieder mit der Spitze des Schirms gegen den Himmel stieß.

«Teresa bekämpft die Planeten», sagte Phil. «Der Herr hat ihr einen Handel angeboten: Das fehlende Stück Zunge gegen die Sonne oder den Pluto. Meistens denkt sie nicht daran. Aber im Frühling soll's immer schlimm werden, das weiß ich von den langjährigen Insassen hier.»

«Erschütternd», murmelte die Martin.

«Gut», sagte Van Dyke und riß sich zusammen, «lassen wir die Gestirne außen vor, wir haben genug irdische Probleme. Phil, ich glaube, ich habe dir dezent die Zerbrechlichkeit deiner gegenwärtigen Situation vor Augen geführt. Es kann gutgehen mit deiner neuen Existenz, es kann schiefgehen. Und es gibt einen Weg, den du beschreiten solltest, wenn du wünschst, daß sich die Aussicht auf eine störungsfreie neue Existenz der 100-Prozent-Marke nähert.»

«Herr Van Dyke und ich wollen Ihnen einen Pakt vorschlagen», mischte sich die Martin ein, und Van Dyke guckte genervt. «Keinen Pakt», sagte er, «das klingt so faustisch, obwohl... meinetwegen: einen Pakt, denn mit Deutschland hat es zu tun. Besser gesagt mit der speziellen Lage der diversen Teilstaaten.»

«Wollen wir einen Spaziergang an die Grenze unternehmen? Wir müßten bis Braunlage fahren und von dort...»

«Es geht darum, daß wir Sie bitten wollen, einen Weg für uns zu gehen», sagte die Martin.

Phil starrte sie an: «Ihr spinnt doch wohl, ihr beiden. Ich bin Anfang des Jahres zum erstenmal wieder aufgestanden, ich habe einen Monat gebraucht, bevor ich aus eigener Kraft um diesen lächerlichen Rasen herumgehen konnte. Beim erstenmal bin ich umgefallen, und zwei Schwestern mußten mich aufheben. Ich habe mich noch nie im Leben so geschämt. Da war dieses ständige Unterschieben der Bettpfanne ja die reine Sommerfrische gegen.»

«Aber es hat doch auch was für sich», sagte Van Dyke, «wenn eine attraktive Frauensperson in attraktiver Schwesterntracht mit deinem Ziesemann in die Flasche zielt. Du mußt es nur noch laufen lassen. Das hat was grundlegend Mütterliches, finde ich.»

«Wenn sie deinen Ziesemann in die Flasche stecken, mag es was Mütterliches haben. Bei meinem Ziese...»

«Spart euch bitte eure Ferkeleien für eine bessere Gelegenheit auf», unterbrach sie die Martin energisch. Phil und Van Dyke grinsten sich an. Phil hätte das Gefühl gerne vermieden, doch im Moment fühlte er sich diesem miesen Burschen schon wieder nahe.

«Es ist ein besserer Spaziergang für dich», ergriff Van Dyke das Wort, «und es ist für höhere Etagen ein wichtiger politischer Weg. Bevor du mich wieder unterbrichst: Wir haben uns bei Professor Morak erkundigt. Er hat uns bestätigt, daß deine Rehabilitation nach einer zögerlichen Anfangsphase nun rasante Fortschritte macht. Wenn man es etwas forsch ausdrücken will, könnte man sagen: Du bist wieder gesund.»

«Was für ein Weg?»

«Das ist das Problem», sagte Van Dyke. «Du müßtest bereit sein, ein für deine Verhältnisse ganz untypisches Verhalten an den Tag zu legen: Du müßtest einen Auftrag ausführen und keine Fragen stellen.»

«Abgelehnt. Zieh deine kriminellen Deals alleine durch.»

«Es geht nicht um Geld», sagte die Martin, der nun der Frühlingswind von hinten in die hochgesteckten Haare fuhr und vereinzelte Haare löste, die ihr Gesicht umspielten. Die ganze Frau umgab dadurch etwas anziehend Unperfektes.

«Was ist das denn für einer?» fragte Van Dyke. Er beäugte den Mann, der auf die imposante Freitreppe des Hauptgebäudes getreten war und eine Glocke schwang.

«Wir müssen nach Hause», sagte Phil. «Zählappell, Beginn der Therapien, und überhaupt mögen sie es nicht, wenn es aussieht, als wenn hier die in die Jahre gekommenen Berliner Ferienkinder herumtollen. Morak hat gesagt: Eine Amputation pro Woche muß sein, damit man weiß, wozu man seine Ausbildung absolviert hat.»

«Ja, ja», sagte Van Dyke nachdenklich. «Im politischen, im kulturellen und im therapeutischen Bereich wundert man sich manchmal über die Anforderungsprofile.»

«Morak hat kein Profil oder hast du eine Nase in seinem Gesicht gesehen?»

«Du hast recht. Irgend etwas ist mir an ihm aufgefallen, ohne daß ich es hätte benennen können.»

Van Dyke schlug Phil gutmütig auf die schmalen Oberschenkel. «Ein Weg, mein Junge. Es ist nur ein Weg. Unsere gemeinsame Freundin Christa wird dir morgen einen Umschlag überreichen, den du bitte nicht öffnen wirst. Er wird sich, nebenbei gesagt, auch nicht öffnen lassen.»

«Diesen Umschlag werden Sie bitte einem Gewährsmann überreichen», fuhr die Martin fort.

«Aha», sagte Phil. «Und wo ist da das Problem? Warum schickt ihr ihm das nicht per Post?»

«Unser Gewährsmann lebt auf der anderen Seite der Grenze», sagte die Martin.

Phil schwieg. Er hatte Hunger. Dieses Gefühl schwächte ihn immer wieder auf bedrohliche Weise. Sein Kreislauf drohte abzustürzen.

«Quatsch», sagte er. «Wie soll ich rüberkommen? Da steht ein Zaun dazwischen. Und ob sie nun ihre Selbstschußanlage abgebaut haben oder nicht, sie bewachen alles scharf. Und zur Zeit, liebe Leute, laufe ich die 100 Meter kaum unter 60 Sekunden.»

«Er hat immer mit seinen Gebrechen kokettiert», sagte Van Dyke. «Aus einem Gebrechen hat er ja sogar einen Beruf gemacht.»

«Mir gefällt, was Phil schreibt», sagte die Martin. Phil hatte seit sieben Monaten keine Sekunde an der Schreibmaschine gesessen.

«Du wirst rüberkommen», sagte Van Dyke. «Heil und unversehrt. Du wirst ebenso zurückkommen. Okay?»

«Warum das Ganze?»

«Phil, bitte.» Van Dyke blickte gequält. «Lies eine Woche die Zeitungen.»

«Das tu ich.»

«Dann wird dir nicht entgangen sein, daß wir in Osteuropa zur Zeit eine historisch einmalige Situation vorfinden. Der große Bruder UdSSR wirft das Ruder herum, und die Bruderstaaten müssen aufpassen, daß sie nicht den Anschluß verlieren.»

«Aber Paul. Ich dachte, du bist für die Innenpolitik zuständig.»

«Paul ist da, wo er gebraucht wird», behauptete die Martin.

«Du wirst wissen», fuhr Van Dyke fort, «daß bei unseren Brüdern und Schwestern das Umschwenken auf die neue liberale Linie etwas – sagen wir – zögernd erfolgt. Die dortige Beton-Fraktion hat Schiß um ihre Privilegien, und die neuen Kräfte sind noch nicht stark genug, um sich so vehement zu äußern, wie es nötig wäre. Sie besetzen zur Zeit auch nur die mittleren Positionen.»

«Und nun willst du ihnen uneigennützig unter die Arme greifen.»

Phil hatte die Bemerkung höhnisch gemeint. Um so fassungsloser sah er, wie sich Van Dyke mit allen Anzeichen des Geschmeicheltseins im Liegestuhl wand:

«Ich helfe gern.» Phil wollte aufstehen, und als er sah, daß Van Dyke Anstalten machte, ihm aus dem Stuhl zu helfen, stand er schneller auf.

«Ich darf morgen vorbeikommen und Ihnen die Unterlagen überreichen», sagte die Martin. «Ich sage Ihnen dann alles weitere. Es ist ein Kinderspiel.»

«Warum sollte ich das tun?» fragte Phil, nahm die Mütze ab und wischte sich den Schweiß von der Stirn.

«Weil du es bestimmt toller findest, 400000 Mark zu haben als 50000 und ein paar Zerquetschte», erwiderte Van Dyke. Und beiläufig fügte er hinzu: «Ganz zu schweigen von den Gefahren, über die ich sprach. Wenn wir bei diesem kleinen Geschäft befriedigend zusammenarbeiten, sage ich dir zu, daß einem friedlichen Lebensabend nichts im Wege steht.»


Beim Abendbrot sah Phil Parker das dicke Kind wieder. Der vielleicht neunjährige Junge saß mit Doktor Belize und einem ebenfalls übergewichtigen Mädchen an einem Tisch und quengelte. Der afrikanische Mediziner spielte den Wilden und bemühte sich, die Kinder durch Faxen und Augenrollen zu amüsieren. Aber der Knabe blieb maulig und schlug sich den kapitalen Wanst voll. Das Kind war außergewöhnlich dick, noch dicker als das Mädchen. Der Kopf saß zu klein auf dem aufgeschwemmten Rumpf. Der Hals war unsichtbar. Wabbelnde Oberarme quollen unter den Ärmeln des T-Shirts hervor.

Sir Bommi machte eine Bemerkung über das Kind, dann hechelte er mit Strauss die Affäre Doktor Belizes mit der Försterin aus Walkenried durch. Bommi, der mit einer kapitalen Impotenz geschlagen war, stellte auf verbalem Gebiet gerne Nähe zu dieser Art mitmenschlicher Aktivität her. Strauss hielt mit und legte sogar sein Triangel aus der Hand. Phil saß zwischen ihnen, doch er bekam von ihren frivolen Protzereien nichts mit. Paul Van Dyke beherrschte seinen Kopf. Für Van Dyke einen Umschlag zu überbringen bedeutete nie, nur einen Umschlag zu überbringen. Wenn Van Dyke im Spiel war, verbarg sich immer eine zweite Ebene hinter dem äußeren Geschehen – wenigstens eine zweite. Phil sah keine Alternative. Er brauchte das Geld. Er hatte nur wegen des verdammten Geldes die Torturen der letzten Monate überlebt. Er wollte kassieren, er wollte den Rücken freihaben, damit er den Kopf wieder freibekam. Immer aufs neue durchlebte er die traumatischen Sekunden im Fernsehstudio: Phil durch die Umsitzenden sich drängend; Phil den Gang zur Bühne herunterlaufend; Phil, Auge in Auge mit dem Kerl, der aus dem Nichts gekommen war, breitbeinig und ruhig die Pistole auf ihn richtend, mit der zweiten Hand das Gelenk umfassend, dann der Schuß, das Geräusch in Phils Ohr, die Kugel in seinem Leib, Phil immer noch weiter laufend und erst dann das Schlaffwerden des Körpers, der Zusammenbruch, das Sichüberschlagen, der Sturz gegen die Bühnenumrandung; und als wenn das alles noch nicht schlimm genug gewesen wäre, der letzte Blick vor der Ohnmacht nicht etwa in die Augen von Nastassja Kinski, was alles viel leichter gemacht hätte; statt dessen waberte Phil mit der Visage dieses braungebrannten, weißhaarigen Quizmasters ins Nirwana hinüber.

«Aber nie und nimmer.»

«Wenn ich's dir sage. Stirn und Augen, das ganze obere Gesicht.»

Sir Bommi und Strauss waren immer lauter geworden, und Phil fragte abwesend: «Was liegt an, Jungs?»

Sir Bommi wies nach rechts. An dem Tisch, an dem Doktor Belize und die kleinen Fässer saßen, stand nun eine Frau. Sie hatte eine Hand auf den Kopf des männlichen Fettwanstes gelegt.

«Strauss sagt, das ist seine Mutter», sagte Bommi höhnisch. «Aber das ist nie im Leben seine Mutter. Das ist bestenfalls...»

«Ja, ja», sagte Phil. «Ist ja gut. Ist alles sehr, sehr gut.» In dieser Sekunde wurde Phil Parker dem Leben zurückgegeben. Sie war Anfang bis Mitte 30; kurze blonde Haare; nicht übertrieben gebräunte Haut; Brüste, die an dem zarten Körper herrlich überproportioniert wirkten; sehr schmale Hüften und Beine von solcher Ebenmäßigkeit, daß Phil noch heute abend mit der Physiotherapeutin Termine absprechen wollte.

«Finde ich etwas unfair, mit diesem kurzen Rock hier reinzukommen», behauptete Bommi.

«Die kommt vom Tennis», behauptete Strauss, während die Frau auf das Fäßchen einredete und es zu einem Lächeln reizte. Phil suchte fieberhaft nach einem Anlaß, mit der Frau in Kontakt zu kommen. Nun lachte sie auch noch, und Phil hielt sich mit beiden Händen an der Tischplatte fest. Sie hatte seine Lieblingsgröße von nicht mehr als 1,67. Nun mußten ihre Augen nur noch grün sein, und es konnte... In diesem Moment drehte sich die Frau zu den Panoramafenstern um, Phil sah grüne Augen, Wangenknochen, Ohren, Frisur – alles stimmte. Für diese Frau wollte er gesund werden. Nun mußte er sie nur endlich auf sich aufmerksam machen.

Phil stand auf, ignorierte Bommis und Straussens verwunderte Blicke, zog die Ärmel des Trainingsanzugs herunter, schnappte sich die Schirmmütze und wanderte zum Tisch, an dem das Fäßchen saß. Er drängte sich an der Blonden vorbei und stülpte dem verdutzten Knaben die Schirmmütze auf den Kugelkopf.

«Schenk ich dir», sagte Phil und lächelte die Hamsterbacken an. «Damit du keine Matschbirne von der Sonne kriegst.»

Der Knabe nahm die Mütze ab, betrachtete sie und suchte wohl noch nach einem passenden Wort. Da lächelte Phil schon die Blonde an und sagte: «Wir halten hier alle zusammen.» Sie blickte ihn an und tat das, was Phil ihr am liebsten verboten hätte: Sie ließ den Blick über seinen Trainingsanzug schweifen. Dann fragte sie:

«Sind Sie der Hausmeister?»

Phil sah eigentlich keinen Grund mehr, seinen Abgang noch länger hinauszuschieben. Sie konnte sich ja offensichtlich etwas Schöneres vorstellen. Wahrscheinlich war sie heute abend mit einem schmucken Mann verabredet, der so gut gebaut war, daß er selbst in einem Trainingsanzug eine passable Figur machen würde. Wahrscheinlich hatte der Kerl sogar gutgebaute Oberschenkel; und statt einer Schirmmütze mit grünem Schirm pflegte er eine Pilotenmütze zu tragen, damit ihm beim offenen Fahren in seinem Saab oder Jaguar nicht das Haupthaar auf die Straße fiel.

«Ist was?» fragte die Blonde und blickte mit schiefgelegtem Kopf lächelnd in Phils belämmerte Miene.

«Ich besitze auch noch Jeans», sagte er kläglich, und die Blonde brach in Lachen aus. Nun mußte er in Windeseile Kohlen nachlegen. Phil überlegte fieberhaft und wurde von plötzlichem Schwindel befallen. So intensiv hatte er seit sieben Monaten nicht mehr nachgedacht. Er hatte nicht gewußt, daß man Flirten verlernen kann. So konnte es nicht ausbleiben, daß Phil sich plötzlich «Tennisspielen wollte ich immer schon lernen» sagen hörte. Er wäre am liebsten vor Scham unter den Tisch gekrochen. Auch Doktor Belize schaute ihn schon ganz besorgt an. Nun war nur noch Panik die Grundlage für alles weitere. Phil strich dem Kind über die blonden Haare und sagte:

«Na, Brummer!»

Der Knabe entzog seinen Fettkopf der Erwachsenenhand und sagte:

«Die Mütze ist doch blöd.»

Phil blickte die Blonde an und sagte achselzuckend: «Kindermund.»

Der Knabe setzte nach: «Und der Trainingsanzug ist noch blöder.»

Nun blickte Phil die Blonde schon etwas starr an: «Man muß die Kinder lieben, wie sie kommen», sagte er und sah alarmiert, wie sie mit Doktor Belize einen Blick wechselte. Phil brach der kalte Schweiß aus, und er verfluchte sich für seine Weigerung, in den Wochen vor Frühlingsbeginn mit Sonnenbaden etwas für seine äußere Erscheinung zu unternehmen. Woher sollte sie denn wissen, daß sie einer ausnehmend charmanten, geistreichen, mitreißenden und zur Not sogar zärtlichen Erscheinung gegenüberstand? Phil beschloß, sich nie mehr im Leben dermaßen gehenzulassen, daß er aus Bequemlichkeit einen Trainingsanzug trug. Am liebsten hätte er den Lumpen auf der Stelle ausgezogen. Nur das Wissen um die Beschaffenheit seiner Unterwäsche hielt ihn davon ab.

Und dann tat Doktor Belize etwas, das Phil von einer Sekunde zur anderen von einem lauwarmen zu einem glühenden Verehrer des schwarzafrikanischen Kontinents werden ließ. Er stand auf, dieser Liebhaber einheimischer Försterinnen und sagte:

«Darf ich vorstellen: Philip Mann, Schriftsteller.» Belize schaltete auf Breitwandlächeln, und der Blonden blieb nichts anderes übrig, als zu sagen:

«Angenehm. Mein Name ist Julia Kaiserworth, Doktor Julia Kaiserworth. Und das hier», sie faßte dem in der Zwischenzeit weiterspachtelnden Knaben an die dicke Wange, «dies hier ist mein kleiner Freund Max.»

Es war Phil gleichgültig, wie das Fäßchen hieß. Was einzig zählte, war Julia und zur Not noch Kaiserworth. Den akademischen Grad wollte er schnell vergessen, das war für seine gegenwärtige Verfassung genau der Tropfen zuviel. Belize knuffte Max gegen das Schlüsselbein und empfahl sich. Phil sah voraus, daß heute nacht wieder ein Hochsitz im Oberharz dramatisch ins Wanken kommen würde. Im Sanatorium ging das Gerücht, daß Belizes Försterin einen Hochsitz mit Heizsonnen auf Batteriebasis ausgestattet haben sollte. Man wartete mit wachsender Spannung auf den Tag, an dem der Ehemann seiner Gattin auf die Schliche kommen würde. Als Förster verfügte er über einen treffsicheren Schuß. Und Belize mochte in der Dämmerung zwar aufgrund seiner körperlichen Eigenarten noch schwerer zu erlegen sein als ein ehebrecherischer Einheimischer. Doch kugelfest war auch Doktor Belize nicht.

Dankbar sah Phil dem Mediziner hinterher. Dann knuffte auch er dem kauenden Max gegen das Schlüsselbein und fragte launig: «Na? Schmeckt's?» Und ging aufs Ganze: «Ihr Sohnemann? Ich habe einen Blick für so was», behauptete ausgerechnet Phil, der bei Säuglingen Probleme hatte, oben und unten auseinanderzuhalten. Max kaute und kaute. «Die Verdauung beginnt beim Einspeicheln», sagte Phil.

«Und am Arschloch hört sie auf», entgegnete Max und kaute und kaute.

«Max ist zum Abspecken hier», sagte Julia Kaiserworth.

«Ich bin nicht zu dick», behauptete Max. Die Erwachsenen übergingen die kühne Bemerkung mit Schweigen, und Phil tastete sich ans Thema heran:

«Wohnen Sie hier, während Ihr Sohnemann durch die Mangel gedreht wird? Wo wohnen Sie denn? Im *Enzian*? Also wir hier gehen ja immer gerne im *Glockenberg* essen. Da soll es allerdings kein Fernsehen auf dem Zimmer geben. Falls Sie also...»

«Werde ich noch gebraucht oder kann ich gehen?» fragte Julia Kaiserworth, und Phil verstummte. Sie lächelte ihn an. «Ich arbeite in der Nähe und schaue zwischendurch zu Max herein.»

«In der Nähe.» Phil war entzückt. Er überlegte schon, welchem Freund er mit seinem Trainingsanzug eine Freude machen könnte.

«Walkenried», sagte Julia Kaiserworth. «Wir restaurieren die romanischen Teile des Klosters Walkenried. Und jetzt muß ich los.»

Sie drückte Max einen Kuß auf die Haare. Mehr war nicht drin, denn seine Mundregion war voller Krümel. Julia Kaiserworth wandte sich dem Ausgang zu. Phil starrte ihr abwechselnd in die rechte und die linke Kniebeuge, dann räusperte er sich und rief: «Ich wollte immer schon mal das Kloster besichtigen.»

## 2

Die Nacht war traumhaft. Zum erstenmal seit Monaten blieb eine Frau Punktsieger über die kolossalen Fressereien. Phil traute sich noch nicht zu, Julia in Gedanken zu entkleiden. Aber er spazierte mit ihr immerhin schon mal durch die Wälder um den Hüttenkopf und den Großen Oder-Berg. Julia erlaubte ihm, ihre Hand zu ergreifen, und Phil Parker erwachte mit einer lehrbuchreifen Morgenlatte.

«Daß es das noch gibt», murmelte er und stieß vorsichtig mit spitzem Finger gegen den Obelisken. Er wollte es nicht unversucht lassen, doch Schwester Karla stürmte herein, und Phil legte die Armbeuge frei. Während sie in ihrem unvermeidlichen Plural-Gerede Phils Befinden erfragte, stach sie ihn an und fand tatsächlich noch eine Stelle, die nicht entzündet war. Phils Blutwerte besserten sich so langsam, daß man nur im Wochenvergleich Fortschritte feststellen konnte. Immerhin machte die Bauchspeicheldrüse keine Mucken mehr, und alles sah danach aus, daß er von einer Zuckerkrankheit verschont bleiben würde. Kaffee bekam ihm schlecht, mit Fett hatte er keine Probleme. Bei Süßigkeiten war er sich noch nicht sicher. Manches bekam ihm, manches bereitete ihm Leibschmerzen. Hier stand ihm noch eine Testreihe bevor, die Zucker, verschiedene Mehle und Milchprodukte isolieren würde. Karla beschriftete das Blut und schickte Phil für die Uringewinnung auf die Toilette.

«Und die Potenz?» rief sie von nebenan. «Rührt sich schon was?»

Sie fragte das in dem Moment, in dem Phil die verdammte Erektion zum Teufel wünschte. Er bog das Ding herunter, drehte daran, kniff hinein, schlug mit der flachen Hand drauf, und draußen rief Karla fröhlich:

«Früher oder später finden Sie wieder Freude dran. Die Verbindung von körperlicher Schwäche und Medikamenten ist nie frei von Nebenwirkungen. Aber ich versichere Ihnen: Hier ist noch jeder aufrecht wieder rausgegangen.»

Und während Phil verzweifelt die Stirn gegen die Fliesenwand stieß, rief Karla: «Es sei denn, wir haben einen Exitus zu beklagen. Aber dann liegt ja alles flach. Da kommt es auf den Stengel auch nicht mehr an.»

Leberkrebs, Amputationen, Massaker, Sonntagsreden. Phil dachte an alles mögliche, um sich abzutörnen, doch das Ding stand wie eine Eins, und Karla klopfte an die Tür:

«Wenn's gar nicht geht, ziehe ich mir einen kurzen Rock an.» Sie lachte keckernd. «Dann geht es wieder. Dann kriegen Sie einen Schreck, und es geht wieder.»

Karla ließ noch weitere Scherze folgen, in denen sie die Tatsache ihrer körperlichen Massivität zur Ausgangslage machte. Phil steckte den Kopf durch die Klotür:

«Kann ich's heute ausnahmsweise mal nachreichen? Es will nicht werden.»

Karla gab ihr o. k. und verließ mit den Worten «Aber nicht von Strauss borgen» den Raum. Sir Bommi hatte anfangs reihum bei Mitpatienten Urinproben geschnorrt und sie dem Labor als seine eigenen untergejubelt. Erst als sie drauf und dran waren, ihn zu einem Internistenkongreß nach Davos zu schicken, war der Schwindel aufgeflogen. Phil schoß zurück ins Bett und freute sich auf erfüllte Minuten, da wurde die Tür geöffnet, und Karla rief:

«Wir haben Besuch.»

Schlagartig fiel alles in sich zusammen, und Phil lag mit leeren Händen da. Es konnte unmöglich später als 7 Uhr 30 sein, aber Christa Martin sah schon taufrisch und kultiviert aus. Phil stand sofort auf, rettete sich in den Bademantel und bot seinen Platz an.

«Einen schönen Gruß von Paul.» Mit diesen Worten drückte sie ihm den Umschlag in die Hände. Mehr als DIN A 4 groß, starke Pappe. Das Ding wog vielleicht ein Pfund, und es war immer und immer wieder mit Klebeband umwickelt worden. «Paul sagt, Sie packen gar zu gern aus. Stimmt das? Packen Sie gern aus?»

«Material und Menschen», murmelte Phil. «Und was soll das nun? Ist da der Befehl zum Volksaufstand drin?»

«Das geht Sie nicht das geringste an. Sie sind nicht unser Gesprächspartner. Sie sind lediglich so freundlich, für uns einen Weg zu gehen.»

«Und warum gehen Sie nicht selber?»

«Paul sagt, es gibt Aufgaben, die sind Ihnen auf den Leib geschneidert. Außerdem – ich darf das wiederholen –, Sie sind nicht Invalide. Sie haben sich lediglich in den Wochen Ihrer Rekonvaleszenz in ein Stadium von sagen wir Bemutterungswillen zurückfallen lassen. Es wird Zeit, daß Sie wieder Ernst machen. Man kann verzärteln, das ist manchmal ein Weg ohne Rückkehr.»

Die Martin strahlte eine Kühle ab, die auf Phil vollends abtörnend wirkte. Er sehnte sich nach Julia Kaiserworth. Allein schon ihr Name war schöner, ganz zu schweigen von ihren Kniekehlen. Aber wahrscheinlich hatte die Martin den hübscheren Filius, wenn sie einen Filius hatte. Solche Frauen bekamen ihre Kinder mit 16 oder 17 und dann erst wieder mit 48.

Die Martin trat ans Fenster, blickte kurz und uninteressiert hinaus und drehte sich um. Phil spürte, daß sie gegen diesen Raum einen starken Widerwillen entwickelte.

«Sie nehmen heute nachmittag an einer Führung teil», sagte sie. «Grube Samson. Sie finden sich dort um 14 Uhr 30 ein. Ziehen Sie festes Schuhzeug an. Besitzen Sie festes...?»

«Was soll ich da? Das ist, soweit ich weiß, ein Bergwerk.»

«Ein altes Silbererzbergwerk, jawohl. Es wird heute als eine Art Erlebnismuseum für Touristen genutzt. Um 14 Uhr 30 beginnt eine Führung. Sie findet teilweise unter Tage statt.»

«Auch das noch. Ist das wenigstens ordentlich gesichert da unten? Gibt es elektrisches Licht? Einen Imbiß?»

«Herr Parker», sagte die Martin mit einer Stimme, die keinen Zweifel darüber ließ, daß die Zeit für launige Intermezzi vorüber war. «Es ist alles absolut sicher. Die Grube ist seit 80 Jahren stillgelegt. Sie führen den Umschlag mit sich. Und dann...» sie zögerte etwas, «dann schließen Sie sich dem Rundgang an. Sie halten sich dabei am Ende der Gruppe. Es werden nicht mehr als 12, 15 Menschen da sein. Vielleicht werden Sie einen Schreck bekommen, wenn das Unerwartete geschieht. Es ist von uns geplant. Vergreifen Sie sich nicht an dem Umschlag. Wenn wir daran auch nur die geringste Spur von Manipulationen feststellen, können Sie Ihre Gelder, die wir treuhänderisch für Sie verwalten, abschreiben. Dann werden wir die Jagd auf Sie freigeben. Verstehen Sie das bitte nicht als Drohung. Ich bin nur dafür, vorher deutlich zu reden, als hinterher zu jammern. Haben wir uns verstanden?»

«Ich bin ein großer Bewunderer Ihrer glasklaren Modulation.»

«Machen Sie's gut, Philip. Sie wirken an einer großen Sache mit. Gut möglich, daß Ihre Beteiligung vor der Geschichte als größere Tat erscheinen wird, als Ihnen das jetzt bewußt ist.»

«Toll. Ich wollte immer schon mal in Geschichtsbücher Eingang finden.»

Sie ging ohne Gruß, und Phil trug das Päckchen unverzüglich zu Strauss. Er legte sein Triangel zur Seite und kniete sich in das Problem hinein. An der Öffnung, die sie so hermetisch verschlossen hatten, war nichts zu machen. Man mußte durch die anderen Falz- und Klebestellen gehen.

«Es kann klappen», sagte Strauss, «aber es kann auch schiefgehen. Soll ich's versuchen?»

«Wie sicher bist du, daß es klappt?»

«80 Prozent.»

«Es hat Zeiten gegeben, da hätte mir das gereicht.»

Phil schnappte sich den Umschlag und verließ das Zimmer.


Um 14 Uhr 24 stieg er aus Doktor Belizes Auto. Der Arzt fuhr weiter in eine Schonung, wo seine Försterin auf ihn wartete. Phil zählte acht Menschen vor dem schwarzbraunen Holzgebäude der Grube Samson. Sie waren ohne Zweifel Touristen. Er schloß sich der Gruppe an und wußte bald mehr: sechs Dänen, zwei Deutsche. Phil fühlte eine Spannkraft wie seit langem nicht mehr. Die Wärme war etwas zu viel für ihn, aber ihm taten strahlendblaue Himmel im Grunde gut. Der Winter war furchtbar gewesen, und am allerschlimmsten war der November gewesen. Tage, an denen es nicht hell wurde, an denen das Licht nie gelöscht wurde; die Schmerzen in der rechten Körperhälfte, die Schläuche im Leib und in der Nase, die Bauchfellentzündung, die ihn fast über den Rubikon geschickt hätte.

Punkt 14 Uhr 30 begann das deutsche Ehepaar zu meckern. Der Mann blickte immer wieder demonstrativ auf seine häßliche Armbanduhr, und die Mutti klagte:

«Warum sind die Menschen nie pünktlich? Es ist doch nicht schwer, pünktlich zu sein. Ich war immer...»

Phil besaß keine Uhr mehr, und als ihm gerade klar wurde, daß er ein Auto brauchen würde, um Julia Kaiserworth im 20 Kilometer entfernten Walkenried zu besuchen, näherte sich ein Mann, der angesichts der Wartenden von deutlichen Unlustgefühlen befallen schien. Dann nölte er einige einleitende Sätze herunter. Als die Dänin ihn bat, langsamer zu sprechen, bot er ihr in einem nur als Zumutung zu bezeichnenden Englisch an, in dieser Sprache fortzufahren. Die Dänin winkte ab. Der Fremdenführer sprach über den Beginn des Grubenbetriebs im Jahre 1521, er erzählte von den Strecken und Stollen und der Gesamtlänge der unterirdischen Gänge von 120 Kilometern. Er leierte Zahl auf Zahl herunter. Plötzlich war ein Gebrumm in der Luft zu hören. Der Nöler brach ab und sah zu, wie ein Reisebus auf den Parkplatz bog. Bestimmt 50 alte Menschen aus dem Ruhrgebiet ergossen sich auf die Schotterfläche, und von dieser Sekunde an ging eine Verwandlung mit dem Nöler vor sich. Er wurde witzig, bekam erstmals seine Zähne auseinander, sprach auch lauter; und als der Menschenpulk vor dem Wasserrad von neun Metern Durchmesser stand, wurde deutlich, daß er seiner Beschäftigung mit Freude nachging. Im Inneren des Grubengebäudes war es zwar schummrig, aber noch trocken. Dann schritt man weiter ins Innere des Förderteils, und auf den Wänden glänzte das Wasser. Auf Holztreppen stieg man in die Unterwelt hinab. Kellerlampen warfen ein müdes Licht, und von den Wänden lief immer mehr Wasser, je tiefer sie kamen.

Phil ließ sich ans Ende der Gruppe fallen und geriet in ein Duell mit einem verliebten Ruhrgebietspaar, das jede sich bietende Gelegenheit nutzte, um stehenzubleiben und schmatzende Küsse auszutauschen. Die beiden Alten funkelten Phil empört an und wollten ums Verrecken nicht zu ihren Altersgenossen aufschließen. So sah sich Phil nur als Drittletzter mit dem Umschlag unterm Arm. Instinktiv begann er zu pfeifen, fand es sofort unpassend. Er hielt den Mund und schloß zu dem Grubenexperten auf, der seine Schäfchen in einer Höhle um sich versammelt hatte.

«810 Meter», sagte er triumphierend. «Damit war der Schacht einer der tiefsten Schächte der Erde. Und was taten die klugen Bergwerksbetreiber, als sie 1910 Samson stillegten? Vollaufen ließen sie die unteren Teile. In 200 Meter Tiefe wurde eine Betonschicht gegossen. Darunter ruht nun der Schacht und die Geschichte.»

«Beeindruckend», murmelte es aus dem Bauch der Zuhörerschaft.

«Hören Sie», forderte der Experte die Zuhörer auf. Irgendwo in der Ferne war ein diffuses Grundrauschen zu hören. «Kraftwerk Grüner Hirsch», sagte der Experte frohlockend. «130 Meter tief. Und noch 60 Meter tiefer das Kraftwerk Sieberstollen. Selbstversorgung, meine Herrschaften! Was uns die schlauen Herren aus der großen Politik erzählen wollen, wir hier in St. Andreasberg praktizieren es längst. Wir versorgen uns mit elektrischer Energie; und für unsere Nachbarstadt Braunlage bleiben auch noch einige Kilowatt übrig. Darf ich Sie nun weiterbitten.» Man setzte sich in Bewegung, verließ die Höhle durch den engen nassen Gang. Phil spürte, daß das knutschende Paar sich über ihn unterhielt. Mißmutig schritt er voran, rutschte auf dem glitschigen Untergrund aus, stützte sich an der Wand ab – und plötzlich erlosch das Licht in dem Gang. Vorne ertönten Rufe der Überraschung. Phil atmete vor Schreck tief ein, und dann war da ein neues Geräusch! Schwer scharrend, als wenn Stein auf Stein sich bewegt, rumpelte es dumpf hinter Phil. Ein schwacher Lichtschein erhellte das totale Dunkel, und plötzlich rief eine Frauenstimme:

«Kalli! Sie wollen mir meinen Kalli klauen!»

Der Lichtschein erlosch, Stein rieb auf Stein, unterdrückte Geräusche von Männerstimmen, und dann war da dieser unglaublich kräftige Arm, der Phil packte und nach links ins Nichts zog. Phil geriet in Panik. Schlagartig waren alle Ängste des Operationssaals wieder da, die Angst vor der Narkose, die Angst vor den Schmerzen nach dem Aufwachen und die Panik vor dem Einschlafen, weil es der Narkose so ähnlich war. Phil wehrte sich gegen die Hand, wollte sie abstreifen, aber das war lächerlich. Diesen Griff konnte man nur wegsprengen. Kämpfen, er mußte kämpfen. Aber er war doch noch so schwach! Sie durften mit ihm nicht machen, was sie wollten. Sie sollten sehen, daß sie einen Gegner hatten. Phil wollte ernst genommen werden, mit ihm sollten sie rechnen, das war er sich schul...

«Hör endlich auf, du Dösbaddel!» erklang es im Finsteren. Phil lockerte den Biß. Licht flammte auf. Im nächsten Moment erkannte es Phil als Taschenlampe oder Grubenlampe, und hinter dem Licht stand ein Mann und rieb sich den linken Unterarm.

«Amateur», sagte der Mann.

«Wer sind Sie?» Die Wand des ihm nun unerträglich engen Ganges machte aus Phils zittriger Stimme ein Gejammer.

Statt einer Antwort ertönte leises Lachen. «Ich hab zuerst den Opa erwischt. Der wird was zu erzählen haben, und keiner wird ihm glauben.»

Phil schnappte sich die Lampe und richtete sie gegen den anderen. Der war über 50, und er verfügte über diese provozierende Sicherheit von Menschen, die wissen, was sie tun. «Wer sind Sie?» fragte Phil. Der Mann bückte sich und reichte Phil den Umschlag:

«Mitkommen. Denken Sie in den ersten zehn Minuten an was Schönes. Am besten irgendwas mit Horizont und Blick von der Zugspitze. Empfindlichen Gemütern schlägt die Enge manchmal auf den Geist. Das gibt sich.»

Die letzten Worte sagte er schon im Gehen, und Phil ruckelte noch verblüfft an der Grubenlampe, die ihm der Fremde auf den Kopf gestülpt hatte. Die Lampe an der Stirnseite leuchtete dorthin, wo Phil hinblickte.

«Was hat das zu bedeuten?» fragte Phil. «Wo bringen Sie mich hin?»

«Ich führe dich zum Treffpunkt.»

Der Gang war so schmal, daß man nicht die Arme ausstrecken konnte. Dann wiederum kamen Passagen, die fast geräumig wirkten, um sich nach der nächsten Biegung zu bedrückender Schmalheit zusammenzupressen. Der Gang war leergeräumt, selten lagen Gesteinsbrocken herum. Die Wände waren behauen, wirkten nicht beängstigend roh. Allein die Decke sah zerklüftet aus. Aber sie hatten einen Meter Luft über den Köpfen.

«Warum riecht das hier eigentlich nicht muffiger?» fragte Phil. «Das müßte doch stinken wie im Grab.»

«Du redest zuviel», sagte der Fremde, um wenige Meter weiter so abrupt anzuhalten, daß Phil auf ihn auflief.

«Da», sagte der Fremde und wies in die Höhe.

«Ich sehe nichts», sagte Phil.

«Der Spalt bringt Frischluft. Alle 150 Meter kommt Frischluft.»

Er ging weiter, und Phil hielt Anschluß. Die Worte «*Schacht Drei Ringe*» waren das erste, was der Fremde unaufgefordert sagte. Minuten später dann: «*Schacht Weintraube*» und «*Schacht Gottes Segen*».

Was hier sich anbahnte, erkannte Phil erst, als der andere «*Bundesstraße 27*» sagte und dabei in die Höhe wies.

«Sie bringen mich rüber», sagte Phil staunend. «Wir gehen über die Grenze.»

Der andere sagte zehn Minuten nichts mehr, und Phil spürte,

daß der Marsch für seine Kräfte zu lange dauerte. Sie gingen über eine Stunde.

«Kennen Sie Van Dyke?» fragte Phil. «Paul Van Dyke?»

Der andere schwieg.

Die Aussicht, diesen Weg nachher zurücklaufen zu müssen, machte Phil weiche Knie. Er sagte das dem anderen, der andere schwieg.

Und dann änderte sich die Luft! Es roch nach Wald, nach Pilzen, aber es konnten keine Pilze sein, weil es Ende April keine Pilze gibt. Es war die Ahnung von Natur mit einem hohen Himmel darüber, die Phil elektrisierte. Der andere blieb vor einem Stück Wand stehen, an dem Phil nichts fand, was das Stehenbleiben lohnen könnte. Er klopfte gegen die Wand, sofort ertönte Klopfen von der anderen Seite. Der Mann grunzte zufrieden, und auf der anderen Seite arbeitete man. Steine wurden verschoben, und das glatte Stück Wand war ab einer Höhe von einem Meter zwanzig von einer Öffnung durchbrochen, die groß genug war, um hinauszuklettern.

«Willkommen!» sagte die Frau und schüttelte Phil und dem anderen die Hand. Sie hatte in dieses schlichte Wort dermaßen viel Sächsisch hineingepackt, daß es Phil rührte. Er suchte nach den Männern, die die Arbeit mit den Steinen getan haben mußten. Sie war allein.

«Wie war der Weg?» fragte sie, und der Fremde antwortete:

«Er redet zuviel.»

Die Frau blickte Phil an und lächelte: «Das ist normal.» Sie lächelte stärker und dachte immer noch nicht daran, sich vorzustellen. Phil beschloß, daß sie Olga hieß und Traktoristin in einer landwirtschaftlichen Produktionsgenossenschaft war. Mit dem Traktor lag er nicht so falsch, denn die Frau führte die Männer vor dem Ausstieg durch ein Stückchen dichte Schonung und ein Waldstück mit licht stehenden Kiefern zu einem Sandweg, auf dem ein Lada Kombi stand. Die Frau stieg ein, und Phil setzte sich automatisch auf den Rücksitz.

«Du sitzt vorne, Freundchen», sagte der Mann und machte keine Anstalten, in den Wagen zu steigen.

Die Frau fuhr über den Sandweg ohne Rücksichtnahme auf Biotope und Stoßdämpfer.

«Das bringt Laune, Rallye fahren», sagte Phil und hielt sich an Wagendach und Türgriff fest.

Die Frau schwieg und stoppte am ersten Haus, das sie erreichten. Hätte Phil nicht das Nummernschild des Lada gesehen, hätte er immer noch keinen reellen Hinweis auf die DDR gehabt. Das Haus war in einfacher Bauweise errichtet, Phil kannte solche Gebäude aus der Lüneburger Heide. Ein bewirtschafteter Garten, ein Zaun aus Birkenstämmen. Die Tür hatte Farbe nötig, das Türglas hatte Wasser nötig, der Fußboden im Flur hatte neuen Stragula nötig. Die Frau öffnete eine Tür, der Raum dahinter war piekfein ausgestattet. Ein Mann in olivgrünem Hemd und schwarzer Hose, aber immerhin ohne Stiefel, erhob sich hinter einem Holzschreibtisch mit Telefon, Schreibmaschine, Tonband. Er wies auf den Stuhl vor dem Tisch und setzte sich wieder. Phil blickte die Frau an. Sie verließ den Raum. Sie saßen sich eine Minute gegenüber und schwiegen. Die ersten 30 Sekunden fielen Phil schwer. Er war nun schon ziemlich sauer, und alle Aversionen, die er im Zuge von 50 Transitfahrten gegen DDR-Grenzorgane angesammelt hatte, kamen wieder hoch. Plötzlich streckte der Mann den Arm aus – und schwieg mit fragender Miene. Phil guckte sich den Arm an. Wie erwartet begann er nach einigen Sekunden leicht zu zittern. Phil stand auf, ging zur Tür, hinter ihm ertönte ein Geräusch. Phil öffnete die Tür, vor ihm stand die Traktoristin. Die Pistole, die sie auf Phils Bauch richtete, hatte sie wohl kaum in einem Wartungskurs für Ursus-Traktoren abgestaubt. Phil schloß die Tür, ging zum Schreibtisch zurück, wo ihm der Olivfarbene entgegenblickte. Phil knallte ihm den Umschlag vor die Nase. Der Kerl sagte «man dankt» und faltete die Hände über dem Umschlag.

Phil blieb stehen, und der Kerl sagte:

«Ist noch was?»

«O ja», sagte Phil und ließ sich auf den Stuhl fallen. «Sprechen Sie mit mir, bitte, bitte! Irgendwas, was mir weiterhilft.»

«Ich bin nicht befugt.»

«Danke, das hilft mir doch schon. Ich bin also auf deutschem Boden. Wo sonst könnte ich...»

«Herr! Ich warne Sie! Wenn Sie vorhaben sollten, die Staatsorgane der Deutschen Demokra...»

«...ich bitte Sie! Da denke ich doch nicht im Traum dran. Aber möchten Sie mir nicht verraten, wie Sie ausgerechnet Paul Van...»

«...die Unterredung ist beendet.»

«Ach. Hatte sie denn schon begonnen?»

«Verlassen Sie sofort den Raum!»

Der Kerl griff nach dem Telefonhörer und hob ihn dramatisch in die Höhe.

«Funktioniert der Kasten etwa?» fragte Phil bewundernd. Und zum erstenmal war Überraschung in den unbeweglichen Zügen des Kerls zu sehen. Er hob den Hörer ans Ohr, sah Phils Mundwinkel und pfefferte den Hörer auf die Gabel. Dann drückte er sich mit beiden Armen in die Höhe, aber bevor er Gelegenheit hatte, irgend etwas Belangloses zu erzählen, stand auch Phil auf und verließ den Raum.

Die Frau verließ sofort das Haus, Phil folgte ihr. Bevor er in den Lada stieg, sah er sich noch einmal das Haus an. Rauch kräuselte dünn aus dem Schornstein, und neben der linken Schmalseite stand ein dunkelblauer Volvo. Phil stieg ein und schaltete, bevor sie ihn daran hindern konnte, das Radio an.

«...war der *Extrakt* von Radio ffn. Es ist 17 Uhr und...»

«Danke, Mam», sagte Phil, während sie das Radio ausschaltete. «Sie sind mir gleich viel sympathischer.»

Der Wagen schlingerte über den Sandweg zurück. Der Mann wartete immer noch dort, wo sie ihn verlassen hatten. Phil stieg aus, drehte sich noch einmal um:

«Heißen Sie zufällig Olga?»

Die Frau blickte ihn überrascht an und schüttelte den Kopf. «Macht nichts», sagte Phil, «es wäre aber schön gewesen.» Er ging zu seinem Leithammel, baute sich vor ihm auf und schrie ihn an, daß der andere zusammenzuckte:

«Nichts wie nach Hause! Und nicht unterwegs einkehren und ein Bierchen zwitschern!»


Kaum war er mit seinem schweigsamen Führer im engen Gang allein, wurde Phil Parker von einem starken Schwindelgefühl befallen. Plötzlich spürte er, daß seine Aufgekratztheit der letzten Minuten der Vorbote eines nahenden Zusammenbruchs gewesen war. Der Schweiger leuchtete ihn besorgt an, und Phil sagte:

«Bis auf unser Staatsgebiet schaffe ich es. Aber dann bitte durchs erste Luftloch senkrecht nach oben.» Mehrmals kam er ins Schwanken und prallte hart mit der Schulter gegen die Felswand.

«Mann», keuchte Phil, «red doch endlich! Wo kommt dieser Schacht her? Wer weiß davon? Zu welchem Zweck ist er gebaut worden? Und wann? Aber wahrscheinlich rede ich wieder zuviel, richtig?» Phil leuchtete dem anderen voll ins Gesicht, drehte sich um und ging weiter. Er wartete, bis der wankende Lichtschein um eine Biegung davongeleuchtet war. Dann schaltete er seine Lampe aus und ließ sich mit dem Rücken an der Felswand entlang auf den Boden sinken. «Verrecken», murmelte er. «Einfach nicht mehr aufstehen und langsam verrecken.» Er lauschte seinen Worten nach, sprang auf, schaltete fahrig die Lampe an und stolperte dem Schweiger hinterher.

Sein Mund war trocken, er hatte starken Hunger. Und dann lief er auf seinen Vordermann auf!

«Hörst du das?» fragte der andere. Phil war gerührt, daß er freiwillig das Wort an ihn richtete. «Der Ebersbach», sagte der Schweiger und lächelte.

Weil er so redselig war, verriet Phil ihm auch nicht, daß er überhaupt nichts hörte. Der andere setzte sich wieder in Bewegung, bog aber schon wenige Meter weiter in einen erschreckend schmalen Nebengang ab, den Phil auf dem Hinmarsch nicht gesehen hatte. Der Weg führte steil nach oben. Und als Phil den Himmel nach der Sonne absuchte, sah er, daß sie inmitten eines zinnoberroten Teppichs ihren Untergang vorbereitete. In diesem Moment ertönte die Stimme hinter ihm:

«Du siehst aus wie ein Schwein.»

«Wohin man auch kommt», sagte Phil, ohne sich umzudrehen, «Paul ist schon da.» Dann drehte er sich um.

Van Dyke steckte in einer legeren Kluft, wirkte wie üblich geschmackssicher und attraktiv. Phil hätte sich am liebsten auf den Waldboden gelegt, um ein Nickerchen zu machen.

«Wie war er?» fragte Van Dyke den Schweiger.

«Geht so. Ich hatte schon Bessere. Aber auch Schlechtere.»

Van Dyke steckte dem Schweiger einen Geldschein in die Hemdtasche, und der Mann schlug sich seitwärts in die Büsche.

«Fragen, Fragen, Fragen», sagte Phil und rüttelte an den Aufschlägen von Van Dykes Jacke.

Der machte sich ohne Hektik von dem Griff frei und sagte: «Du schläfst dich aus, und morgen sehen wir weiter.»

Van Dyke setzte ihn vor dem Sanatorium ab.

«Mußt du bald mal abstoßen», sagte Phil und trat nicht übermäßig zart gegen den Porsche. «Hast du doch bestimmt schon ein ganzes Jahr, das Wägelchen. Was sollen deine Geschäftspartner von dir denken? Das riecht ja nach Konkurs, riecht das.»

Van Dyke griff in seine Jackentasche und hielt Phil ein Stück Papier entgegen:

«Dein Führerschein. Auf den Namen Philip Mann.»

Phil streckte erfreut die Hand aus, Van Dyke warf das Dokument ins Handschuhfach. «Benimm dich anstellig, dann soll es dein Schade nicht sein.»

«Ich brauche den Lappen. Ich muß in der nächsten Zeit dringend Auto fahren. Wenn mich die Bullen hopsnehmen, kann das peinlich werden. Stell dir vor, ich gerate in Aufregung und nenne einen Namen aus grauer Vergangenheit.»

«Das werden die gar nicht merken», entgegnete Van Dyke, blickte in den Rückspiegel und kam so knapp vor dem Mittelklassewagen auf die Straße, daß der Vati hinterm Lenkrad empört die Lichthupe bediente.


Der erste, der Phil über den Weg lief, war Max:

«Hallo Schweinchen Schlau, haben sie dir einen Knoten in den Darm operiert?»

«Hunger!» sagte Max, und alles Elend der geschundenen Kreatur spiegelte sich in seinen Augen.

«Das gibt sich», sagte Phil und boxte ihm kameradschaftlich gegen das Bauchfett, worauf der Knabe zu wabbeln begann. «Die erste Woche ist die schlimmste. Danach fühlst du dich prima.»

«Hunger!»

«Du hast dann auch viel mehr Chancen bei den kleinen Mädchen.»

«Ich will keine kleinen Mädchen. Ich will etwas zu essen. Hast du etwas zu essen?»

Phil schüttelte den Kopf.

«Kannst du mir etwas zu essen besorgen?»

«War deine Mutti schon bei dir?»

«Vorhin.»

«Mist, verfluchter.»

«Was?»
«Vergiß es.»
«Schon weg. Wenn ich Hunger habe, funktioniert mein Gedächtnis sowieso nicht.»

Maxens Augen suchten Phils Taschen nach Lebensmitteln ab. Dann schlurfte er weiter durch die Gänge.

«Stop, mein Sohn! Wo wohnt deine Mutti eigentlich?»

«Weiß ich nicht», antwortete Max patzig. «Wenn ich Hunger habe, kann ich mir nichts merken.»

Max stellte sich an die Glastür des Speisesaals und drückte seine dicke Nase platt. Zum Glück eilte sofort eine der Ärztinnen herbei, die sie gerne auf die Kleinen losließen, weil sie lügen konnte, ohne rot zu werden. Sie dirigierte den Knaben in eine andere Richtung. Wahrscheinlich ging sie mit ihm in den Wald und ließ ihn an einem Baumstamm nagen.

Phil wollte sich, bevor er essen ging, nur für fünf Minuten langlegen. Er wachte erstmalig um 2 Uhr 25 auf. Ihm war übel vor Erschöpfung, im Unterbauch war es friedlich, und zwischen den Beinen herrschte Friedhofsruhe.

3

Als Karla das Zimmer stürmte, hielt Phil Parker ihr das Becherchen mit taufrischem Urin entgegen. Karla äußerte sich lobend und zapfte Blut ab. Sie stach heute in Phils venenfreie linke Armbeuge und erwischte den Kanal beim ersten Versuch. Eine Stubenfliege rannte gegen die Fensterscheibe an, Phil rief über das Haustelefon Sir Bommi herbei. Der erschien mit wehenden Bademantelschößen und fing die Fliege nach wenigen Sekunden.

«Danke, Freund», sagte Bommi und verließ, beruhigend auf das Insekt einredend, das Zimmer.

Karla und Phil wechselten einen Blick, aber beide sagten nichts. Dann wollte Phil aufstehen – und konnte sich gerade noch abfangen, anderenfalls wäre er zu Boden gestürzt.

«Danke, Karla», murmelte er. «Ich habe mich gestern in extremer Weise bewegt.» Karla lachte anzüglich. Dabei war Phil nie auf das Beziehungskarussell aufgesprungen, das sich im Sanatorium mit rasender Geschwindigkeit drehte und jeden einbezog, der nicht wie Frankenstein aussah. Die Teilung in einen Männer- und einen Frauentrakt konnte das Schlimmste verhindern – aber auch nicht mehr. In den beiden Seitenflügeln wurden die Schwerstbeschädigten betreut, und im Sonderflügel – dem mit den vier Zimmern – lag der Schriftsteller Philip Mann.

4

«Du mußt gesund werden. Du mußt in Windeseile gesund werden», murmelte Phil.

«Probleme?» fragte Iwan der Schreckliche.

«Reichlich», erwiderte Phil und überließ sich den kundigen Händen des iranischen Masseurs. «Sag mal, Iwan, wie liebt man eigentlich heutzutage?»

Der Druck auf die Rückenmuskulatur wurde für Bruchteile von Sekunden schwächer. «Ich war ja in den letzten Monaten außer

Gefecht gesetzt. Hat sich in der Zwischenzeit auf dem Feld von Frauen und Männern etwas Dramatisches ereignet?»

«Sie meinen, wie damals im Hochsprung mit der Erfindung des Fosbury-Flops?»

«So etwas, ja.»

«Nicht, daß ich wüßte. Ich persönlich komme mit meinem Programm immer noch gut zum Zuge.»

«Und psychologisch? Worauf stehen die modernen Frauen?»

«Sie wollen immer alles zugleich. Hart sollst du sein und kein Waschlappen. Geld sollst du haben, aber nicht zu viel. Schön sollst du sein, aber nicht zu sehr. Charmant sollst du sein, aber nicht zu lange. Deutsche Frauen sind die Formel 1 unter den Frauen.»

«Das hast du schön gesagt, Iwan.»

«Sie sind auch genauso störanfällig. Von 26 gestarteten kriegst du nur sieben oder acht durchs Ziel.»

«Iwan, ich brauche ein Auto.»

Der Masseur trommelte ein fürchterliches Solo auf die hinteren Rippen und wandte sich dann den Beinen zu.

«Sie sollten nur in Hosen flirten.»

«Erlaube mal, ich habe Beine wie eine Gazelle.»

«Eben.»

«Nun gut. Wie sieht's mit dem Auto aus?»

«Ich besitze einen Wagen.»

«Ich denke, bei deinem Cabrio ist das Verdeck kaputt.»

«Aber sonst ist er heil.»


Phil Parker ließ auf seinem Bett die schlimmsten Schmerzen abklingen. Augen zu, und wegdämmern.

Quattro mußte mehrmals klopfen.

«Schick siehst du aus», sagte Phil.

«Ich bin dir auch sehr dankbar», sagte der ausgemergelte Mann und drehte sich in Phils Trainingsanzug kokett im Kreis.

Zehn Minuten später begann Phil Parker seine erste ernsthafte Morgentoilette seit sieben Monaten. Alle Stoppeln an Hals und Kinn kamen unters Messer. Er wusch die Ohren von hinten und von innen. Er betrachtete seine Schläfen, wo die Haare im letzten halben Jahr grau geworden waren.

«Du bist noch nicht wieder der alte», sagte er zu seinem Spiegelbild. In ihm war mehr kaputtgegangen, als die Kugel zerschlagen hatte. «Los», forderte er sein Spiegelbild auf, «raus aus dem Mauseloch. Julia wartet.»

Neben Iwans herrlichem Peugeot stand wartend und rauchend Paul Van Dyke.

«Du stinkst, als ob du aus dem Puff kommst», sagte er zur Begrüßung. «Du warst mal geschmackssicherer.»

«Gib mir zwei Tage. Dann werden sich wie früher vier bis sieben Frauen gleichzeitig um meine Füße schlingen.»

Van Dyke öffnete lachend die Beifahrertür. Erst als er im Schalensitz saß, wurde Phil bewußt, wie er Van Dyke widerstandslos seine Pläne durchkreuzen ließ.

«Schätze, du hast die eine oder andere Frage», begann Van Dyke das alte Spiel. Die forsche Fahrweise verursachte Phil leichte Übelkeit. Das hatte sich aber noch vor der Autobahn gegeben.

«Du kennst meine Fragen, und ich kann mir deine blöden Antworten vorstellen», sagte Phil und sog gierig den Rauch von Van Dykes Zigarette ein. «Du und gesamtdeutsch. Ich lach mich tot.»

«Tu es nicht. Wir brauchen dich noch.»

«Wer ist ‹wir›, und wo fährst du hin?» Phil wartete, und als keine Antwort kam, griff er in das Lenkrad.

«Hey!» rief Van Dyke und verriß den Wagen ungefähr bei 160 Kilometern.

«Red endlich! Ich hab keine Lust mehr, immer ins Leere zu laufen.»

Van Dyke hatte den Wagen auf manierliche 90 heruntergebremst und sorgte bei überholenden Mittelklassewagen für Momente des Stolzes.

«Junge, Junge», sagte er, «ich dachte, du hast die Zeit genutzt, um endlich erwachsen zu werden.»

«Bitte Facts. Harte, pure Facts. Ich bin ganz geil drauf, endlich wieder lohnenswerte Dinge ins Hirn zu kriegen.»

«Gedulde dich noch ein halbes Stündchen. Wir sind unterwegs, um einige deiner Fragen zu beantworten. Übrigens auch einige der Fragen, die dir noch gar nicht eingefallen sind. Frieden bis dahin?»

Phil schnappte sich eine Zigarette aus der Packung. Sie schmeckte nach Pappe, vollkommen ungenießbar. Nummer 2 war schon besser.

Im Verlauf der Fahrt passierten sie bestimmt zehnmal Baustellen. Die Bundesbahn baute mit der Neubaustrecke Hannover-Würzburg an ihrer Zukunft herum. Südlich von Göttingen standen halbe Brücken in der Landschaft, Betonrohlinge inmitten von frischem Grün. Und immer wieder Tunneleingänge und Tunnelausgänge.

Van Dyke parkte den Porsche mitten auf der Baustelle.

«Hier buddeln sie den Lochberg-Tunnel aus», sagte er, als sie ausstiegen. «55 Arbeiter, eine Handvoll Ingenieure.»

Sie hatten Container übereinandergestapelt, in einigen Fenstern lagen Bettdecken, an Wäscheleinen hing Unterwäsche schlaff in der Windstille. Aus dem Bauch des Hügels drangen Motorengeräusche. Van Dyke ging auf den Tunneleingang zu.

«Da wollen wir doch wohl jetzt nicht rein», sagte Phil spontan und ärgerte sich über seine Verzagtheit. Auf den ersten Metern war der Tunnel verschalt. Nach vielleicht 100 Metern wurden die Wände rauh, das Ambiente kannte Phil. Aber dieser Tunnel war bestimmt 12 Meter breit und mehr als drei Meter hoch. Ein Tanzsaal gegen den Schlauch gestern.

«Arsch offen, was?» rief ihnen jemand erbost ins Kreuz. Sie bekamen von einem Mann zwei gelbe Helme auf den Kopf gesetzt.

«Das zahlt keine Krankenkasse», rief der Mann gegen das Brummen der Motoren an. Lastwagen schafften die herausgebrochenen Steine fort. An der Spitze des Bautrupps hämmerte ein Mann mit einer Maschine, auf die ein überdimensionierter Bohrer gesetzt war, Löcher in den Stein. Van Dyke forderte Phil auf mitzukommen. Die Bauarbeiter beäugten die Neuen, und Van Dyke tippte dem Bohrer auf die Schultern. Der Bohrer drehte sich um – eine Frau. Sie lachte, wies auf ihre Kopfhörer, schenkte Van Dyke einen Kußmund. Van Dyke deutete auf seine Uhr und hielt der Frau zweimal alle gespreizten Finger entgegen. Sie nickte und setzte wieder den Bohrer an. Die Männer verließen den Tunnel, Phil betrachtete die Holzwand: Schilder mit Bauvorhaben, Bauherr und beteiligten Firmen. Neben der Holzkonstruktion hatten Umweltschützer ein jammervolles kleines Plakat angenagelt: *Bahn zerstört Natur*. Darunter das Bild einer Sumpfdotterblume, über die ein Schnellzug hinwegbrettert.

Hinter Phil verließen Menschen den Tunnel. Lkws, Generatoren und technisches Zeug wurden herausgefahren und -getragen. Dann ertönte neben der Containersiedlung eine durchdringende Tröte:

«Zehn Minuten», sagte Van Dyke.

«Mein Gott, Paul», sagte Phil. «Du kommst rum in der Welt. Traktoristinnen, Ingenieurinnen, die mit dem Bohrer umzugehen wissen. Du kennst dich wirklich aus.» Die Tröte ertönte ein zweites Mal. Die Ingenieurin verließ den Tunnel, sah sich eine Schnur an, diskutierte mit einem Mann in gelber Regenjacke, der sich vehement verteidigte. Die Tröte zum dritten. Die Ingenieurin drückte selbst den Hebel. Die Explosion klang dumpf und überraschend weit entfernt. Der Boden zuckte leicht, Staub quoll aus dem Tunneleingang.

Van Dyke absolvierte schon wieder einen Handkuß. Dann stellte er vor:

«Philip Mann, ein langjähriger Freund – Hella Brandenburg, Diplomingenieurin, guter Geist dieses Bauabschnitts und Mutter der Kompanie.»

Sie wehrte sich lachend gegen die Lobhudelei und behielt ständig Phil im Auge. Der wußte bald nicht mehr, wo er hinsehen sollte. Er konnte mit ihrer herben Ausstrahlung nichts anfangen.

«Paul hat mir viel von Ihnen erzählt», behauptete die Ingenieurin.

«Dann muß ich ja nichts mehr sagen», erwiderte Phil und sah den beiden beim Wettlachen zu.

«Ich hoffe, Sie sind bald wiederhergestellt nach Ihrem schweren Unfall», fuhr Hella Brandenburg fort.

«Klar», sagte Phil. «Ich habe ja viel Luftveränderung, seitdem ich mit Paul unterwegs bin.»

Da stand der Bursche und lächelte so souverän, als wenn er nicht im entferntesten damit rechnete, daß Phil das Lügenspiel mit zwei Sätzen zerfetzen könnte.

«Geht's gut voran bei euch?» fragte Van Dyke. Die Ingenieurin erzählte, daß man im Zeitplan läge und die Strecke zwischen Hannover und Würzburg in 18 Monaten fertiggestellt sein würde.

Man schlenderte dann gemeinsam zu einem Container, in dem Hella Brandenburg die Leitzentrale der Baustelle unterhielt. An der Wand hingen der Verlauf der bisherigen und der neuen Bahnstrecke. Die Brandenburg spendierte einen Schnaps, den Phil ablehnte. Van Dyke eiste sie dann los, und Hella Brandenburg sagte zu Phil:

«Schauen Sie doch mal wieder vorbei.»

Van Dyke fuhr ins nächste Dorf, wo sie in einem Gasthof eine «Hausplatte für zwei Personen» auf den Tisch gestellt bekamen, die treffender «Hausplatte für zwei Busse» geheißen hätte. Phil, der größere Mengen meiden mußte, aß sehr zögerlich. Van Dyke schlug mit den Worten «Endlich mal was anderes als ständig diese Spesenlokale» hemmungslos zu. Nach dem Essen bestellte er Dessert, Kaffee, einen Schnaps, ließ schließlich eine Zigarre kommen. Paul Van Dyke hatte alle Zeit der Welt.

Es war nach 16 Uhr 30, als Van Dyke die Gastwirtsfrau zum Bezahlen heranwinkte. Sie brauchte eine Minute, bis sie begriffen hatte, daß er 10 Mark Trinkgeld geben wollte.

«Was machen denn die Nebenrechte?» fragte Phil unvermittelt. «Die Taschenbuchverlage müssen doch Schlange stehen bei dir.»

«Worauf du einen lassen kannst. Aber es wäre ganz falsch, übereilt einem Bewerber den Zuschlag zu erteilen.»

«Du möchtest nicht so nett sein und eine Zahl nennen?»

«Möchte ich nicht, nein. Und bevor du jetzt moralisch wirst: Wir zwei haben einen Vertrag miteinander geschlossen.»

«Ich erinnere mich kaum noch, jemals so etwas unterschrieben zu haben. Du lügst mich nicht zufällig an?»

«Frag Doktor Heinrich in Hamburg! Frag Doktor Barth! Die waren Zeuge.»

«Vielleicht werde ich sie tatsächlich fragen. Du hast nicht zufällig die Anschrift der Herren?»

«Der eine wandelt auf Albert Schweitzers Spuren, also Großraum Gabun. Der andere schippert derzeit im Verlauf eines Sabbatjahrs durch die Karibik. Telefon gibt es nicht auf seinem Boot.»

Phil bemerkte erstaunt, daß sie wieder Richtung Tunnelbaustelle fuhren.

Van Dyke parkte den Porsche in einem Waldweg. Sie gingen 200 Meter bis zur Baustelle.

«Hör mal, Paul, wenn du glaubst, ich hätte das nötig, daß du mir Frauen...»

«Nun denk doch nicht immer nur an das Eine», sagte Van Dyke. Phil bemerkte nun, daß der Verleger nicht die Richtung zu den Containern einschlug. Van Dyke führte ihn von oben durch ein kleines Waldstück an den Tunnel heran. Es war nach 18 Uhr, die Sonne hatte sich verkrochen, doch die Luft war weich und warm. Das hinderte Phil nicht, heftig zu transpirieren. Er sehnte sich nach faulen Spaziergängen rund um den Sanatoriumsrasen. Er hatte in seinen schlappsten Tagen 40 Minuten für eine Umrundung benötigt.

«Sssh», fauchte Van Dyke, als Phil es nicht unterlassen konnte, im Tunnel ein Echo zu produzieren. Sie gingen vielleicht einenhalb Minuten lang, und die Reste der nachmittäglichen Sprengung waren bereits vor ihnen zu sehen. Phil steuerte drauf zu und war plötzlich allein.

«Was ist denn...?» fragte er den zurückgebliebenen Van Dyke. Der hatte bereits eine Stahltür in der Tunnelwand geöffnet und wies einladend hinein. Phil war auf einen Raum für Notfallgeräte oder für einen kompletten Feuerwehrwagen gefaßt.

«Ach nee», sagte er dann.

Van Dyke schaltete Licht an und schloß die Tür.

«Paul, warum lockst du mich einmal pro Tag in solche Höhlen?»

«Platzangst?»

Die hatte Phil nicht, denn dies war kein Gang nur für Menschen. Hier konnten Autos fahren, Lastwagen...

«Mensch, hier paßt ja ein Zug rein.» Verdutzt drehte sich Phil um, blickte die Tür an.

Van Dyke schmunzelte.

«Hier siehst du Gesamtdeutschland.»

«Ach», sagte Phil. «Eine Höhle im Berg, kein Tageslicht und eine winzige Tür, durch die man kaum durchpaßt.»

«Gut», sagte Van Dyke und bot Phil eine Zigarette an, die dieser ablehnte. «Reden wir Klartext. Dir dürfte bekannt sein, daß der Zweite Weltkrieg auf die Straßen- und Bahnwege in unserem geteilten Vaterland eine verheerende Wirkung hatte.»

«Ist mir bekannt. Seitdem machen wir die Natur in Nord-Süd-Richtung kaputt, weil auf den alten Ost-West-Magistralen Unkraut wächst.»

«Setzen, zwei plus. Du hast vielleicht gelesen, daß auf mancherlei Ebene über eine neue Bahnstrecke zwischen Hannover und Berlin gesprochen wird. Anfang der achtziger Jahre wurde die

Autobahn Hamburg – Berlin eröffnet. Immer mal wieder geht es darum, ob nicht ein zusätzlicher Grenzübergang geöffnet werden kann. Der kleine Grenzverkehr funktioniert dermaßen reibungslos, daß man gar nichts mehr von ihm hört. Und vor kurzem hat ein Heide-Politiker seine Heimatstadt Uelzen ins Gespräch gebracht, weil er die Bahnstrecke Bremen – Stendal über Uelzen neu eröffnet haben wollte. Das deutsch-deutsche Geschäft bis hoch zur höchsten Ebene ist also in Bewegung. So, nun kommen wir zu einer pikanten Ebene. Der dritt- und vierthöchsten.»

«Wo die Breitärsche sitzen.»

«Wo früher einmal der eine oder andere Breitarsch gesessen haben mag. Auf dieser Funktionärsebene tut sich in der DDR zur Zeit Revolutionäres, um diesen ausgelutschten Ausdruck einmal in den Mund zu nehmen. Es gibt auf besagter Ebene im anderen Teil eine Sympathie für den Genossen Gorbatschow, daß dir die Augen tränen. Da herrscht eine Aufbruchstimmung, da machen wir Sesselfurzer hier drüben uns ja keinen Begriff von.»

«Woher willst du das wissen? Verkehrst du in diesen Kreisen?»

Van Dyke zündete sich eine neue Zigarette an und blickte dem Rauch hinterher.

«Phil, du als Mann des Wortes weißt doch am besten, daß das meiste in dieser Welt ein Streit um Worte ist.»

«Bis auf den Streit um Geld, den um Macht und den um Frauen, wobei es häufig zu sogenannten Mischstreitereien kommt.»

«Ob du die Chose nun Wiedervereinigung nennst oder Matsch-und-Regen-Reifen, auf den Inhalt kommt es an. Deshalb nenne ich es auch nicht Wiedervereinigung. Sagen wir: Es gibt Zeitgenossen, die machen sich Sorgen um die Zukunft der beiden deutschen Staaten für die Zeit, wenn die Ost-West-Konfrontation abgebaut sein wird. Das mag in 5 Jahren sein, in 10 oder in 15.»

«Vielleicht geschieht es auch nie, weil vorher bei uns ein Atomkraftwerk in die Luft fliegt oder 2 oder 3, und die Brüder und Schwestern wollen gar nichts mehr mit uns zu tun haben.»

«5 Jahre, 10 Jahre, 15 Jahre, einerlei. Was tun bis dahin? Hände in den Schoß oder sich diskret vorbereiten, damit dann nicht die große Hektik losbricht und alles auf einmal passieren muß? Nun bauen wir auf unserer Seite diese wirtschaftlich todesmutige Neubaustrecke Hannover – Würzburg. Die verläuft relativ dicht an der Grenze zur DDR.»

«Gib mir endlich eine Zigarette. Das dauert ja wohl noch bei dir.»

«Ich bin bereits fertig. Fachleute drüben und Fachleute hier haben – teilweise unter Umgehung von eigentlich unumgehbaren Instanzen – ihr eigenes Ding gedreht. An drei Stellen der Neubaustrecke wurde beziehungsweise wird eine Abzweigung im Bereich von Tunnels Richtung Osten vorbereitet, damit wir, wenn die politische Großwetterlage es zuläßt, schnell Butter aufs Brötchen kriegen.»

«Laß mich raten: Deine Verbindungsleute drüben bauen schon heimlich kleine schnuckelige Bahnhöfe, um die ersten Züge begrüßen zu können.»

«Siehst du, Phil, deshalb wirst du nie ein politisch denkender Mensch werden. Du hast so viel Phantasie auf einigen Gebieten. Aber du bist ein Stofftier auf anderen Gebieten.»

«Komm, komm, Paul. Schmink dir das hektische Wangenrot ab. Ich bin sauer, daß du mich für dermaßen blöd hältst. Du willst mir doch nicht im Ernst erzählen, daß bei uns irgendwas Kostspieliges passiert, wovon die Macher im Verkehrsministerium und bei der Bahn nichts wissen.»

«Es reizt mich natürlich ungeheuer, dir die Fakten rechts und links um dein altkluges Grinsen zu schlagen. Andererseits...»

«Meine Damen und Herren an den Radiogeräten. Sie werden soeben Zeuge, wie Verleger Paul Van Dyke dieses unnachahmlich Staatsmännische über das Höhensonnenbraun seiner Gesichtsmuskulatur legt.»

«Du siehst diesen Tunnel hier, oder nicht?»

«Und in den anderen Tunnels, wie sieht es da aus?»

«Im Friedberg-Tunnel läuft der Verkehr bereits.»

«Aber Mann, da liegen dann doch Gleise, und eine Weiche muß her. Oder sehe ich da irgendwas zu naiv?»

«Du siehst das schon richtig. Alles vorhanden, alles verlegt.»

«Und warum lese ich darüber nichts in den Zeitungen?»

«Ach Gott, Phil.» Van Dyke verzog das Gesicht und wandte sich zur Tür.

«Komm, wir verlassen diesen finsteren Ort und genießen noch einen Rest Tageslicht. Und mein Braun stammt selbstverständlich nicht von der Höhensonne, sondern aus Bad Kleinkirchheim.»

Van Dyke schloß die Tür ab.

«Vor Reportern habe ich die wenigste Angst», sagte er auf dem Rückweg. «Das sind Generalisten. Haben von allem schon mal was gehört und von nichts genaue Kenntnis. Wenn du denen sagst: ‹Was hinter dieser Tür ist? Schaltkästen, Feuerlöscher, können Sie vergessen, gibt optisch nichts her.› Dann war's das in 90 Prozent aller Fälle. Und für die zehn Prozent, die unbedingt einen Blick werfen wollen, öffnen wir eben die Tür und zeigen ihnen die Schaltkästen und den Feuerlöscher.»

«Nicht dumm», sagte Phil. «Die Wand um die Tür herum wird erst weggehauen, wenn die Züge Richtung Osten dampfen sollen.»

«Und retour, mein Lieber. Und retour. Freier Austausch von Waren und Devisen, so haben wir es gerne.»

«Was ich trotzdem nicht verstehe: Warum betreibt ihr eine solche Wildwestkommunikation mit reitenden Boten, die noch dazu tot sind? Bei deinem Genie müßte es dir doch ein leichtes sein...»

«Es ist manchmal besser, nicht zu viel zu riskieren, wenn du es billiger haben kannst.»

«Willst du damit sagen, daß ihr auf diesem Weg auch noch andere Boten...?»

«Ich will gar nichts mehr sagen. Ich will jetzt zu meinem nächsten Termin.»


Van Dyke setzte ihn vor dem Sanatorium ab. In der Raucherecke versorgte sich Phil Parker mit liegengebliebenen Tageszeitungen. Seite 1 gehörte dem Kinderkiller: *Junge (8) ohne Gehirn gefunden – Saugt das Ungeheuer seine Opfer aus?* Phil bekam Hunger. Die jugoslawische Küchenhilfe bot ihm Müsli und Joghurt an. Er zog mit zwei Scheiben Graubrot ab, dazwischen 150 Gramm Corned beef.

Als Phil die Treppe hochkam, sah er, wie Mutter Teresa und Jesus im Zimmer von Strauss verschwanden. Er folgte ihr. Strauss hatte eine neue Ladung von Tageszeitungen aus den dreißiger Jahren erhalten. Er suchte diese Uraltblätter mit Hilfe von Kleinanzeigen. Noch 50 Jahre nach dem Schock hatte Strauss nicht akzeptiert, daß ihm ein anderer bei der Grundlagenforschung des Synthesizers zuvorgekommen war. Der Verdacht, daß jemand seine Konstruktionspläne entwendet haben könnte, hatte sich bei ihm zum Wahn ausgewachsen. Ein Leben lang suchte Strauss nach dem Verräter. Er hatte den Tisch voller Triangel liegen.

«Na, Künstler», sagte Phil, «geht's voran?»

«Ich bin zuversichtlich», erwiderte Strauss.

Mutter Teresa hielt die neue Tageszeitung mit dem Kinderkiller in die Höhe:

«Sie sind herniedergestiegen. Jetzt holen sie sich die Kinder.»

«Quatsch», sagte Phil. «Solche Tiere gibt's immer wieder mal.»

«Dem letzten hat er die Klöten abgeschnitten», wußte Strauss. Mutter Teresa hielt dem Herrn sofort die Ohren zu.

Phil mußte ihm dann noch über den Kopf streicheln, und Mutter Teresa erteilte den Segen. Mit dem Segen und den Cornedbeefstullen begab sich Phil in den Kindertrakt.

Julia Kaiserworth hatte beide Arme um Max geschlungen. Max hatte beide Arme um Julia geschlungen. Aber nur Max weinte. Phil blieb in der Tür stehen und bewunderte die aufregende Frau. Heute trug sie einen langen Rock und ein T-Shirt. Die Aussicht auf den Anblick ihrer Vorderseite ließ Phil erzittern. Er sehnte sich nach Vitamintabletten. Er mußte doch erst gesund werden, bevor er...

«Spanner.»

Phil deutete fragend auf seine Brust, und Julia wiederholte: «Spanner.»

«Ich bin nur gekommen, um zu sehen, wie es dem kleinen Floh...»

«Kann man Flöhe essen?» jammerte Max.

Julia tätschelte seinen Rücken: «Sie haben ihn auf 600 Kalorien gesetzt.»

Phil kniete sich vor das verheulte Gesicht. Max schnüffelte, schnüffelte erneut und warf sich dann gegen Julias Bauch:

«Er riecht nach Wurst», brach es aus dem gepeinigten Kind heraus. Julia stellte das Kind ruhig, und Phil brachte sich auf seinem Zimmer mit Wasser, Seife und Deodorant in Form. Er stand mit nacktem Oberkörper vor dem Spiegel und zählte seine Rippen ab. «Wie Marius Müller-Westernhagen», murmelte er. Phil freute sich auf die Berührung von nackter Frauenhaut. Er war ja so was von heiß auf diese Frau.

Sie wartete auf ihn neben Iwans Peugeot-Cabrio.

«Finde ich nicht nett», sagte sie zur Begrüßung, «daß man neben einem Sanatorium voller gesundheitlich angeschlagener Menschen einen Autofriedhof aufmacht.»

Pfeifend verleugnete Phil den Wagen und begleitete Julia zu ihrem.

«Aber hallo», sagte Phil. Beeindruckt bestieg er den Corrado und wollte gar nicht glauben, daß er in einem Volkswagen saß.

«Das muß nach meiner Zeit passiert sein», sagte er, während Julia den Wagen Richtung Bad Lauterberg lenkte.

Sie berichtete leichthin von ihrer nicht gerade ärmlichen Familie. Der Vater sei im Buchgeschäft, und die Mutter entstamme einer Seidenspinnersippe im Sauerland. ‹Na toll›, dachte Phil, ‹mal wieder zielstrebig eine Bürgertussi erwischt. Wahrscheinlich haben die einen speziellen Geruch.›

«Ist was?» fragte Julia, und Phil behielt fortan statt ihres Busens die Straße im Auge. Seit seinem 22. Lebensjahr hatte ihn kein Vorwurf schwerer getroffen als der der Frauenfeindlichkeit. Nichts hatte er schärfer gegeißelt als Chauvisprüche und anzügliche Gesten. Mit einer seiner aufregendsten Geliebten war er lediglich ins Geschäft gekommen, weil er in ihrer Gegenwart einen allzu scharf rangehenden Tölpel in seine Schranken verwiesen hatte. Eine Stunde später durfte er bei der Dame unheimlich scharf rangehen. Ja, sie forderte ihn zu Chauvisprüchen und anzüglichen Gesten auf. Es war eine sehr lehrreiche Beziehung gewesen.

«Und Sie», eröffnete Julia Kaiserworth die Fragerunde, «Sie sind Schriftsteller?»

«Man tut, was man kann», murmelte Phil pflaumenweich.

«Könnte ich von Ihnen schon mal was gelesen haben?»

«Durchaus möglich», antwortete Phil. «Vielleicht sind ja Kutteln Ihre Lieblingsspeise. Vielleicht verbringen Sie Ihre Ferien am liebsten auf Helgoland. Alles möglich. Warum sollten Sie dann nichts von mir gelesen haben? Es gewinnen ja auch immer wieder Leute im Lotto.»

«Warum so bitter?» lachte sie, und Phil verfolgte die Auswirkungen der Körpervibrationen aus den Augenwinkeln. Und diese Frau wollte mit ihm arglos eine alte Kirche betreten, in der voraussichtlich keine Menschenseele mäßigend auf den Lustmolch einwirken konnte.

Er log ihr einiges über seine Literatenlaufbahn vor, und auf den letzten Kilometern gelang es ihm sogar, zu einer gewissen Lockerheit zurückzufinden. Munter plaudernd stiegen sie in Walkenried aus dem Wagen, und Phil strich bewundernd über das Dach des Flitzers. Dann stand er staunend vor der mächtigen Klosterfassade. Die Ruine wirkte wie versehentlich in diese Gegend gestellt. Julia Kaiserworth erzählte von den Zisterziensern und der Gründung des Klosters 1129 über die Blütezeit im 14. Jahrhundert bis zum Niedergang nach den Bauernkriegen.

«Ein herrliches Gebäude», schwärmte sie. «Und wer ist dafür verantwortlich? Eine Frau. Adelheid, die Frau von Graf Volkmar von Clettenburg. Beatae Mariae de Walkenred.» Sie wies begeistert auf das Brunnenhaus. «Eine reiche Anlage. Kaiser Friedrich Barbarossa hat im Jahre 1157 dem Kloster 25 Prozent der Erzausbeute des Rammelsbergs geschenkt.»

«Rammelsberg», sagte Phil und brachte seine Blicke in Sicherheit.

«Die waren sehr geschäftstüchtig, die Zisterzienser. Haben komplette Hüttenwerke auf die Beine gestellt; Brauereien, Weinberge, Mühlen.»

Phil sehnte sich danach, mit ihr endlich in ein Lokal zu kommen. Sie mußte ihm vorher noch unbedingt den Teil des Kreuzgangs zeigen, in dem sie mit Kollegen Wandmalereien oder die Börsenkurse der Zisterzienseraktien freilegte, so genau konnte Phil hier schon nicht mehr folgen. Gehorsam trottete er mit, als Julia in die Kirche überwechselte. Er besah sich das holzgeschnitzte Grabmal des letzten Grafen von Honstein aus dem 17. Jahrhundert, die Kanzel in irgendeinem Übergangsstil und den Taufstein, der rein romanisch und trocken war.


Julia Kaiserworths Wohnung war Ikea in Reinkultur und lag im Dachgeschoß eines Zweifamilienhauses in Walkenried. Die Vermieterin saß mit einem Lufthansa-Cocktail vor dem Fernseher, fing Julia und Phil im Flur ab, sagte mit Blick auf Julia zweimal «Meine Christa. Wie aus dem Gesicht geschnitten» und wollte die beiden nötigen, das knallblaue Gesöff zu trinken. Julia betrieb den Small talk auf eine Weise, zu der Phil Handkanten benötigt hätte.

Als sie fünf Minuten später auf der Sechzigerjahrecouch aus den Jugendtagen der Vermieterin-Tochter saßen und Phil tapfer sein

Heilwasser becherte, entschuldigte sich Julia für die Beengtheit ihrer Wohnverhältnisse. Die Beengtheit hätte Phil ihr verziehen, schließlich wohnte sie hier nur für die Dauer der Restaurierungsarbeiten, die im Spätsommer beendet sein sollten. Was ihn jedoch aufregte, war ihr Verhalten ihm gegenüber. Kissen in den Rücken, Diätbrause, der Hinweis, daß die Spaghetti in kaltgepreßtem Olivenöl gebraten worden seien und die Frage, ob es ihn stören würde, wenn sie – Julia – sich zu ihm auf das Sofa setzen würde. Nein, der Zahnstocher war nicht zu spitz; ja gerne, wer würde sich nicht interessiert Bade- und Schlafzimmer in fremden Wohnungen anschauen? Sie machte es spannend, sie machte es wirklich spannend. Phil warf heimlich die abendliche Tablette zur Stärkung der Leberzellen ein und fühlte heimlich seinen Puls. Er wußte nicht, wo das noch enden sollte, zumal Julia wieder mächtig ins Erzählen kam: Abt Heinrich I., 40000 Morgen Grundbesitz, Münzhoheit, Bannfluch. Ob es ihn stören würde, wenn sie die Füße auf den Tisch...? Befreiung vom Zehnten, Heinrich II., also nach diesem Berg Spaghetti müsse sie ihren Rock einen Knopf weiter machen und huch! wer hätte das gedacht, der Rock habe ja gar keine Knöpfe, sondern ein Band halte alles zusammen. Ob Phil auch so eine Hose habe? Nein, Phil hatte keine solche Hose. Was Phil denn für eine Hose habe? Ach so, mit dem langweiligen Reißverschluß vorne, den herunterzuziehen und dann wieder heraufzuziehen und herunterzuziehen und... erst dann packte Phil Parker zu. Hinterher nannte er sich einen Pavian, weil er mindestens fünf Minuten verschenkt hatte, in denen Julia bereit gewesen... Aber sie nahm ihm das nicht krumm, fragte allerdings selbst jetzt, wo Phil den fünften Gang eingelegt, ob er sich nicht überanstrenge, und Phil keuchte:

«Jeder Mann ist mit einer schönen Frau überfordert.»

Das war nicht dumm, Julia stand auf geistreiche Komplimente. Glück für sie, denn Philip Parker Mann galt als Erfinder des geistreichen Kompliments. Vorfreude überflutete ihn, als er ihren nackten Körper sah, als er nach Monaten einen Hautkontakt hatte, der intimer war als Krankenschwester Karla, die seinen Schniedel dreimal am Tag in die Flasche steckte, bevor Schwester Margot sie ablöste, bei der er nie wußte, ob sie ihm helfen wollte, die gefüllte Blase loszuwerden oder ob sie vorhatte, das Ding abzumontieren.

«Wunderbar», sagte Phil Parker an einer eindringlichen Stelle. Julia schaffte es, mit ihm zu verkehren und gleichzeitig nur wenige Minuten den Pflegeeffekt aus dem Auge zu verlieren. Sie hätte ihn gern noch weiter umsorgt, doch schlafende Patienten benötigen keinen Zuspruch.

## 4

Im Lauf der Nacht erwachte Phil Parker in völliger Orientierungslosigkeit. Beim Versuch, den Weg zur Toilette im Sanatorium zu finden, öffnete er das Fenster von Julia Kaiserworths Schlafzimmerfenster, und nach Hause wankende Teilnehmer eines Polterabends sahen im ersten Stock des Zweifamilienhauses einen unbekleideten Männerunterschenkel das Dach besteigen, bevor zwei nackte Frauenarme zupackten und den Mann zurückzogen. Am nächsten Morgen wußte Phil von dieser Begebenheit nichts mehr.

Julia fuhr ihn ins Sanatorium. Hinter der Glastür der Kinderabteilung wartete – auf seinem Bademantelgürtel kauend – Max, der Abspecker. Er sank Julia in die Arme und sagte tonlos:

«Meine Beine können nicht mehr. Ich habe solchen Hunger.»

«Das Kerlchen leidet», erkannte Phil. «Wie viele Leidensgenossen hast du denn, mein Junge?»

Er hatte Daniel und noch zwei Namen, die er vor Schwäche nicht aussprechen konnte.

Kurz vor halb drei wartete Phil im Pulk der 18 Touristen auf das Erscheinen des Alleswissers der Grube Samson. Phil hörte sich das Genöle zum zweitenmal an und wartete ungeduldig, bis die üblichen Anekdoten von Wasserrad, Fahrkunst und Grubenunglücken ausgeplaudert waren. Immerhin hatte der Alleswisser seinen Vortrag nicht hundertprozentig automatisiert, denn im Gegensatz zum erstenmal kam er heute auf die Andreastaler zu sprechen. Die alten Silbermünzen erinnerten Phil vehement an seine Mittellosigkeit. Neben ihm alberten zwei Schulmädchen herum. Phils Herz war bei Julia, und erst jetzt befiel ihn der Stolz auf die anständige Absolvierung des ersten Liebesakts nach monatelanger Kunstpause.

Der Alleswisser war mittlerweile zu Stuhle gekommen, und die Besucher durften Erztonne und Beschädigtentonne besichtigen. In die erste paßten 1000 Kilo Gestein, in die letzte zwei verletzte

Bergleute oder was nach einem Unfall unter Tage von ihnen übriggeblieben war.

Nun marschierte man kollektiv Richtung Unterwelt ab, und Phil drängelte sich vor, um den Alleswisser zu fragen:

«Sagen Sie, guter Mann, wie zuverlässig ist denn Ihr elektrisches Licht hier?»

Der Alleswisser musterte Phil intensiv nach einer Zange zum Abkneifen der Leitung und antwortete: «Bombensicher. Wie in einem Atomkraftwerk. Eher noch sicherer.»

«Mir ist zu Ohren gekommen, daß es gestern einen Zwischen...»

«Das war nichts», trumpfte der Alleswisser auf. «Das hatten wir gleich im Griff.»

Phil ließ sich zurückfallen und stand neben den wispernden Teenagern, die sich als Däninnen herausstellten. Als er die Passage erreicht zu haben glaubte, an der ihn der starke Arm des schweigsamen Einheimischen gepackt hatte, ließ er den Alleswisser mit seinem Rattenschwanz davonziehen. Dann begann er eine penible Untersuchung der Schachtwand. Doch alles, was er tun konnte, war ein unmotiviertes Herumpatschen mit beiden Handflächen auf der Steinwand des Schachts. Er fand nicht den Hauch eines Gangs, keine verdächtige Aushöhlung, Einbuchtung, keine Naht, keine bearbeiteten Steine. Nun war er auch gar nicht mehr sicher, ob er tatsächlich an dieser Stelle in den Geheimgang gezogen worden war. Erst jetzt fiel ihm auf, daß der Einheimische gar nicht seinen Namen genannt hatte.


«He, Sie! Was machen Sie da?»

Phil Parker seufzte, drehte sich um und ließ den Mann: sich ranwieseln, aufpumpen und dann die rituelle Beschwörung des Privateigentums.

«Gut, gut», sagte Phil, «ich stehe in Ihrem Garten...»

«Auf meinem Grund und Boden», tobte der andere.

«Ich wollte Ihnen nichts entwenden...»

«Das wäre ja auch noch schöner.»

«Es ist der Schacht, der mich interessiert.»

Der Eigenheimbesitzer schichtete seine Gesichtsmuskulatur um. Unter den dünnen Augenbrauen blitzte so etwas wie Abenteuerlust auf. Aber nur ein Rest, das meiste war wohl schon unrettbar verschüttet worden.

«Sie interessieren sich für den Schacht?» fragte er vorsichtig.

Phil nickte. «Oder ist das nicht der Schacht Felicitas, der hier früher rausgekommen ist?»

Nun ging es los. Der Eigenheimbesitzer monologisierte abwechselnd über den Schacht, seine neu erbaute Garage und die Probleme des kleingärtnerischen Wirkens und Erntens angesichts einer erheblichen Schieflage des Grundstücks. Phil brachte ihn behutsam auf den Schacht zurück.

«Sehen Sie», sagte der Besitzer. «Hier sind wir als Kinder mehr als einmal runter. Mein Vater ist an die Decke gegangen. Und ich habe jedesmal eine geballert gekriegt. Ordnung muß sein. Wenn mein Jüngster auf die Idee käme, das Gelump wegzuräumen, ich würde ihm auch eine ballern. Würden Sie doch genauso machen oder?»

Phil rettete sich in die nächste Frage:

«Wer hat das Zeug denn reingeschüttet? Was liegt da überhaupt drin?»

«Ja, was liegt da drin? Was im Lauf der Zeit so anfällt. Steine, Holzbalken, Zement, der zu schnell hart geworden ist und mit dem sie dann irgendwo hin mußten.»

«Und es stimmt, daß unter St. Andreasberg 200 Stollen liegen?»

Der Besitzer freute sich, daß ein Fremder sein Andreasberg kannte. Er lächelte Phil nun regelrecht an, und seine Frau, die am Panorama-Isolierfenster stand und den Silberpudel – bereit zur Attacke – auf dem Arm hielt, wunderte sich, warum ihr Männe nicht endlich das Zeichen zum Angriff gab.

«200 Stollen», sagte er so stolz, als ob er jeden einzeln gegraben hätte. «Drüben die Sanders haben auch einen Ausgang im Garten. Und bei Störmer, schräg über die Straße, läuft der Sieberstollen, in dem können Sie bis nach Sieber gehen.»

«Aber die sind alle zugeschüttet, die ehemaligen Ausgänge?»

«Natürlich», sagte der Besitzer. «Ist doch keine Zierde, wenn du im Garten so ein Loch hast. Wenn da was passiert! Ulli Dengler sein alter Herr ist Ende der sechziger Jahre volle Kapelle in ein Loch rein. War duhn wie tausend nackte Russen. Ich sage nur Schützenfest, wenn Sie wissen, was ich meine.»

Phil ließ sich dann noch einige immergrüne Gewächse zeigen und floh vom Grundstück, bevor er einen Schnaps annehmen mußte.

Im Kreise einer Busladung Ruheständler aus dem Raum Hannover wartete er ab, bis die Kurverwaltung ihre dreistündige Mittagspause verdaut hatte. Dann ließ er sich von einer keinen Widerspruch duldenden Frau versichern, daß er in Andreasberg munter einen Fuß vor den anderen setzen könne. Er werde nirgendwo in eine Grube stürzen, es sei denn, er gehe freiwillig... Und schon hielt er wieder einen Prospekt des historischen Silbererzbergwerks Grube Samson in der Hand. Phil suchte, da es im Ort keine Buchhandlung gab, zwei Geschäfte auf, in denen Drehsäulen mit Bastei-Lübbe- und Heyne-Taschenbüchern die Literatur nach unten abgrenzten. Im zweiten Laden stand eine kleine Kollektion Heimatliteratur. Dünnleibige Broschüren und Jubelhefte zu irgendwelchen Jubiläen, mehr Dönekens als Fakten. Phil blätterte das Zeug durch, stellte alles wieder ins Regal und nahm am Schluß eine Broschüre über die Grube Samson mit.

Am Eingang des Sanatoriums lief ihm Professor Morak über den Weg.

«Sie waren heute nacht nicht in Ihrem Bett», behauptete Morak.

«Ich war in einem anderen Bett.»

«Herr Mann. Sie sind auf dem allerbesten Weg, wieder zu alter Form hergestellt zu werden. Sie setzen den Heilungsverlauf aufs Spiel, wenn Sie anfangen, in den letzten Tagen Sperenzien zu machen. Ist es eine Frau?»

Phil nickte.

«Ein Wahnsinnsweib, wo einem die Textilien ohne Zutun vom Leibe springen?»

Phil nickte, Morak fiel in sich zusammen und sagte: «Scheiße.» Dann begann er wahrhaftig, Däumchen zu drehen und sagte: «Ich verstehe, daß der Mediziner unter diesen Umständen sein Recht verloren hat. Aber ich rate Ihnen dringend: Gehen Sie mit Ihren Kräften behutsam um. Sagen Sie auch mal nein. Eine Frau kann das ab. Frauen sind wartefähig.»

Morak grinste schleimig und charmant. Der Mann war ein Phänomen, zumal sich hartnäckig das Gerücht hielt, daß er es mit der

Hygiene nicht genau nahm. Man munkelte, daß sich der Professor nur samstags wusch, wenn überhaupt. Forderte eine Bettgefährtin von ihm schaudernd ein Vollbad, erkundigte sich Morak nach Ablauf und Varianten des in Frage stehenden Liebesspiels und pflegte sodann die dazu benötigten Körperteile, keineswegs jedoch auch nur ein einziges mehr, einer Katzenwäsche zu unterziehen. Vielleicht war dies kein Gerücht, denn ohne Zweifel umspielte den Morak stets ein leiser Hauch von Moder.

Phil schaute bei Max hinein. Eine Pflegekraft war dabei, den Fußboden des Eßraums aufzuwischen. Angeblich hatte Max mit seiner Suppe geworfen und lag nun strafweise zwei Stunden früher als sonst im Bett. Neben der Pflegekraft lag Julia auf den Knien und half, die Hinterlassenschaft ihres Sprößlings zu entfernen. Phil raubte ihr einen Kuß und wollte Julia unbedingt in seinem Zimmer verführen. Julia wollte nicht:

«Was sollen deine Zimmernachbarn denken?»

Sie landeten nach dankender Ablehnung eines Lufthansa-Cocktails in Julias Bretterkiste. Verschämt gestand er ihr hinterher seinen Muskelkater, und Julia stieß sich vor Lachen den Kopf am Fußende an.

# 5

Am nächsten Vormittag mietete Phil Parker zwei Blockhütten. Sie standen zwei Kilometer vor St. Andreasberg mitten im Wald, umgeben von vier anderen Blockhütten. Drei standen leer. In der vierten logierte ein Lehrerehepaar. Es saß, wenn es nicht wanderte, vor dem Haus auf einer Bank und diskutierte die Frage, ob das Leben nach Ablauf der § 10e-Anwendung noch einen Trumpf bereithalten würde. Phil probierte in seiner Hütte das Doppelbett aus: Es quietschte links und kreischte rechts. Er krempelte das Verdeck von Iwans Cabrio hinter die Rückbank und ließ sich in einem Bettengeschäft in Braunlage zwei 90 Zentimeter breite Matratzen und zwei Federkerne erster Güteklasse in den Peugeot wuchten.

Um 11 Uhr hatte er eine Verabredung mit dem Kurdirektor von St. Andreasberg, einem umtriebigen Hektiker, der in diesem beschaulichen Ort eklatant unterfordert war. Er sehnte sich nach Herausforderungen, die er auf einen Nenner brachte: «Wenn die auf Sylt einen Skiweltcup-Abfahrtslauf der Herren haben wollen, das könnte mich reizen.»

Er wußte nicht viel über die Lage der Schächte und Stollen, wurde jedoch nachdenklich, als Phil vorschlug, in einem geräumigen Schacht eine «Untertage-Disco» einzurichten. Der Kurdirektor machte sich Notizen und wirkte im weiteren Verlauf des Gesprächs wenig konzentriert. Immerhin avisierte er den Wißbegierigen noch dem pensionierten Oberstudienrat Blunke. «Unser Heimatforscher» nannte ihn der Kurdirektor.

Um 11 Uhr 45 saß Phil Parker am Küchentisch des Blunke und ließ sich mit Harzer Geschichte seit der letzten Eiszeit volldröhnen. Der Pädagoge verfiel während seiner Erzählungen in einen kaum erträglichen Dozierstil und forderte Phil mehr als einmal auf, gerade zu sitzen und nicht in den Ohren zu bohren. Mit einer Aktentasche voller Bücher schob Phil ab. Er kam 20 Minuten zu spät zur Physiotherapie.


Am Nachmittag fuhr Phil Parker nach Goslar. Hier fand er eine Zeitungsredaktion mit mehr als zwei Lokalreportern Besetzung. Er durfte ins Zeitungsarchiv, wo er sich in die Neubaustrecke Hannover – Würzburg einlas.

Als ihn die Hand an der Schulter packte, fuhr Phil vom Stuhl hoch. Einen Moment lang wußte er nicht, wo er sich befand. Die junge Frau lächelte scheu. Phil entschuldigte sich für sein Einschlafen, und die Frau sagte lachend: «Ich bin in der Schule auch immer eingeschlafen.»

Phil räumte die Aktenordner in die Regale und verließ fluchtartig das Gebäude. Er war noch nie so überfallartig eingeschlafen.


Ein Mann mit kaum glaublichem Vollbart wies ihm den Weg: «Julia ist bei Ernst.»

Phil irrte durch die Gänge und fand sie im Kapitelsaal des Klosters. Julia hatte ihre Haare mit Spangen an den Kopf gepreßt. Erst küßten sie sich, dann wollte sie ihm das Grabmal für Graf Ernst nahebringen. Vier Meter hoch und so beeindruckend, daß Phil schon gerne einen Blick riskiert hätte. Doch im Moment hatte er wichtigere Sorgen. Er brachte seine Bitte vor und dirigierte den Corrado fünf Minuten später durch die südlichen Ausläufer des Harzes Richtung Autobahnauffahrt.

Der Wagen lag auf der Straße wie ein Brett. Phil konnte mit ihm treiben, was er wollte. Wo sein alter Porsche schon längst Bewegungen gemacht hätte, die man vom Sackhüpfen kennt, lief dieses Auto wie auf Schienen.

Nach zwei Stunden und 20 Minuten erreichte er die Hamburger Elbbrücken. Jetzt begannen die Probleme. Phil fuhr als Toter in die Stadt ein, und es war Teil der Abmachung mit Van Dyke, daß er zwei Jahre tot sein würde. Phil setzte seine Sonnenbrille auf. Die Bügel waren zu weit. Die Erkenntnis, selbst am Kopf dünner geworden zu sein, schockierte den 59-Kilo-Mann. Doch sein Untergewicht war seine beste Tarnung. Man mußte zweimal hinsehen, um ihn zu erkennen; und er mußte so schnell sein, daß es zu keinem zweiten Blick kam.

Der Eskimo war nicht zu Hause. Es fing also schon schlecht an. Die Frau, die in der Wohnungstür lehnte, war keine 20, und sie kannte Phil genausowenig wie er sie.

«Er macht doch jetzt in Corporate Identity», teilte sie kaugummikauend mit. Corporate Identity war ein Begriff, den man nur mit Kaugummi im Mund aussprechen sollte. Phil war nicht ganz geläufig, worum es sich dabei handelte. Die Adresse immerhin kannte er.

Die Strecke zum Büro des Eskimo rief bei dem Rekonvaleszenten Erinnerungen, Sehnsüchte und Heimatgefühle hervor. Am liebsten hätte er den Wagen abgestellt und wäre zu Fuß durch die zwei, drei Stadtteile gepilgert, zu denen er den engsten Kontakt gehabt hatte. Jedenfalls mußte er dringend nach Ottensen fahren, um sich Paul Van Dykes Fabriketage anzusehen. Der Porsche stand nicht auf dem reservierten Parkplatz, und der Frauenarzt praktizierte wohl auch noch im Haus.

«Guck mal, ein Corrado», sagte plötzlich eine Kinderstimme neben Phils Wagen. Die zwei kleinen Experten wollten beginnen, den Wagen zu inspizieren, aber Phil führte ihnen einen sportlichen Start vor.

Der Eskimo saß an der Heizung und trug einen Pullover. Als Phil den Freund durchs hofwärts gelegene Bürofenster am Schreibtisch sah, wurde er von melancholischen Gefühlen überwältigt. Alles hatte sich in den letzten Monaten verändert, aber der Eskimo litt offensichtlich immer noch unter eiskalten Händen und Füßen, die er sich abwechselnd von Radiatoren und Frauen wärmen ließ – gerne auch von Radiatoren *und* Frauen. Im Raum stand ein weiterer Schreibtisch, an dem schreibend ein zweiter Mann saß. Nebenan wirkten an einem Graphik-Arbeitstisch eine Frau und ein Mann. Phil begann zu überlegen, wie er den Eskimo auf sich aufmerksam machen könnte. Da hob der Eskimo, weil das Telefon klingelte, den Kopf, und die Sache regelte sich von allein. Er hatte den Hörer bereits am Ohr, öffnete den Mund, ließ den Blick schweifen, und dann erblickte er Phil.
Phil war nicht sicher, welches Gesicht er machen sollte. Der Eskimo sah ihn und sagte ins Telefon:

«Moment bitte.»

Dann stand er auf, trat ans Fenster, schloß das Fenster, setzte sich wieder hin, hob den Hörer ans Ohr. Dann riß er seinen Kopf herum, der Hörer fiel auf den Schreibtisch, und der Eskimo wurde blaß. Phil ging vom Hof und setzte sich in den Wagen. Es dauerte zwei Minuten, dann erschien der Eskimo. Er ging steifhüftig, wie behindert, sah sich um und ließ sich neben Phil auf den Sitz fallen. Er blickte starr nach vorn, und Phil sagte:

«Laß dir Zeit.»

Der Eskimo blickte geradeaus und sagte:

«Nach solchem Erlebnis kann man gläubig werden.»

«Nun übertreib nicht. Es ist doch ein freudiges Erlebnis.»

«Man kann auch nach freudigen Erlebnissen gläubig werden. Claudia ist auch...»

«Ist Claudia die Kleine bei dir zu Hause?»

«Sie studiert Theologie.»

Der Eskimo berührte ihn am Arm, zuckte zurück, drückte dann mutiger zu. «Du bist ja so was von mager.»

«Aber lebendig.»

Die Augenwinkel des Freundes begannen feucht zu schimmern. Phil nahm sich vor, noch weiteren alten Gefährten zu erscheinen. Das war ja eine ganz wunderbare Möglichkeit, die wahren Freunde von den Pfeifen zu trennen. Unterwegs erzählte er dem Eskimo, was der wissen mußte.

«Machst du mit?» fragte Phil.

Der Eskimo mußte nicht antworten.

Die Theologin war nicht zu Hause. Der Eskimo bat Phil, dem Mädchen einen Zettel zu schreiben, und Phil formulierte seine erste Kurzgeschichte seit sieben Monaten. Leider mußte er sie zerknüllen und wegwerfen.

«Erbonkel in Argentinien gestorben», sagte der Eskimo. «Das glaubt mir Claudia nie. Claudia spürt, wenn jemand lügt.»

«Und mit solchen Frauen gibst du dich ab?»

«Claudia kann ganz fabelhaft wärmen. Sie ist überhaupt ein warmer Typ.»

Phil schrieb eine zweite, verschlankte Version und packte beim Hinausgehen den Radiator ein.

Auf der Rückfahrt ließ er den Eskimo ans Steuer. Phil wurde sofort müde. Zwischen Soltau-Süd und Hildesheim schlief er. Auf dem Bundesstraßenrest in den Harz wies Phil den Eskimo ein:
«Müßte doch eine Kleinigkeit sein für dich als Ingenieur.»
«Exingenieur. Die Entwicklung ist in der Zwischenzeit weitergegangen.»
«Du sollst ja nicht buddeln, sondern prüfen. Guck dir die Strecke zwischen Hannover und Fulda an. Oder noch weiter südlich. Guck dir die Baustelle an. Guck dir die Strecke an, wo sie bereits fertig ist. Und dann finde heraus, nach welchem Prinzip sie gebaut ist.»
«Du meinst...?»
«Achte zuerst darauf, ob die Strecke die Ideallinie nimmt und wo nicht, warum nicht.»
«Das dauert aber länger als einen Tag.»
«Paul Van Dyke sagt, man darf nicht kurzatmig denken.»
«Aber Claudia macht sich Sor...»
«Die lassen wir einfliegen, wenn die Radiatoren nicht mehr helfen.»
«Danke.»
«Und wenn's ihr im Wald zu langweilig wird, sagen wir ihr: Gott ist überall, auch in der kleinsten Hütte. Darauf stehen Gottesleute doch, oder?»
«Ja, darauf auch. Sie lieben es, wenn es nicht zu einfach ist.»
«Klar», murmelte Phil. «Darauf ist ja das ganze Spiel angelegt: Warum einfach, wenn's kompliziert auch geht. Ein gasförmiges Wesen als Mannschaftsführer aufstellen, darauf muß man erst mal kommen.»

Phil quartierte den Eskimo in der Nachbarblockhütte ein. Das diskutierende Lehrerehepaar grüßte respektvoll, geriet jedoch angesichts eines Mannes als Partner von Phil an die Grenze der Liberalität. Sie führten das Gespräch flüsternd weiter. Phil verstand die Satzfetzen «Wenn's ihnen Spaß macht» (Lehrerfrau) und «Wir dürfen nicht alles, was wir könnten» (Lehrermann).

Der Eskimo überprüfte das Funktionieren der elektrischen Öfen. Dann setzte er sich auf einen Heizkörper, um aufzuladen. Phil stapelte alle Unterlagen auf den Tisch, die er bei der Goslarer Zeitung teils fotokopiert und teils geklaut hatte.

«Ich habe dich vermißt», sagte Julia, was sie nicht davon abhielt, erst ihre Notizen zu vervollständigen, bevor sie Phil erlaubte, sie zu küssen. Insgeheim fand er sie außerhalb des gemeinsamen Bettes etwas unterkühlt. Er zeigte Julia die Blockhütte, sie fand die Idee ganz reizend. Den Eskimo fand sie kaum weniger nett. Sein wegen der Kälte leicht zittriger Blick weckte in allen Frauen das Mütterliche, selbst bei den Coolen. Das diskutierende Lehrerehepaar geriet angesichts von drei Personen vollends durcheinander und zog sich zur weiteren Beratung ins Innere der Hütte zurück.

Phil bat den Eskimo zum Hüttenwechsel und weihte mit Julia das Bett ein. Der Eskimo schaltete unterdessen aus Pietät das Radio an; das Lehrerehepaar schaltete das Radio aus und unterbrach auch das Gespräch. Julia streichelte Phil in den Schlaf. Mit einem Auge beobachtete er ihre Brüste. Er traute sich nicht einmal zu denken, daß sie allein schon den ganzen Aufwand lohnten.

Julia weckte ihn mit Spiegeleiern. Phil aß zögernd, er hatte Angst vor dem Verlauf der Verdauung.

«Heute war wieder die Frau im Kloster», sagte Julia. «Die ist wirklich lieb.»

«Lieb bin ich auch», murmelte Phil.

«Sie sucht doch nach dem Silberschatz. Seitdem ihr Mann tot ist, forscht sie allein weiter.»

Nach dem Essen ließ er sich von Julia verführen. Sie machte es so nett, daß er sich dabei nicht bewegen mußte. Danach hatte Phil fünf Minuten lang eine gefährlich blasse Gesichtsfarbe.

«Da muß ich durch», flüsterte er.

# 6

Die Sonne weckte ihn wie in einem Zeichentrickfilm: Sie kitzelte ihn an der Nase, Phil Parker erwachte mit einem kapitalen Niesen. Auf Julias Bettseite lag ein Zettel: *Bin Geld verdienen. Erhol dich schön.*

Erst als sie bereits im Corrado unterwegs waren, fiel es Phil auf:

«Ich habe ihren Wagen, wie ist Julia zur Arbeit gekommen?» Der Eskimo wußte es: «Sie hat die Lehrer gefragt, ob sie so nett wären. Er war sofort dafür, sie hatte wohl Probleme. Jedenfalls haben sie es hinterher ausdiskutiert.»

Bis zum frühen Nachmittag fuhren sie drei Baustellen ab. Zweimal wurden Tunnel in Berge getrieben, das dritte Ziel nahmen sie spontan in ihre Route auf, als der Corrado das Werratal bei Hannoversch Münden überquerte. Die Eisenbahnbrücke war bestimmt 400 Meter lang. Phil nahm die nächste Ausfahrt und fuhr den Wagen dicht an die Brückenbaustelle heran: «Das wäre ein Motiv für den Showdown.»

Das Fundament war bis fast zur Mitte gegossen, zwei Baufahrzeuge standen bestimmt 150 Meter weit auf der Baustelle. Phil und der Eskimo stiegen aus. Phil war weitgehend schwindelfrei, der Eskimo sagte: «Ich gucke einfach nicht runter.» Als ihnen ein Bauarbeiter die Höhe der Brücke nannte, blickte der Eskimo augenblicklich hinunter:

«60 Meter», murmelte er und war nicht mehr schwindelfrei. Natürlich fielen sie sofort auf.

«Ich sehe ja gar keinen Helm», blaffte sie ein Vorarbeiter an.

«Dann her damit», blaffte Phil zurück. «Ein Skandal ist das, uns hier ohne herumlaufen zu lassen.»

Der Vorarbeiter blickte ihn überrascht an, tippte dann gegen Phils Brust und sagte: «In fünf Minuten will ich euch hier nicht mehr sehen.»

Phil blickte ihm nach und sagte:

«Wir brauchen eine Legitimation. Sonst bist du die halbe Zeit damit beschäftigt, überflüssige Diskussionen zu führen.»

«Gib dich doch als Privatdetektiv aus», schlug der Eskimo vor. «Oder als Rekonvaleszent, dem der Arzt Luftveränderung verschrieben hat.»

Phil probierte es bei zwei Arbeitern mit der Geschichte vom Flugangst-Crashkurs:

«Wir fangen mit kleinen Brücken an und gehen zu immer höheren Brücken über. Ich bin der Therapeut, und der junge Mann hier ist der Flugängstliche.»

Die Arbeiter fanden das plausibel, aber Phil wußte, daß sie damit auf Dauer nicht durchkommen würden. Sie hielten bei der nächsten Telefonzelle.

«Ich fahre morgen früh nach Hamburg», sagte Phil, als er zurückkam. «Du setzt dich hin und schmeißt alle Informationen zusammen. Besorg dir unbedingt eine Karte mit dem Schienennetz von vor 1945. Möglich, daß sie uns weismachen wollen, sie würden die eine oder andere Geheimabbiegung aus melancholischen Gründen anlegen. Ich will das widerlegen können, wenn es sich widerlegen läßt.»

Unterwegs kauften sie eine überregionale Tageszeitung. Natürlich kam ihre gediegen-langweilige Headline nicht gegen die danebenhängenden Boulevardzeitungen an:

*Appetit des Kinder-Essers wächst! Wieder Junge verschwunden!* und etwas kleiner: *Experten äußern sich zur Frage: Schmeckt Jungenfleisch pikanter als Mädchenfleisch?*

Phil fuhr den Eskimo zur Hütte zurück. Als sie vor dem Wagen standen, trat der Eskimo unerwartet einen Schritt auf Phil zu, berührte ihn an beiden Oberarmen und sagte entschuldigend:

«Ich glaube es nämlich immer noch erst zu 97 bis 98 Prozent.»

Gerührt sah Phil den Freund in der Hütte verschwinden.


«Helfen Sie mir doch», bat die Schwester aus Südkorea, und Phil half ihr, Quattro auf die Beine zu stellen.

Der alte Artist ließ sich sofort wieder auf den Rasen fallen.

«Heute ist mir der dritte Ball runtergefallen», sagte Quattro leise. «Es ist vorbei. Wenn der dritte Ball fällt, ist es vorbei.»

«Das wird wieder, Quattro. Dein Biorhythmus steckt in einem

Tief. Der Aszendent spielt verrückt. Du mußt dir mal wieder ein Abführmittelchen verschreiben lassen.»

Staunend hörte die Schwester zu, wie Phil dem Alten eine Zwecklüge nach der anderen anbot. Quattro schüttelte den Kopf und sagte kaum hörbar: «Ich werde alt.»

Phil stampfte erbost davon.

«Das fehlt ja noch», murmelte er. «Vor sieben Monaten warst du nicht rührselig. Du bist dabei, ein kitschiger Charakter zu werden.»

Der Zufall wollte es, daß Julia – von rechts kommend, und Phil, der durch den Park ging, zur gleichen Zeit bei Max, dem Abspekker, erschienen.

«Julia, Julia! Baum schmeckt toll!», rief das Kind zur Begrüßung, und Julia entwand ihm unauffällig das 20 Zentimeter lange Stück Rinde.

«Kein Wunder, daß die Wälder sterben», sagte Phil. «Hirsche, Rehe, Mäxchen – die Hölle schickt ihre besten Kräfte.»

Julia tröstete die Speckrolle, und als die Schwester seinen bisherigen Erfolg mit eineinhalb Pfund bezifferte, faßte Julia den Fettkloß an beiden Händen und tanzte mit ihm über den Flur.

«Julia, warum bist du immer mit dem da zusammen?» fragte Max und wies auf Phil.

«Onkel Philip ist mein neuer Freund.»

«Wie lange soll das noch dauern?»

«Magst du Onkel Philip nicht?»

«Er mag Kinder nicht.»

«So ein Quatsch», rief Phil. «Das nimmst du auf der Stelle zurück, sonst esse ich den Schokoriegel alleine.»

Max entschuldigte sich mit Lichtgeschwindigkeit, aber Phil hatte den Schokoriegel mit doppelter Lichtgeschwindigkeit eingeworfen und kaute strahlend. Max war sprachlos, und Phil entfernte sich grinsend. Julia beruhigte den Knaben und kam hintergeschossen.

«Sag mal, hast du sie nicht mehr alle?»

Er wollte küssen, aber sie wollte reden, also redete er. «Ein Feindbild hilft ungemein», behauptete Phil. «Immer wenn er durchhängt, wird er jetzt an mich denken. Und der nackte Haß wird seiner Kraft Flügel wachsen lassen. Wenn er groß ist, wird er mir dankbar sein.»

Phil nahm sich vor, sie bei Gelegenheit endlich nach dem Vater dieses Kindes zu fragen. Vielleicht war er ja ein ganz dufter Typ. Vielleicht waren bloß die Chromosomen verrückt geworden.

Beim Verlassen des Sanatoriums trafen sie auf dem Parkplatz stehend K2R, der mit Händen und Füßen agierte. Selbst von weitem war zu erkennen, daß er sich aufs schamloseste produzierte.

«Warum verbietet man ihm das nicht?» fragte Julia.

«Sie haben ihm bereits verboten, im Park zu üben. Der Gärtner behauptet, daß die Rosen nicht mehr knospen, seitdem K2R neben den Rabatten geübt hat.»

«Und wofür tut er das alles?»

«K2R hat bald Geburtstag. Er will das Sanatorium mit einer Einmann-Show überraschen. Würde mich nicht wundern, wenn sie den jährlichen Betriebsausflug auf diesen Tag legen.»·

Den Abend verbrachten sie in der Hütte. Im Halbschlaf bekam Phil mit, wie spät in der Nacht ein Auto vor der Nachbarhütte hielt.

# 7

Phil Parker hatte sich vorgenommen, vor Julia aufzuwachen. Statt dessen las er ihren Zettel:
*Schon dich. Möglich, daß ich dich gern habe. Claudia hat mir den Wagen geliehen.*

Phil lernte also Claudia kennen, Theologiestudentin und derzeit Hände-und-Füße-Wärmerin des Eskimos. Er genierte sich etwas, daß er es nicht länger ohne seine Geliebte ausgehalten hatte. Phil schlug ihm auf die Schultern und sagte:

«Wat mutt, dat mutt.»

Claudia reagierte begeistert und nahm sich vor, diesen Sinnspruch zum Thema ihrer nächsten Morgenandacht zu machen. Phil guckte fragend, und der Eskimo sagte:

«Sie macht einmal in der Woche bei einem Privatradio in Hamburg die christlichen fünf Minuten.»


Schwester Karla hatte saubere Vorfeldarbeit geleistet. Professor Morak empfing Phil ohne Klagen über den unerträglichen Arbeitsanfall. Er gab Phil nach einer wie gewohnt hingehuschten Untersuchung («Sagen Sie A, und zwar schnell») eine Einschätzung seines Gesundheitszustandes:

«Tja, Herr Mann, wenn Sie ein Auto wären, würde ich sagen: Schick waschen und dann als Okkasion auf dem Gebrauchtwagenmarkt verkauft.»

«Da ich aber kein Auto bin...?»

«...würde ich sagen: Nach klinischen Maßstäben gemessen sind Sie gesund. Sie müssen sich selbstredend in der nächsten Zeit schonen, damit meine ich nicht zuletzt die Damen. Weniger wäre hier mehr. Lassen Sie doch statt dessen Ihren Charme sprühen.»

«Kann ich mich als entlassen betrachten?»

«Das denn doch noch nicht.»

«Hat Van Dyke es Ihnen verboten?»

«Ihre Belastungsfähigkeit ist noch lange nicht gut. Zwei Wochen, ist das ein Wort?»

«Die Firma zahlt's ja.»

«Das walte Gott», sagte der Professor lachend, bohrte im Ohr und betrachtete das Ergebnis an der Fingerkuppe zu lange, viel zu lange. Er holte mit der linken Hand einen Briefumschlag aus dem Schreibtisch, bat Phil, ihn aufzuhalten, und streifte das Ohrbohr-Resultat in den Umschlag, den er danach mit Spucke verschloß. Phil ging, bevor ihm schlecht wurde.


«Mein Gott, Winkelmann», sagte Phil Parker, obwohl nach Lage der Dinge Winkelmann drangewesen wäre, «Mein Gott, Phil» zu sagen. Bei dem Kollegen aus Reportertagen hatte der Alkohol endgültig gesiegt. Im Sanatorium sahen 98 Prozent aller Patienten besser aus als Jochen Winkelmann, 38, zweifacher Karl Kraus-Preisträger, zweifacher Träger des DAG-Fernsehpreises und Träger von insgesamt vier Literaturpreisen. Winkelmann war mager, seine Haut trocken und faltig, seine Bewegungen entweder abgehackt oder wie in Zeitlupe. An dem Mann war nichts Natürliches mehr, und in seiner Wohnung sah es aus wie in der Mülltonne.

«Ich hatte lange keinen Gast mehr hier», sagte Winkelmann. Überall leere Konserven, leere Flaschen, angetrocknete Teller in allen Räumen, auch im Badezimmer, und vier Katzen, die Sauberkeitspolizei spielten, darüber aber verrückt geworden waren. Sie prügelten sich untereinander, und Winkelmann schlug mehr als einmal mit einem Besenstiel oder einem Schuh dazwischen.

«Mir geht's blendend», behauptete er zwischendurch, und natürlich wollte er von Phil wissen, was passiert war und warum er darüber nicht die Story des Jahrhunderts schreiben durfte. Phil erklärte und wurde angesichts der verwahrlosten Wohnung unsicher, ob Winkelmann die richtige Lösung war. Doch Winkelmann hatte getan, was sie besprochen hatten. Er schob Phil Presseausweis und Legitimationsschreiben des Magazins über den Tisch. «Ich habe das Zeug auf den Namen Mann ausstellen lassen. Haben sich schlapp gelacht, die Bürotanten, und kaum darauf geachtet, ob ich die Spaß-Ausweise anschließend auch wegwerfe.»

«Wer ist mein Fotograf?»

«Ich arbeite meistens mit der Achtermann zusammen. Kennst du bestimmt nicht mehr. Agentur Lichtblick. Sie steht auf Abruf bereit. Hat mir versprochen, daß sie, wenn du dich nicht meldest, die Sache in einer Fünfzigstel vergessen hat.»

«Und wenn ich mich melde?»

«Will sie von allen Einnahmen die Hälfte.»

«Wirklich eine bemerkenswerte neue Fotografengeneration. So idealistisch gesonnen.»

«Die Achtermann ist gerade geschieden. Sie muß für ihren Ex zahlen.»

«Toll», sagte Phil höhnisch. «Und was ist der? Lehrer?»

«Schriftsteller.»

Phil Parker pfiff ein Lied, zog eine Katze am Schwanz, und Winkelmann bot ihm Wodka in Tassen an.


Auf dem Schotterweg zur Blockhütte kam ihm der Lehrermann entgegen. Er hatte seinen Rucksack dabei und schritt energisch aus. Als Phil Parker den Wagen verließ, rannte die Lehrerfrau aus der Hütte und schlug eilig die Richtung ihres Gatten ein. Der Eskimo hatte seine Arbeitsposition eingenommen: Rechts glühte der Radiator, links hielt Claudia, während sie ein Buch las, den linken Fuß des Eskimos zwischen ihren Oberschenkeln. Phil befiel sofort Atemnot. Er bat den Eskimo in den Nebenraum und fragte zuerst:

«Wie hält Claudia das bloß aus?»

«Zuerst hatte sie Probleme. Aber das haben alle. Dann gewöhnen sie sich daran. Ich habe mit alten Kollegen telefoniert. Ich habe alles gelesen, was hier ist. Ich kann dir ein Zwischenergebnis sagen.»

Der Eskimo holte eine Karte von Niedersachsen, Hessen und dem nördlichen Bayern und breitete sie auf der Heizung aus. «Hier und hier und hier nimmt die Bahnstrecke nicht den Verlauf, den man ideal nennen würde.»

«Luftlinie.»

«Na ja, nicht gerade Luftlinie. Gibt ja ein paar Kleinigkeiten, die beachtet werden wollen. Sagt dir der Ausdruck Tunnelringbauweise etwas? Oder Messervortriebsverfahren?»

«Erklär's mir einfach global.»

«Also die Strecke Hannover-Würzburg ist 327 Kilometer lang. Davon sollen 110 Kilometer Tunnel werden.»

«Das ist viel Holz.»

«Am meisten zwischen Kassel und Fulda. Von den 88 Kilometern werden 45 unter Tage verlaufen. Aber auch zwischen Göttingen und Kassel sind es noch 19 Kilometer von 47. Und selbst zwischen Hannover und Göttingen verlaufen zehn Prozent der Strecke durch Tunnel.»

«Das heißt, wer da Weichen Richtung Osten einbauen will, hat die große Auswahl.»

«Für meinen Geschmack laufen die meisten Streckenteile zu weit von der DDR-Grenze entfernt. Mich wundert, was du mir von der Baustelle erzählt hast, die du mit Van Dyke, diesem Schwein, besucht hast.»


«Donnerwetter», sagte der Eskimo, als sie die Baustelle betraten, «das sind Bulldozer. Weißt du, was die in der Stunde an Kubikmetern...?»

Hella Brandenburg drückte ihrem Gesprächspartner einen Plan in die Hände und kam auf die Besucher zu. Weil die Ingenieurin gleich wieder so vertraulich tat, blockte Phil sie mit hochgehaltenem Presseausweis ab:

«Ich bin beruflich hier», sagte er, und die Ingenieurin zog sich nicht sicht-, aber spürbar zurück.

«Ja?» fragte sie vorsichtig.

«Eine Sünde und Schande ist das», begann Phil. «Hier wird die halbe Republik umgegraben, und mein Blatt will erst jetzt eine Reportage machen. 12 Seiten, drei Doppelseiten Fotos.»

«Und der Herr hier ist der Fotograf?» fragte die Ingenieurin.

«Erst schauen, dann knipsen», sagte Phil. «Ich bin natürlich spitz auf Informationen. Wären Sie so lieb, meine Begierde abzuflämmen?»

Der Versuch, fetzig zu formulieren, geriet ihm genau so, wie er es nach sieben Monaten Pause befürchtet hatte.

«Stellen Sie Ihre Fragen», forderte sie ihn auf.

Beide bekamen je einen Helm in die Hand (Eskimo) und auf den Kopf (Phil) gedrückt. Die Brandenburg rüttelte ein wenig an Phils Helm herum und sagte:

«Wäre jammerschade, wenn ein Stein auf das schöne Köpfchen fallen würde.»

Der Eskimo kam mit der Fachautorität rüber: Stahlstreckenbögen mit Systemankerung, Spritzbetonschale, Gefrierverfahren, Senkkastenverfahren. Die Brandenburg wunderte sich sehr, und Phil wiegelte großspurig ab:

«Wir nehmen nicht den ersten besten Fotografen. Sie müssen sich erst massiv einlesen und einen Crashkurs im jeweiligen Thema absolvieren.»

Phil ließ sich Zahlen nennen: Dauer der Arbeiten, Volumen des bewegten Erdreichs und des Geldes, Zahl der Beschäftigten, Zeitpunkt der Fertigstellung.

«Wo wohnen Sie eigentlich?» fragte der Eskimo, und Phil hätte ihn treten können. Die Brandenburg legte sofort wieder den zweiten Gang ein:

«Ich wohne in Bad Hersfeld. In der Bergstraße. Nummer 14.»

Phil fühlte, wie ihn alle anblickten. So schrieb er die Adresse auf, und der Eskimo sagte:

«Ich überlege, ob es nicht mal etwas anderes wäre, ein, zwei private Szenen in den Bericht reinzunehmen. Bilder ohne Schutz... äh -helm.» Phil hätte ihm gern den Filzschreiber ins Ohr gestochen.

«Sie sind natürlich herzlich eingeladen», sagte die Brandenburg, blickte den Eskimo an: «Beide.»

«Die Strecke hat ja nun einen bestimmten Verlauf», sagte Phil. «Wer hat sich den ausgedacht?»

«Die Fachleute natürlich», antwortete die Ingenieurin.

«Aha. Und welche? Sie?»

«Sie überschätzen meinen Einfluß», erwiderte sie lachend. «Das ist in einem frühen Stadium festgelegt worden, lange vor Beginn der Bauarbeiten. Die Strecke wird ja bereits seit Anfang der siebziger Jahre geplant. Der Streckenverlauf ist ein Kompromiß: auf der einen Seite die Erfordernisse des Auftraggebers. Die Bahn will auf dieser Strecke ja Zeit gewinnen, zwischen Hannover und Würzburg fast eine Stunde. Dann sieht man zu, wie die Geographie mitspielt. Stichwort Enteignung und im Normalfall Kauf des benötigten Landes. Dann sieht man zu, wo die Umweltschützer protestieren werden. Und dann zieht man einen Strich, und darunter stehen Kosten von 6,5 Milliarden Mark.»

Das Telefon klingelte und konfrontierte die Bauleiterin mit einem Sachproblem. Der Eskimo kümmerte sich um die Pläne an den Wänden, und dann betrat ein Mann den Container. Er sah aus, als wäre er einem Monumentalfilm entsprungen. Hatte unterwegs wahrscheinlich zwei Löwen zur Schnecke gemacht, einer Hundertschaft verfolgter Christen den Weg übers Wasser gewiesen und dann aber nichts wie los Richtung Mittelgebirge. Sein weißes Unterhemd war reine Koketterie, nur dazu geeignet, die Bräune der Haut über den Muskelbergen zu unterstreichen. Feuriger Blick, Viertagebart und ein Macho-Charme, den er auf die telefonierende Hella Brandenburg richtete. Phil wünschte dem Kerl alles Gute bei der Balz, obwohl er solche Vollmänner sonst auf den Tod nicht ausstehen konnte.

Die Ingenieurin beendete das Telefonat, drehte sich um und erwiderte den schmachtenden Blick des Muskelmannes mit solcher Kühle, daß Phil aufseufzte. Er hieß Raimund Schmitt. Das war so, als wenn ein Ferrari nicht Ferrari, sondern Halbfettmargarine geheißen hätte. Schmitt brauchte Hella, um einem Kollegen zu verbieten, ständig seinen LKW dort abzustellen, wo Schmitt mit seiner Raupe durchmußte. Phil fand den Wunsch bemerkenswert kindisch.

«Warum wirft er den anderen nicht einfach vom Berg?» flüsterte Phil dem Eskimo zu.

Die Brandenburg bat um Verständnis und empfahl sich.

Phil blickte auf die Uhr und sagte:

«Heute komme ich nicht mehr nach Frankfurt.»

«Du mußt dich schonen», sagte der Eskimo, und Phil freute sich auf Julia.


Max drehte sich abrupt weg, Phil Parker tat freundlich. «Was geben sie dir denn so zu spachteln?» fragte er.

«Müsli», erwiderte Max verächtlich. «Zwei Löffel voll.»

«Du solltest Lederstrumpf lesen», schlug Phil vor. «Da steht drin, wie man in der Wildnis überlebt. Hast du schon mal wilden Honig probiert?»

Max sah ihn erwartungsvoll an, und Phil sagte: «Gibt es aber erst im Herbst.»

«Obst muß ich essen. Ich mag kein Obst.»

«Was ißt du denn gerne?»

«Nudeln», antwortete Max verträumt. «Wurst. Noch lieber

zwei Würste. Mandelkuchen ist toll. Kannst du mir nicht Mandelkuchen besorgen?»

«Wirst du dann auch immer lächeln, wenn du mich siehst? Wirst du bei Julia nicht mehr gegen mich stänkern? Wirst du nie mehr mit Tellern werfen und zu allen Schwestern und Pflegern rücksichtsvoll sein?»

Phil konnte fragen, was er wollte. Der Knabe nickte und nickte. Er zog eine Tüte aus der Tasche. Max konnte seinen Speichelfluß kaum noch bändigen. Es war eine Bäckertüte. Das Kind bekam feuchte Augen, und Phil öffnete die Tüte umständlicher, als es nötig gewesen wäre. Er blickte lange hinein und sagte:

«Leider kein Mandelkuchen dabei.» Max war drauf und dran zu kollapsen, was Phil mit einem eilig zugesteckten Florentiner verhinderte.

«Herr Mann!» bölkte der Dragoner im Hintergrund. «Besuch im Park!»

Paul Van Dyke kam sofort zur Sache. Seine sonstige Verbindlichkeit hatte er zu Hause gelassen, sein neues Hemd auch. «So nicht, mein Lieber», bellte er zur Begrüßung. «Kaum gesund und schon wieder frech werden, so nicht. Wir haben einen Vertrag miteinander geschlossen, wir haben...»

«Was willst du überhaupt, du Stinker? Läuft nicht alles so, wie du dir das gedacht hast?»

Van Dyke blickte ihn aufgebracht an. «Du spionierst, dabei hatten wir abgemacht, daß du...»

«Ich arbeite journalistisch. Freie Arbeit für freie Presse, falls du weißt...»

«Mein lieber Mann», fauchte Van Dyke, «wenn ich irgend etwas zu lesen kriege, eine Andeutung, eine Ahnung, ein Hauch genügt mir schon, dann kannst du deine Kohle abschreiben.»

Phil zog den tobenden Mann, auf den nun schon die ersten aufmerksam wurden, vom Rasen fort. Dabei bemerkte er den Übertragungswagen des Norddeutschen Rundfunks, der in diesem Moment auf den Parkplatz fuhr.

«Wir haben ein Abkommen», fauchte Van Dyke, «und ich habe weder Zeit noch Lust, mit einem Auge ständig zu beobachten, was du wohl gerade tun könntest.»

«Bist du extra hergekommen, um mir ins Gewissen zu reden?» juxte sich Phil.

«Natürlich nicht. Wegen untergeordneter Chargen setze ich keinen Fuß aufs Gas.»

Wie aufs Stichwort erschien nun Professor Morak, lächelte Phil zu und zog Van Dyke über den Rasen ins Haus. Phil gab sich auf dem Zimmer seiner Müdigkeit hin, die in jedem Knochen und jedem Muskel steckte. Er düste dämmernd über alle Katastrophen-Schauplätze der letzten Jahre und erwachte von einer streichelnden Hand auf seiner Bartstoppelwange. Julia wollte den Abend nicht mit ihm verbringen.

«Ich treffe mich freitags mit den anderen Restauratoren.»

«Geh nur», entgegnete Phil. «Geh in Frieden. Ich bleibe dann eben allein hier.»

Kaum war Julia verschwunden, sehnte sich Phil nach ihr. Wie gern hätte er eine sinnlose Zweierbeziehungsdiskussion vom Zaun gebrochen. Er duselte erneut ein, hörte vor dem Haus Rufe, warf sich hin und her und erwachte erst, als Sir Bommi vor dem Bett stand:

«Auf, junger Krieger», forderte ihn der alte Mann auf. Bommi hatte sich in Schale geworfen. «Steh endlich auf. Oder willst du nicht hin?»

«Wohin?» fragte Phil und erfuhr, daß zum 75. Geburtstag von K2R ein kurzer Jubelbericht für das Regionalfernsehen oder irgendeine Kultursendung gedreht werden sollte. Seit er in den Kindertagen des Werbefernsehens zu Ruhm gekommen war, lief K2R mit dem Gefühl durchs Leben, ein Star zu sein. Jahrelang war er die Bereicherung zahlloser Kaffeefahrten gewesen; und solange sein damaliger Sketchpartner noch lebte, hatten beide ihr Auskommen gehabt. Dann fiel der Partner in den Dolomiten von einem Berg; und vorbei war's mit der Karriere von K2R. Ein halbes Duo wollte keiner haben; und alle Versuche von K2R, einen neuen Partner zu finden, waren gescheitert, weil sich niemand seinem Regiment unterwerfen wollte.

Unter der Regie des Dragoners war der Festsaal knallbunt aufgeputzt worden. Phil erinnerte sich mit Schaudern daran, wie sie ihn am dritten Advent im Bett in den Saal gerollt hatten; und ein Nikolauskostüm, hinter dem unverdrängbar der Bewegungsapparat des Dragoners steckte, nötigte jeden Patienten, ein Geschenk anzunehmen. Phil war von einem Nagelnecessaire getroffen worden.

Das Fernsehen hatte bereits aufgebaut, K2R lag in einem Sessel vor dem Saal und war krank vor Aufregung. Aber es waren ja genügend Helfer in der Nähe. Phil ließ sich an einem reinen Frauentisch nieder und holte sich Lob über sein Aussehen ab. Dann der Sanatoriumschor unter Peitschenführung des Dragoners. «Im Frühtau zu Berge» überzeugte durch einen nicht erwarteten Reggaerhythmus; und das Lied vom Hahn hatte Erfolg wie jedesmal: Die Patienten gingen mit, und der Chor hatte längst entnervt die Bühne verlassen, ehe es Professor Morak gelang, den tobenden Saal zu beruhigen.

Morak hielt dann schlawinernd eine seiner Reden, auf denen man sich ein Ei braten konnte; und dann betrat Sir Bommi die Bühne und hielt die Laudatio auf den Jubilar, der immer noch nicht im Saal aufgetaucht war. Der Kameramann umrundete die Bühne. Zu seiner Überraschung erkannte Phil hinter dem Kameramann Rüssel, den Filmer aus Berlin und Freund von Jeronimo, der einst Phils bester Freund in Berlin gewesen war.

Nun betrat K2R – gestützt von zwei Schwestern – die Bühne. Erst schwitzte K2R, dann scherzte er, danach schwitzten die empfindsameren unter den Zuhörern. K2R quälte sich durch ein Potpourri aus Uraltscherzen und verbindenden Texten. Ein Pfleger wurde aus dem Saal geschickt und kam mit einem Arztköfferchen zurück. Phil wollte raus hier. Er war zu erschöpft, um zu gehen. Der Dragoner, der wohl spürte, daß K2R am Abnibbeln war, organisierte rhythmisches Klatschen und trieb K2R zu dem, was er «Zugabe» nannte. Nun holte er alles aus sich heraus. Aber es waren nur noch Schweinereien und Witzchen, die man seit 1950 nicht mehr ungestraft erzählt.

Es war dann Sir Bommi, der das Drama beendete. Plötzlich stand er neben K2R, in einer Hand ein leeres Urinfläschchen, machte schwupp! und verstaute etwas in dem Behälter. Zögernder Beifall hob an, und in der entstehenden Unsicherheit führte Bommi den alten Komiker von der Bühne. Rüssel war kurz davor, den Fliegenfänger tätlich anzugreifen. Die Gesellschaft lief auseinander. Phil wanderte 20 Minuten in seinem Zimmer auf und ab. Dann zog er sich eine Jacke an und eilte aus dem Gebäude.

In St. Andreasberg gab es nicht viele Kneipen, die für Fernsehmenschen in Frage kommen. Schon in der zweiten fand er den Troß. Es war das türkische Lokal, in dem Phil noch nie gewesen war. Das Styling glich türkischen Lokalen in der Großstadt. Allenfalls der große runde Tisch mit dem Riesenaschenbecher und dem Ständer «Stammtisch» fiel aus dem Rahmen.

«Schaurig schön», sagte Phil und guckte sich an, was sie auf die Regale und Borde gestellt hatten: Krüge, Teller, Nippesgegenstände und dazwischen Sonnen- und Strandfotografien aus der Türkei.

Rüssel führte das große Wort, und die anderen hörten trinkend zu. Phil stellte sich ins Licht, und Rüssel, sein 0,3-Liter-Glas stemmend, starrte Phil an. Rechts und links lief ihm Gerstensaft aufs Hemd. Phil bedeutete Rüssel, zum Nebentisch zu kommen, und bestellte dort ein Mineralwasser. Dann kam Rüssel, ließ sich aufs Holz fallen und sagte:

»So was kann einen Mann umbringen.»

Phil erledigte in den nächsten zehn Minuten die Pflicht.

«Ein Medien-Scoop», nannte er es zusammenfassend, und Rüssel war begeistert.

«Muß ich unbedingt etwas drüber machen», sagte er mit hungrigen Augen.

«Wofür ich dir in aller Freundschaft in die Eier treten müßte», sagte Phil und stieß mit Rüssel an.

«Klar doch, klar doch», sagte der abwiegelnd, aber er sagte es immer noch mit hungrigen Augen.

«Zwei Jahre muß ich tot sein», stellte Phil klar. «Es gibt da einen Vertrag, den ich...»

«Ist ja ein Ding: Läßt sich im Fernsehen totschießen, hat rechtzeitig vorher ein Buch geschrieben, zockt freudig ab – und lebt dann wieder. Da muß man erst mal drauf kommen.»

Sie wechselten an den großen Tisch, an dem das Fernsehteam zechte. Den armen K2R hatten sie schon vergessen. Rüssel und seine Jungs probierten das einheimische Feuerwasser, aßen fett und viel, und als Phil von den höflichen Blicken die Nase voll hatte, bestellte er ein kleines Bier. Als der türkische Wirt das Glas vor seine Nase knallte, war Phil bereits durchgeschwitzt. Er sah seine Leber blau anlaufen, und seine Bauchspeicheldrüse stellte er sich vor wie ein pulsierendes Geschwür.

Runter mit dem Bier und warten. Phil stellte sich den Alkoholschmerz vor wie ein Geschoß aus einer kleinkalibrigen Waffe. Als er vom Klo zurückkam, hörte er noch die Worte: «...des Priamos». Phil wunderte sich über die genervten Gesichter. Der Tonmann klärte ihn auf:

«Unser Rüssel-Tier ist pünktlich nach zehn Bier bei seinem Lieblingsthema angelangt.»

«Ich hab doch diesen Film gemacht.»

Phil fragte.

«Na, Mensch, den Film über diesen Superkustos oder Oberkustos, ich verwechsele das immer. – Aus Berlin den. – Der da im Museum arbeitet. Vor- und Frühgeschichte. – Schatz des Priamos. – Scheiß Amerikaner, erst das ganze Gold einsacken und dann Kaugummi und Milchpulver einfliegen. Ich finde das ja so was von typisch. – Wieso? Was ist daran unklar? Ich sag doch...»

«Rüssel!»

«OSS.» Phil hielt dies anfangs für ein Aufstoßen. War aber die Abkürzung für Office of Strategic Service. «Glaubst du, die Amis beantworten dir eine Frage dazu?» erregte sich Rüssel und schlug auf den Tisch. «40 Jahre danach, und keiner kriegt die Flappe auf. Ist ja wohl klar, daß die Jungs schwer was zu verheimlichen haben.»

Um sie herum wogte das bierselige Grunzen der Filmer.

«Mein Tip ist, daß der Schatz des Priamos in Amerika steht», sagte Rüssel. «Du schwitzt wie ein Schwein. Wisch doch mal ab. Und der Kustos sagt, der OSS, sagt der Kustos, der hat doch im Krieg extra fürs Reich eine Einsatzgruppe zusammengestellt. Desperados, Kunstkenner und was man so kennt aus Spionagefilmen. Hießen Orion, ich hätte mir ja einen schöneren Namen ausgedacht. Wie findest du Azalee? Oder Traumwolke? Die Orion-Leute haben gearbeitet, wie Journalisten arbeiten. Ist einfach eine gute Taktik, wenn der... Wie? Klar bleibe ich beim Thema. Wieso sollte ich nicht beim Thema...? Sag ich doch. Ah, da kommen die taufrischen Bierchen. Nichts wie auf den Weg damit, bevor sie Staub ansetzen. Wo war ich stehen...? Orion, richtig. Denen stand ein Apparat zur Verfügung, da träumt unsereins nur von. Wenn ich mir dagegen meine traurigen Kadetten ansehe.» Rüssel ließ den Blick schweifen, er war noch besoffener als sein Team. «Saubere Recherche, das liebe ich. Haben alle Quellen ausgewertet, die Amis, denen hat nur die EDV ge...»

«Halt mal eben das Maul», sagte Phil. Er fühlte eine ungeheure Trunkenheit in sich aufsteigen. «Schatz des Priapismus, das habe ich doch schon mal...»

«Logo», trumpfte Rüssel auf. «Den hat doch der Schliemann ausgegraben. Hielt ihn für den Schatz des Priamos. War aber nicht der Schatz des Priamos. Ist ja auch völlig egal, ob es der... Sag ich doch. Vier Kisten Gold satt. So schön, daß es einen nicht wieder losläßt, und diesen Kustos läßt es ja auch nicht mehr los. Kann ich gut verstehen, mich läßt ja auch... Sag mal, hast du eigentlich noch deinen Porsche?»

Phil spendierte dem Schwätzer eine Köhlersuppe, die der Türke auf der Speisekarte führte. Da war alles drin, was den Kopf sauberfegt: Weißkohl, Kartoffeln, Pilze, Zwiebeln, Tomaten, Schmalz, Preiselbeeren. Rüssel hatte die freie Auswahl, wovon ihm schlecht werden wollte.

«Sie haben alle ausgequetscht», meldete sich Rüssel schmatzend. «Sind ja damals viele Museumsleute aus Deutschland geflitzt. Hätte ich auch gemacht, wenn ich...»

«...Warst du aber nicht, Rüssel. Sonst wäre das natürlich alles ganz anders gelaufen.»

«Weiß man's? Wer war es denn, der...» Rüssel gab sich einer Anekdote aus seinem Berufsleben hin. Phil wußte, daß diese Fernsehfritzen nach dem zwölften Bier alle in direkter Linie von Woodward und Bernstein abstammten, auch wenn sie in ihrem Berufsleben nichts weiter ermittelt hatten als die nächtliche Entsorgung von versifften Matratzen im Naturschutzgebiet.

«Die Nazis haben ja erstaunlich früh erkannt, daß ihnen das Land unterm Hintern weggebombt werden wird», fuhr Rüssel fort. «Ausgelagert haben die schon seit 41 oder 42? Egal, jedenfalls...»

«Was haben die ausgelagert?»

«Na, was sie an Schätzen in den Museen stehen hatten. Gemälde, Skulpturen, Geschirr, Pokale, Vasen, Masken, Bücher, selbst Briefmarken. Waren ja damals die bestsortierten auf der Welt, die deutschen Museen. Könnte ich wohl noch eine klitzekleine Scheibe Blutwurst...? Klar nehme ich auch Mettwurst.»

Phil ging aufs Ganze und bestellte noch ein kleines Bier. «Die Nazis haben die Schätze in Bergwerken versteckt, alle Mittelgebirge waren voll davon. Kennst du Grasleben? Siehst du, keiner kennt Grasleben. Aber die Nazis kannten Grasleben. Und dann auch die Amerikaner. Mann Gottes, was die da abgezockt haben, das haben sie bis heute nicht zugegeben. Eine Lumpenbande ist das, eine...»

«Waren die auch hier im Harz?»

«Natürlich haben die hier ausgelagert. Haben ja überall... Der Harz liegt doch günstig zu Berlin. Dort saßen ja die tollsten Museen. 6800 Kisten allein in Grasleben, kannst du dir das vorstellen? 6800 Kisten.»

«Ich stelle mir das so vor: Eine Kiste, noch 'ne Kiste, noch 'ne Kiste...»

Phil sah zwei bis vier Rüssels.

«Die haben ja selbst noch ausgelagert, als alles schon in Trümmern lag. Anfang April 45! 1945! Ein Wunder, daß die da noch heile Kisten in Berlin hatten, in die sie... Na ja, und dann haben sich unsere Freunde, die Amerikaner, bedient. Rembrandts haben die abgeschleppt, Riemenschneiders, die Büste der Nofretete.»

«Alles aus Grasleben?»

«Nee, das haben sie aus Merkers abgeschleppt. Kennst du Merkers? Bergwerk in Thüringen. Eisenhower war persönlich da. Ist eben ein wahrhaft demokratisches Land. Da sind sich selbst die höchsten Chargen nicht zu schade, ordentlich hinzulangen.»

Rüssel war verbittert. Er ließ sogar sein Bier warten. Oder waren es vier Biere?

«Gold», murmelte Rüssel. «Und Geld, viel Geld. 3000 Kisten mit Geld aus aller Herren Länder. Alles von den Faschos zusammengeräubert. An dem Geld klebte das Blut der Opfer. Und 400 Tonnen Kunst. 400 Tonnen! Damals gab es ja noch nicht diese wildgewordenen Aktionskünstler wie heutzutage, die einem Panzer eine Nelke in den Lauf stecken und das ganze ›Abrüstung brutal‹ nennen. Damit kommst du ja schnell auf 400 Tonnen Gewicht. Aber so.»

«Und das haben alles diese fixen Jungens von dem US-Geheimdienst rausgekriegt?»

«OSS», sagte Rüssel nuschelig. «Deckname Orion, Einsatzgruppe für alle Kunst, die in Deutschland herumstand. Und als sie wußten, wo was zu holen war, haben sie ihre T-Forces in Bewegung gesetzt.»

«Und was war das nun bitte sehr?»

«T-Forces? Wie der Name sagt. T-Forces eben.»

«Willst du's für dich behalten?»

«Aber i wo! Ich habe doch einen Film darüber... Hast du ihn nicht gesehen? Lief letzten Dezember.»

«Tut mir leid. Da habe ich abends immer die Livesendung auf meinem persönlichen Bildschirm auf der Intensivstation verfolgt. Ein Herzschlag, noch ein Herzschlag...»

«Armer Junge. Sollst auch nicht leben wie ein Hund. Ich erzähle dir, was T-Forces sind. Das waren die Leute an der Front. Die haben sie ins Rennen geschickt, wenn sie wußten, was sie wollten. Weißt du, wer den Nazis die V1 abgeluchst hat? Und die V2?»

«Na?»

«T-Forces.»

Phil war beeindruckt. «Müßte man glatt verfilmen», murmelte er.

«Zu spät», lallte Rüssel und stieß auf. Der Geruch von Mettwurst lag über dem Tisch. «Habe ich doch schon verfilmt. Rüssel ist immer zur Stelle. Rüssel steckt seinen nämlichen in jedes Thema, das wichtig...»

Phil verabschiedete sich, Rüssel bestand darauf, die Zeche zu übernehmen. Als Phil schwankend die Corrado-Tür aufschließen wollte, mußte er ein gassigehendes Herrchen bitten, für ihn das Loch zu suchen. Der Tourist bebte vor Empörung. Aber noch größer war seine Angst vor einer Schlägerei. Phil fuhr im vierten Gang an.

8

Karla riß die Tür auf. Er spürte, wie sie ihr Gesicht neben sein Gesicht hielt. Dann riß sie das Fenster auf.

«Es waren nur zwei Bier», stöhnte Phil Parker und versuchte, ein Auge zu öffnen.

«Alkohol nach langer Abstinenz wirkt zehnfach», behauptete Karla.

«Sagen Sie bloß», stöhnte Phil.

Professor Morak kam ins Zimmer geschlichen und schüttelte mehrfach den Kopf. Dann verließ er den Raum – wahrscheinlich schrieb er das Kopfschütteln als «internistische Intensivuntersuchung» auf die Rechnung.

Für Morak übernahm Paul Van Dyke die Wache im Zimmer, Phils Genesungsprozeß verlangsamte sich rapide.

«Wie siehst du denn aus?» fragte der Weltmann. Er hatte gut reden. Heute war sein Kragen pikobello in Ordnung, und Christa Martin, die nach einer Schamfrist von zwei Minuten klopfend Einlaß begehrte, sah aus wie in einer Schaummuschel geboren.

«Nicht noch mal», stöhnte Phil, als er den Umschlag in den Händen der Martin sah.

«Bitte», sagte Van Dyke. «Es ist sozusagen dringend. Es gibt kurzfristige Verpflichtungen, die hast du nicht im Griff.»

«Läuft nicht, mein Junge», sagte Phil und schleppte sich vor den Spiegel. «Ich stehe diesen Marsch nicht ein zweites Mal durch.»

«Das wäre nicht das Problem», sagte Van Dyke. «Diesmal würdest du gefahren werden.»

«Per Auto?»

«Per Bahn.»

«Hier fahren keine Züge.»

«Güterzüge fahren hier.»

«Wo?»

«Sie treffen in Bad Herzberg ein. Das ist am südlichen Rand des

Harzes, unserer Seite des Harzes. Von dort fahren sie über Osterhagen vorbei an Walkenried. Zwei Kilometer östlich überqueren die Züge die Grenze, die Kontrollen sind routiniert und nachlässig. Der Zug fährt weiter bis Ellrich. Dort hält er. Du verläßt deinen Erster-Klasse-Sitz und triffst dich mit der Dame, die dich schon bei deinem ersten Besuch in Empfang genommen hat.»

«Was ist denn mit dieser Grenze los?» fragte Phil erstaunt. «War die nicht mal hermetisch verschlossen?»

Van Dyke lächelte. «Wir sprachen bereits über politische Groß- und Kleinwetterlagen.»

«Warum fährst du nicht selbst, Paul? Bist du zu feige?»

Phil hatte die Frage für einen guten Hieb gehalten, doch Van Dyke blickte ihn nachsichtig an. «Es gibt Generäle und Soldaten. Die Generäle findest du nun mal nicht im Schützengraben.»

«Natürlich nicht. Sie könnten sich ja ihren 1500-Mark-Anzug verlegen.»

Man schmunzelte, und Van Dyke sagte: «Selbst deine Preisvorstellungen sind naiv.»

«Wann?»

«Morgen abend. Der Zug wird um 21 Uhr 49 in Walkenried halten. Ich werde dich in den richtigen Waggon setzen.»

«Wie komme ich zurück?»

«Um 2 Uhr 04 hält ein Gegenzug in Ellrich. Das heißt, er hält eigentlich nicht. Er wird außerplanmäßig stoppen müssen, weil ein baumähnlicher Gegenstand über die Gleise gefallen ist.»

«Na toll. Und wer sitzt an der Axt? Einer deiner Spezis?»

Van Dyke lächelte.

«Und wenn sie mich fangen?»

«Ach, Phil», sagte Van Dyke betrübt. «Du begreifst einfach nicht, wie der Sozialismus funktioniert. Die haben dich nicht auf der Rechnung. Also werden sie dich nicht behelligen. Und an den ein bis zwei Stellen, wo alles so verdreht laufen könnte, daß du ihnen tatsächlich aufs Tablett hüpfst, da sitzen zum richtigen Zeitpunkt die richtigen Leute. Deine kleine Tournee ist gänzlich ohne Risiko.»

«Und das soll ich dir jetzt glauben?»

«Ich bitte darum», sagte Van Dyke und lachte sein strahlendes Van-Dyke-Lächeln.

Christa Martin hielt die Zeit für gekommen, das Kuvert auf den

Tisch zu legen. Phil überlegte, ob die Post es noch für 1,90 verschicken würde oder ob er 2,50 löhnen mußte. Er nahm den Umschlag:

«Mache ich mich um irgend etwas verdient, außer um deine unaufhaltsame Karriere?»

Van Dyke kriegte das Staatsmännische im Blick und sagte: «Wenn ich die Hoffnung hätte, daß du ein Zoon politikon bist, würde ich sagen: Denk an Deutschland.»

«Da ich aber ein Banause bin...»

«...würde ich sagen: Denk an 400000 Mark, die mit strammem Schritt auf die halbe Million zugehen. Das ist wenig fein gedacht, aber so bist du nun mal.»


Phil Parker brauchte bis zum frühen Nachmittag, um die Biere auszuschwitzen. K2R hatte in der Nacht einen schweren Herzanfall erlitten, diese Nachricht förderte das Ausschwitzen. Mittags stand Julia vor seinem Bett, sie liebkoste Phil und erzählte erst zum Schluß von Max:

«Er findet dich viel netter als am Anfang.»

«Das wundert mich allerdings», log Phil. «Er wird doch nichts Falsches gegessen haben?» Julia streichelte ihn, und Phil nahm Anlauf: «Sag mal, der Vater von Max.» Julia streichelte. «Das muß ja ein Typ sein, der Vater.» Oh, wie Julia streichelte. «Weißt du, wenn du immer nur den Nachwuchs siehst und die Mutter und nie den...»

«Doktor Belize meint, ich soll dich ins Wasser werfen.»

Dieser brachiale Themenwechsel zwang Phil in die Badehose. Deprimiert blickte er an sich hinunter, und Julia gab ihm einen Klaps auf den Hintern. Im Hallenbad übten zwei Therapeutinnen mit zwei männlichen Patienten. Den einen kannte Phil aus dem Fernsehen. Ein MEK-Mann, der beim Versuch, den afrikanischen Despoten vor dem Fäkalien-Attentat zu schützen, in die Wurflinie der Tüte mit acht Pfund Kot geraten war und seitdem permanent kurz vor dem Platzen war, weil sein Vegetativum mit einer unüberwindlichen Verstopfung reagiert hatte. Zweimal am Tag bahnte sich Darmluft auf traditionelle Weise ihren Weg ins Freie. Der MEK-Mann hatte in Wochenfrist seinen Freundeskreis dramatisch reduziert. Seine Frau wollte sich angeblich scheiden lassen.

«Hallo», rief Phil dem MEK-Mann zu, «wie geht's?»

«Es geht nicht», rief der Mann über seinen absurd aufgeschwollenen Bauch zurück. Die Therapeutin sah auch so aus, als ob sie sich etwas Schöneres vorstellen konnte. Doch damit war nun Julia Kaiserworth befaßt.

«Wenn das Jill wissen würde», murmelte Phil. «Und Vera. Und Rosemarie. Und Verena. Und Maximiliane.»

«Was guckst du so schräg?» rief ihm Julia zu, und Phil nahm einen Mundvoll Wasser.

Plötzlich stand Max am Beckenrand. Ob er eine Badehose trug, war auf den ersten Blick nicht auszumachen. Man hätte dazu sein Bauchfett in die Höhe heben müssen.

Julia lockte den Feigling ins Wasser. Sie hätte auch einen Hummer in den Kochtopf gelockt, sie war unwiderstehlich in ihrer Sanftheit.

«Ich ertrinke, ich ertrinke», kreischte Max, und Doktor Belize stellte sich in seiner umfassenden Schwarzheit uneigennützig zur Verfügung, indem er am Beckenrand auftauchte und Bedrohung verbreitete. Max sprang Julia an den Hals. Sie badeten und salbten den Fettkloß und brachten ihn dann unter Vorspiegelung von allerlei Versprechungen ins Bett.

Julia fuhr mit Phil in die Blockhütte. Bei den Lehrern waren die Fensterläden zugeklappt, aber der Citroën stand vor dem Haus. Sie eisten den Eskimo von Claudia los, er wirkte gut durchblutet, und Claudia legte, nachdem sie wieder Hände und Füße frei hatte, letzte Hand an ihren «Wat mutt, dat mutt»-Kommentar für die christlichen fünf Radiominuten. Phil rückte Stühle vor die Wand, an der die Karte der Bundesbahnbaustelle hing.

«Ich bin mit meinen Informationen am Ende», begann der Eskimo. «Ich habe den Verdacht, daß die Strecke an zwei, vielleicht auch an drei Abschnitten einen eigenwilligen Verlauf nimmt. Aber ich kann es nicht beweisen.»

«Wir müssen nach Frankfurt und die Bahnmanager befragen.»

«Ich weiß ja nicht, was ihr hier treibt», sagte Julia. «Aber ich möchte zu bedenken geben, daß Philip keineswegs nach Frankfurt fahren wird.»

«Ein interessanter Einwand», sagte Phil. «Und warum nicht?»

«Weil dich gestern schon der Verzehr von zwei Gläsern Bier um Wochen zurückgeworfen hat.»

«Ich könnte allein fahren», schlug der Eskimo vor.

«Ich weiß nicht», wandte Phil ein. «Du bist so sympathisch.»

«Was soll das denn?» fragte Julia verdutzt.

«Er will sich als Reporter ausgeben. Dann muß er sich auch benehmen wie ein Reporter. Das erwarten die Gesprächspartner.»

«Ich kann ganz schön fies sein», sagte der Eskimo.

Ergebnis: Der Eskimo sollte Montag früh nach Frankfurt fahren.

Phil stellte mit ihm die wichtigsten Fragen zusammen. Claudia kam herüber und wollte von Phil noch einige Anregungen. Damit konnte Phil dienen:

«Und immer, immer wieder geht die Sonne auf.» Claudia fiel vor Begeisterung fast aus den Schuhen.

«Wahnsinn», stammelte sie. «Das ist ja noch besser als... Nein», sagte sie energisch. «Daraus mach ich eine eigene Sendung.»

«Wie wär's mit ‹Wenn der Hahn kräht auf dem Mist, ändert sich das Wetter oder es bleibt, wie es ist?›» schlug Phil vorsichtig vor.

Claudia raste enthusiasmiert nach nebenan, wo in den nächsten Minuten emsig die Schreibmaschine klapperte.

«Sind alle jungen Theologen heute so?» fragte Phil zart.

«Ist ein neuer Trend», antwortete der Eskimo. «Das Sozialarbeiterische geht nicht so gut im Moment. Sie stehen jetzt wieder mehr auf Symbolik und Märchenhaftes.»

Julia schleppte ihn dann in den Wald und nannte die Qual *Spazierengehen*. Phil hätte sie danach gerne auf seine Qualitätsmatratzen gelegt, doch Julia drückte ihn sanft aufs Bett und sagte:

«Du mußt dich schonen.»

«Ich kann mich auch hinterher schonen.»

Sie tat, was sie vorgehabt hatte zu tun, und verließ ihn. Phil hörte draußen noch den Wagen starten, dann war er eingeschlafen. Seine Träume liefen völlig verquer. Er spielte die Rolle eines Tennisballs während des Matches. Er arbeitete selbst das Rumoren noch in seinen Schlaf ein, schlug dann die Augen auf.

«Kannst reinkommen, Eskimo», rief Phil.

«Guten Tag, Herr Mann», sagte Hella Brandenburg und warf beide Augen-Aggregate an. «Wir kamen zufällig des Weges», behauptete die Ingenieurin und wies auf den neben ihr stehenden Mann. Der war überraschend alt, fand Phil, um zufällig eines Weges zu kommen. Er wirkte wie 80.

«Eduard Klettenberg», sagte der Mann und verneigte sich.

«Woher wissen Sie...?» begann Phil.

«Wir haben im Sanatorium vorgesprochen...» sagte die Brandenburg. «Dort hat man uns den Tip gegeben.»

«Ja, dann kommen Sie doch einfach herein.»

Die Brandenburg rannte einmal durchs Haus, guckte hierhin und dorthin, und Phil achtete darauf, was sie sich alles ansah. Darüber vernachlässigte er den alten Herrn, denn plötzlich stand der vor dem Küchentisch, den Phil zum Schreibtisch umfunktioniert hatte.

«Hübsch haben Sie's hier», sagte die Brandenburg. Ihre Augen ließen keinen Zweifel, was sie für das schönste Stück in dieser Hütte hielt: den charmanten Rekonvaleszenten. Wenn die Ingenieurin nicht immer geguckt hätte wie ein Formel-1-Bolide zwischen Aufwärmrunde und Start, vielleicht hätte sich was draus ergeben können. Phil bat die beiden, weil das Wetter es zuließ, auf die Terrasse. Dann stand er etwas dumm herum; Claudia kam herüber und rettete die Situation, indem sie Tee brühte und einen selbstgebackenen Kuchen auf den Tisch stellte.

«Na, das sieht doch alles ganz entzückend aus», freute sich Hella Brandenburg, und der Senior stimmte zu:

«Deliziös.»

«Wir sind einfach rausgefahren und durch die Wälder gegangen», teilte die Brandenburg ungefragt mit. «Eduard ist immer wieder gern im Harz, nicht wahr, Eduard?»

Darauf sagte Eduard: «Doch. Gern. Gern im Harz.»

Nun mußte Phil den Harz loben, danach herrschte Schweigen.

«Was ist denn das für ein Kuchen?» murmelte Phil, und Klettenberg blickte ihn dankbar an.

«Ich liebe Möhren», sagte die Brandenburg. «Ich liebe überhaupt Naturnahes.»

«Haben Sie's mit dem Magen?» fragte Phil.

«O nein, ich bin Anthroposophin. Hängen Sie auch einer Lebensart an?»

«Ich bin polymorph pervers.»

«Wie interessant. Basteln Sie da auch so viel?»

«An Legenden. Da kriegt man nicht so schmutzige Finger wie von dieser Matscherei mit Ton.»

Der Senior schmunzelte.

«Sie leben nicht in diesem schönen Land?» fragte Phil, und die Brandenburg sagte schnell:

«Eduard sieht hier seine Heimat. Das ist das, was zählt.»

«Ein bißchen zählt aber auch, wo ich meine Steuern zahle», sagte Phil und wies Klettenberg den Weg zum Abort. Kaum hatte der das Haus betreten, zählte Phil die Sekunden. Er wußte nicht, was hier in der Luft lag. Aber hier lag etwas in der Luft.

«Wie geht sie denn voran, Ihre Arbeit?» fragte die Brandenburg und spachtelte Möhrenkuchen.

«Geht soweit.»

Klettenberg kam und kam nicht wieder. Phil kannte die Prostataprobleme alter Männer. Er wußte leider nicht, welche Notizen auf seinem Schreibtisch obenauf lagen. Mit einem gemurmelten «sorry» stürzte er ins Haus und prallte in der Tür mit Klettenberg zusammen. Beide sagten «hoppla» und wollten unbedingt die Verantwortung für den Zusammenstoß übernehmen.

«Sie sind sehr detailliert interessiert», begann die Brandenburg, kaum daß Phil wieder saß.

«Keine halben Sachen», knurrte er.

«Es ist ungewöhnlich, wenn sich ein Journalist für solche Dinge wie die Streckenführung interessiert.»

«Was wäre denn nicht ungewöhnlich?»

«Nun, Fragen nach dem Umweltschutz hatten wir viele. Oder die Lebensweise der Bautrupps, die Wohnbedingungen, ich könnte Ihnen da Sachen erzählen...»

«Sie wirken ja regelrecht bedroht.»

«Ich? Bedroht?» Sie lachte falsch und warf Klettenberg einen Blick zu. Der alte Herr blieb kühl wie eine Hundeschnauze.

«Nein, nein», sagte sie. «Ich bin einfach interessiert. Ich finde das ja auch interessant, was Sie...»

«Ich hatte eine Deutschlehrerin», unterbrach Phil, «die war eine Seele von Mensch. Immer freundlich und verständnisvoll. Sie hatte nur ein Thema, da wurde sie laut, unbeherrscht und drakonisch.»

«Und was war das?» fragte die Brandenburg.

«Sie haßte das Wort ‹interessant›.»

«Aha», sagte die Brandenburg säuerlich.

«Und Sie», wandte sich Phil an Klettenberg. «Sind Sie ein Kollege von Frau Brandenburg? Oder ein Exkollege?»

«Kollege? Nein. Wir haben ähnlich gelagerte Interessen. So könnte man es nennen.»

«Sind Sie Modelleisenbahner?»

Er war so nett gewesen, ihnen einen Lacher anzubieten. Sie machten beide reichhaltig Gebrauch davon. Dann sagte Klettenberg:

«Ich bin ein langjähriger Freund Hellas. Die zweite Hälfte meines Lebens habe ich aber nicht in Deutschland verbracht.»

«In Mallorca? Gran Canaria?»

«Texas.»

«Eduard und mein Vater kannten sich gut», sagte die Brandenburg.

«War Ihr Vater Cowboy?»

«Er war Offizier. Im Krieg und ab 1955 wieder.»

«Wolf hat leider nicht lange etwas von seiner zweiten Karriere gehabt», sagte Klettenberg. «Er ist viel zu früh gestorben. 1960.»

«1961», korrigierte dumpf die Brandenburg.

«Und womit haben Sie gehandelt?» fragte Phil den Senior. «Auch mit Sicherheit?»

«Seltenmetalle.»

«Pardon?»

Klettenberg erklärte wie aufgezogen: «Seltenmetalle sind etwa Germanium, Gallium, Tellur oder Indium. In der Zukunft werden andere von Bedeutung sein: Cadmiumtellurid etwa. Die Eigenschaften dieser Elemente sind sinnvoll für die Halbleitertechnik und für die Lichtwellentechnik.»

«Aha», sagte Phil, dem bewußt wurde, daß er auf keinem einzigen Gebiet ein solcher Fachmann war wie Klettenberg mit seinen seltenen Elementen. «Und die haben Sie... Ja, was macht man mit denen?»

«Man gewinnt sie aus Erzen. Aus Kupfererzen oder Zinkerzen. Und bevor Sie weiterfragen: Mir gehörte einmal die größte Anlage zur Herstellung dieser Seltenmetalle auf der Welt.»

«Ist ja ein Ding», sagte Phil. «Und ich biete Ihnen nur Möhrenkuchen an.»

Klettenberg lächelte: «Wenn wir soweit wären, Mägen aus Metall herzustellen, könnte ich mehr zulangen.»

«Wären Sie sieben Monate früher gekommen», sagte Phil. «Damals hatte ich einige wichtige Teile abzugeben.»

«Und Sie arbeiten also im Auftrag dieser Hamburger Wochenzeitschrift?» fragte die Brandenburg.

«Sie können gerne anrufen, wenn Sie...»

«Um Gottes willen», wehrte sie ab. Phil ging ins Haus und kam mit seinem Presseausweis heraus. Beide sahen ihn sich sorgfältig an, dann bekam Phil den Ausweis zurück.

«Und Ihr Kollege?» bohrte die Ingenieurin weiter.

«Mein Kollege unterstützt mich.»

«Wann dürfen wir denn in der Zeitung Ihren Artikel lesen?»

«In vier Wochen», parierte Phil schneidig.

Phil ging diese Frau mächtig auf den Pinsel. Allein wie sie auf ihre Armbanduhr schaute: «Was meinst du, Eduard?»

Eduard fing den Ball auf: «Wir bedanken uns für die Gastfreundschaft.»

Man erhob sich, plauderte entzückend sinnloses Zeug zusammen, und erst, als sie bereits am Wagen standen – es handelte sich um einen Mercedes Kombi –, fiel Hella Brandenburg die Frage aller aller Fragen ein:

«Warum sind Sie eigentlich beruflich aktiv, wenn Sie im Sanatorium liegen?»

«Und?» fragte der Eskimo zehn Minuten später gespannt. «Was hast du ihr geantwortet?»

«Ich habe gesagt, daß ich's ohne Arbeit nicht mehr ausgehalten habe und daß meine Arbeit von den Ärzten abgesegnet worden ist. Jetzt muß ich nur noch Belize und Morak auf Vordermann bringen. Belize wird reichen, den Morak werden sie nicht erwischen, der taucht sofort in den Wäldern unter, wenn er Fremde sieht. Eskimo, leg deine Unterlagen unters Kopfkissen, wenn du schlafen gehst. Oder unter Claudia.» Er schob quietschend den Stuhl nach hinten und tigerte durch den Raum: «Diesmal nicht», knurrte Phil. «Diesmal wird sich Van Dyke wundern.»

## 9

«O Gott», stöhnte Phil Parker und wollte nach der Uhr greifen. «8 Uhr 50», sagte Julia und zog ihm die Bettdecke fort. Er wollte sie an sich ziehen, da sagte sie:

«Ich komme zu spät zum Gottesdienst.» Der Satz hatte auf Phil eine ernüchternde Wirkung.

«Guck nicht so», sagte Julia und öffnete ein Fenster. «Ich bin gläubig.»

«Deswegen mußt du das Fenster nicht aufmachen», murmelte Phil und bedeckte seine Blößen.

«Du wirst mich begleiten.»

«Wohin?»

«Wo man gemeinhin Gottesdienste feiert.»

«In die Kirche? Da ist es kalt. Ich bin Atheist. Ich bin ein Kirchenhasser. Ich habe früher immer in die Gesangbücher gebissen. Ich hatte Kirchenverbot in...»

«Zieh dich endlich an. Ich hasse es, auf Männer warten zu müssen.»


Die Walkenrieder feierten den Gottesdienst im Kapitelsaal des Klosters. 20 Seelen saßen in lockerer Formation um Phil Parker und Julia Kaiserworth herum. Der diensthabende Gottesmann blinzelte immer wieder vertraulich zu ihnen herüber.

«Kennst du den?» flüsterte Phil. Julia nickte: «Wir sind eine große Familie hier im Kloster.»

Dann ging es ans Loben und Preisen. Phil beobachtete unterdessen die alte Frau in der Reihe schräg links vor ihm. Sie mußte sehr klein sein. Am meisten faszinierten Phil die Gummistiefel unter dem langen Rock. Zwei Blusenkragen lugten über den Strickpullover, und darüber trug sie eine lange Joppe, die unzweifelhaft aus Leder war.

«Das ist Meta», flüsterte Julia. «Ich habe dir von ihr erzählt. Die Frau mit dem Silberschatztick.»

Während der Gottesmann in für Phil überraschender Frische die Macht der Banken gegenüber kleinen Kreditnehmern geißelte, schloß Phil die Augen und ließ die Atmosphäre dieses Raumes auf sich wirken. Er wünschte sich ein bißchen von der Seelenruhe oder Verschlafenheit der Alten in den vorderen Reihen. Er spürte, wie ihn sein altes Leben anspringen wollte. Phil hatte die beiden Falten über Paul Van Dykes Nase bemerkt. Das waren keine Falten der schieren Lebensfreude. Van Dyke stand nicht nur unter Dampf, er stand auch unter Druck. Das eine war beeindruckend, das andere war beängstigend. Das eine war eine Bedrohung für Phil, das andere konnte seine Chance sein. Er schnappte Julia das Gesangbuch weg und dominierte den Choral in einer Weise, daß die Alten erschreckt verstummten. Bis zum Ende der dritten Strophe hatten sie sich nicht vollends von dem Schock erholt und bildeten kaum mehr als die Background Vocals. Julia schwieg, und Phil übersah, wie ihre Finger nervös auf die Rücklehne des Vordersitzes trommelten.

Nach dem Ende der Vorstellung lauerte der Gottesmann seinen Schäfchen am Ausgang auf.

«Das entschlackt», sagte Phil nach dem Händeschütteln und der von Julia vorgenommenen Vorstellung. «Ich bin im Grunde meines Herzens ein leidenschaftlicher Sänger. Gut möglich, daß ich heute mein Coming out bei Ihnen hatte. Sie erhalten den frischen Andruck meiner ersten LP. Gott mit Ihnen auf all Ihren Wegen, und besonders bei Schlaglöchern.»

Phil faßte Julia am Handgelenk und zog sie mit sich zum Wagen.

«Sag mal...» wollte sie beginnen, aber Phil nahm ihr per Kuß die Luft zum Protest. Plötzlich drückte sie seine Hand und zog ihn mit sich. «Meta, eine Sekunde», rief sie.

Die Frau mit den vielen Kleidungsstücken drehte sich um. Sie war atemberaubend klein, ohne kleinwüchsig zu wirken. Ihr Gesicht hatte alles, was in der Adventszeit zum Titelbild einer *Hör zu* gehört hätte: weiße, zum Dutt gebundene Haare, eine Haut mit zig Falten und roten Wangen, auf den Nasenflügeln Sommersprossen, und Augen, die jung und neugierig waren.

«Schwache Leistung von Theophil», sagte Meta.

«Wer ist Theophil?» fragte Phil.

«Na, der Pastor», sagte Meta. «Dem fehlt noch viel zum Pastor. Vier Kinder, das reicht nicht, obwohl das dazugehört.»

Julia stellte Phil die ehemalige Lehrerin vor, die Bräuche, Sagen, Sitten, Moden und Handwerkszeuge der Vergangenheit sammelte.

«Stimmt gar nicht», sagte Meta. «Ich kümmere mich nur um den Schatz. Das andere interessiert mich nicht. Ich muß den Schatz finden, dann will ich sterben. Aber erst den Schatz.»

Plötzlich wirkte Meta auf Phil wie eine alte Frau, die in der dörflichen Welt wunderlich geworden war.

«Andreastaler», sagte Meta, und ihre Augen glänzten noch stärker.

«Sie meint die Münzen, die hier früher geschlagen wurden», sagte Julia.

«Geschlagen», wiederholte Phil. Er haßte es, wenn andere Fachausdrücke so lässig in den Fluß ihrer Rede warfen.

«Das ist eine spannende Geschichte», fuhr Julia fort. «Das ging schon Ende des 16. Jahrhunderts los, kam dann zum Erliegen, weil der Silberabbau zum Erliegen kam, und begann im 17. Jahrhundert erneut.»

«Erst Andreasberg, dann Clausthal», mischte sich Meta ein. «Dann wieder Andreasberg. ‹Sanctus Andreas Reviviscens› und ‹St. Andreas iterum reviviscens.› Und dann kam das verdammte Feuer.»

Eine Frau und ein Mann gingen an der Dreiergruppe vorbei. Phil hörte, wie die Frau verächtlich zu dem Mann sagte: «Meta hat wieder ein Opfer gefunden.»

«Was war denn mit dem Feuer?» fragte Phil.

«Eine Katastrophe», rief Meta laut und warf beide Arme in die Höhe. Dabei wurden die Löcher unter den Armen sichtbar.

«1796 ist St. Andreasberg abgebrannt», erklärte Julia.

«Nicht alles», rief Meta. «Das Silber ist nicht verbrannt. Silber brennt nicht so leicht. Ich werde es finden. Und dann sterbe ich.»

«Meta hat sich voll in die Sache reingekniet», sagte Julia. «Das haben mir die Klosterleute erzählt.»

«Ach die», rief Meta verächtlich. «Die haben mir auch nicht geholfen. Niemand hat mir geholfen. Sie haben sich alle über mich lustig gemacht. Aber ihr werdet euch noch wundern. Ich sterbe noch nicht. Erst finde ich den Schatz.»

Beim Wegfahren winkte Julia dem Gottesmann zu. Phil hob die Hand wie ein Würdenträger bei der Abfahrt.

«Meta besitzt sogar Münzen. Sie hat uns einige gezeigt, als wir bei ihr waren.»

«Wir?»

«Zwei Kollegen und ich.»

«Der Erzeuger von Max ist nicht zufällig Restaurator?»

Sie blickte Phil an und fuhr fort: «Meta wird schnell etwas anstrengend, wenn man sie auf den Schatz anspricht.»


K2R schwebte in Lebensgefahr. Selbst Mutter Teresas Gebete und der Segen ihres Jesus hatten keine Besserung gebracht.

«Du siehst aber ganz vergnügt aus», sagte Phil und sah Quattro beim Üben zu.

«Sie kommen wieder», sagte der Jongleur und hob die Bälle auf. Es sah aus, als ob sie vor ihm flohen.

«Wer kommt wieder?»

«Die Menschen vom Fernsehen. Der Chef war vorhin hier und hat gefragt, wer von uns in seiner Show auftreten will.»

«Und wer will?»

«Wie kannst du fragen? Alle natürlich. Das ist unsere große Chance. Strauss will sein Triangelkonzert uraufführen. Bommi sagt, er hat seine besten Fliegen so weit, daß sie sich von rechts und links an Fliegen anschleichen und sie fangen. Wie Catcher, mit Schwitzkasten. Der Mann vom Fernsehen ist begeistert. Fernsehen! Ich schaffe das. Der vierte Ball ist nur eine Frage der Zeit.»

Phil verließ den Raum. Er legte sich aufs Ohr und schlief ein.


Punkt 20 Uhr 30 stand Paul Van Dyke auf der Matte. Phil mußte Julia, die Max besucht hatte, verlassen. Und wieder ließ sie ihn ohne Händeringen und Tränen gehen.

«Was guckst du so deprimiert?» fragte Van Dyke auf der Fahrt. «Hat sie dich nicht rangelassen?»

Er lachte und lachte, blickte in den Rückspiegel, einmal, zweimal, dann brach das Lachen ab. Phil drehte sich um:

«Das gibt es aber nur in ganz schlechten Filmen.»

«Und im Leben», knurrte Van Dyke und nahm Gas weg.

«Nicht zu glauben», sagte Phil. «Schließt auf, hängt sich ran, läßt sich zurückfallen, aber überholt nicht. Paul, daß ich das noch erleben durfte: Ich werde verfolgt!»

«Wer soll dich denn verfolgen?» sagte Van Dyke verächtlich. «Ich werde diesem Typen jetzt die Überlegenheit süddeutscher Ingenieurskunst ins Fahrtenbuch seines Lebens schreiben.»

Van Dyke brauchte keine Minute, um den Verfolger aus dem Rückspiegel zu entfernen.

«Und wer war das nun?» fragte Phil.

«Kümmer dich nicht um die Spiele der Erwachsenen.»

«Hast du schon mal was vom Schatz des Priamos gehört?» fragte Phil.

Van Dyke blickte herüber.

«Zu viel Trivial Pursuit gespielt, oder was?»

«Hast du oder hast du nicht?»

«Sind das nicht die Klunker, die seinerzeit der Schliemann ausgegraben hat? In Griechenland? Nein, in der Türkei. Wieso? Planst du einen Historienroman? Wir müssen uns überhaupt mal unterhalten, wie wir deine Auferstehung begehen. Literarisch, meine ich.»

Der Bahnhof sah aus wie eingemottet. Es war kalt geworden, und Nebel war herangezogen.

«Der kommt von den vielen Fischteichen», sagte Van Dyke und schlug den Jackenkragen hoch. «Die alten Zisterzienser haben ja Mittel und Wege gefunden, um das Fleischverbot geschmackvoll zu unterlaufen.»

Phil hatte sich auf geducktes Laufen im Schutz von Mauern und Hecken eingestellt. Aber Van Dyke benahm sich, als wenn er nichts zu verbergen hätte. Fünf Minuten später rollte ein Güterzug heran, Diesellokomotive, Containerwagen, Tankwagen, geschlossene Wagen.

«Damit soll ich fahren?» fragte Phil leise. Angesichts des Ungetüms überwältigte ihn Verzagtheit.

Während an der Diesellok Bewegung entstand, jemand aus dem Führerhaus kam oder hinaufkletterte, ergriff Van Dyke Phil am Arm, zog ihn vorbei an Wagen mit Containern und blieb vor einem geschlossenen Wagen stehen.

«Voilà», sagte er und begann – sich einen Dreck um etwaige Beobachter scherend – einen sargähnlichen Behälter zwischen den Achsen zu öffnen. Ein liegender Erwachsener paßte ohne Probleme hinein. Wahrscheinlich wurden hier sonst Werkzeuge für den Bahnbau untergebracht. Der Verschlag war bis auf ein winziges Maschendrahtfenster rundum geschlossen.

«Da klettere ich nie im Leben rein», murmelte Phil. «Das Spiel spielst du alleine, Paul.»

«Quatsch nicht. Guck lieber.»

Das Kabuff war immerhin so hoch, daß man liegend den Oberkörper aufrichten konnte. Es war vielleicht drei Meter lang. Und es war mit weichem Material ausgeschlagen.

«Beste Schlafsackqualität», sagte Van Dyke.

«Und so ein nettes Rautenmuster», murmelte Phil und blickte verdutzt auf den Walkman, den Van Dyke hervorzog.

«Gegen die Nervosität», sagte er. «Alkohol ist nicht an Bord. Auch keine Selbstmordpillen.»

Plötzlich hielt ihm Van Dyke einen Kasten Konfekt unter die Nase.

«Mit den besten Empfehlungen», sagte er lächelnd. «Unsere Kuriere sollen sich schließlich wohl fühlen.»

«Überleben würde mir schon völlig reichen.»

«Ach, Philman», rief Van Dyke und schlug Phil auf die Schulter. «Denk an die Zukunft. Denk an Julia. Denk an das viele Geld. Was willst du eigentlich noch?»

«Ich will einen Corrado, einen dunkelblauen. Und dann bremse ich dich aus, daß du mit deinem Porsche den nächsten Schrottplatz ansteuerst.»

«Das will ich hören», sagte Van Dyke und half Phil beim Besteigen des Sarges. «So kennen wir Phil Parker, den man auch Mann nannte.» Er lachte, und gerade in dem Moment, in dem sich von der Diesellok eine Person zu nähern begann, verschloß Van Dyke die Klappe. Phil hörte Schritte, und eine Männerstimme sagte:

«Können wir anfangen?»

«Tun Sie, was Sie nicht lassen können», ertönte Van Dykes Stimme, und die fremde Männerstimme rief erschreckend nah: «Laßt die Ostzonalen los!»

Nun stürzte alles zugleich auf Phil ein: Enge, Dunkelheit, Bewegungsunfähigkeit, und seine Phantasie machte alles noch viel schlimmer. Rüttelnd setzte sich der Zug in Bewegung, und was eben noch Angst und der Wille zur Flucht gewesen waren, mutierte übergangslos zu Gleichmut und Einsicht in das Unabänderliche. Ein Griff an den Verschluß des Käfigs – natürlich brachte Phils Schieben gar nichts. Er befreite sich von dem Umschlag, den er zwischen Hemd und Haut trug.

Der Zug zuckelte nun wohl über die Grenze, er kannte das von den Zugfahrten über die Transitstrecken. Phil stülpte die zerbrechlich wirkenden Kopfhörer über die Ohren und fand die Wiedergabetaste am Kassettengerät. Das Donnern der Glocken nahm ihm den Atem. Er drehte die Lautstärke herunter, dann ging es. Aber es blieb immer noch esoterisches Schamanenbimbam.

«Schwach, Paulchen», murmelte er. «Von einem Witzbold wie dir hätte ich wenigstens die Internationale erwartet.»

Keine Stimmen draußen, kein Hundegebell. Kälte kroch durch das kleinmaschige Gitter.

Ausgerechnet jetzt befiel ihn die Frage, ob es bei einem Sarg Fuß- und Kopfende gibt. Er zog die Pocketkamera aus der Hosentasche und schoß acht Fotos. Eine Mauer, dahinter Gebäude.

Menschenstimmen, eine ganze Gruppe, aber wohl auf der anderen Zugseite.

«Julia.» Es war ihm jetzt wichtig, daß er nicht nur an sie dachte, sondern sie mit dem Aussprechen ihres Namens lebendig machte. Erst jetzt lebte sie. Und er wünschte sich, daß sie, wenn sie nichts Besseres vorhatte, ein Weilchen mit ihm leben möge. Er war völlig arglos, deshalb traf es ihn wie mit Keulen, als plötzlich die Längsseite des Kastens verschwand und er im Freien lag.

«Willkommen auf dem Staatsgebiet der Deutschen Demo...»

«Geschenkt. Rühren!» Phil schob sich aus dem Kasten. Sie hatten ihm wieder Nicht-Olga geschickt, die Vielleicht-Traktoristin in einer landwirtschaftlichen Produktionsgenossenschaft.

«Sagen Sie nichts», unterbrach Phil sie vor dem ersten Wort. «Ich darf wieder ein bißchen Lada fahren.»

«Das ist ein grundsolides Auto», sagte Nicht-Olga und bewegte sich in eine Richtung. Phil blieb an ihrer Seite. Der Bahnhof sah genauso trostlos aus wie der von Walkenried auf der anderen Seite der Welt.

«Ich heiße übrigens Philip Mann», sagte Phil.

«Das ist nicht Ihr Name», erwiderte sie, und Phil hatte eine harte Nuß, über die er bis zum Lada nachdenken konnte. Er stand auf einem befestigten Weg, der parallel zu den Schienen lief.

Nicht-Olga stellte diesmal ohne Scham den westlichen Radiosender ein. Phil wartete darauf, daß sie auf eine befestigte Straße kommen würden, doch Nicht-Olga bog ab und noch mal ab. Es wurde eine Fahrt über Wald- und Wirtschaftswege, begleitet vom Bullern des unkultivierten Motors.

«Wenn Sie mich auf meiner Seite besuchen, fahre ich mit Ihnen Corrado», sagte er.

«Ich komme nie auf die andere Seite.»

Das Haus schien massiver gebaut als das beim ersten Mal. Roter Backstein, und es sah so aus, als ob irgendein Idiot versucht hatte, die Steine mit Putz zu übertünchen.

«Wenn man schon keine Farbe hat, soll man wenigstens auch keinen Geschmack haben», murmelte Phil und blickte Nicht-Olga kampflustig an. Aber sie hatte wohl mit der Verteidigung des Lada für heute ihre Ration Linientreue gefressen und schwieg. Kein Volvo in der Nähe, überhaupt kein Auto. Möglich, daß irgendwo ein Gewässer floß. Sie brachte ihn bis zu einer Tür, die vom Hausflur abging, und ließ Phil eintreten.

Der Grüne mit den schwarzen Hosen trug heute ein weißes Hemd zu schwarzer Hose. Er saß in einem Sessel, den Phil gut kannte: So einen hatte sich seine Schwester nach ihrer Hochzeit Mitte der sechziger Jahre als erstes Möbelstück ins Wohnzimmer gestellt.

«Donnerwetter, Sie haben ja ein Hemd zum Wechseln», sagte Phil und trat dicht auf den anderen zu. Jetzt hatte der die Wahl: den Kopf weit nach hinten legen oder aufstehen. Er stand auf und brachte sich diesmal – da kein Schreibtisch im Raum war – hinter dem Eßtisch in Sicherheit. Phil setzte sich zu ihm und sagte:

«Diesmal bieten Sie mir aber was an! Man muß sich ja schämen für Sie.»

«Mann», donnerte der andere los. «Sie vergessen sich.»

«Warum sind Sie eigentlich nicht viel souveräner?» fragte Phil. «Ich denke, in...»

«Sie sind uns als ein Mann annonciert worden, der zuviel redet.»

«Sehen Sie, das ist der Unterschied. Ich bin Ihnen wenigstens annonciert worden. Sie dagegen sind für mich ein Überraschungsei. Biographisch gesehen sind Sie für mich die Wüste Gobi. Das erschwert vieles.»

«Es erschwert nicht die Übergabe eines Umschlages.»

«Diesmal habe ich reingeguckt», sagte Phil und zog den Umschlag aus dem Hemd.

«Sie lügen.»

«Ich lüge nicht.»

«Sie lügen ja schon wieder.»

«Ah», sagte Phil genießerisch. «Absurde Kommunikation. Deutsch und deutsch gesellt sich gern.»

Er redete und redete und wartete getreu seiner alten Kleist-Theorie darauf, daß sich die verdammten Gedanken beim Reden schon bilden würden. Er tankte den Anblick des Raums. Hier hatte sich niemand verwirklicht. Hier war Zeug ins Zimmer gestellt worden.

«Wo kaufen Sie ein?» fragte Phil und drehte sich auf dem Stuhl um. «Außerdem muß ich jetzt für kleine Jungens. Bei der Gelegenheit werde ich mir einen Eindruck vom Stand Ihrer Sanitärkultur machen. Sind Sie eigentlich schon bei Recycling-Klopapier angelangt, oder steht Ihnen dieser kratzende Fortschritt noch bevor?»

«Muß das sein?» fragte der Besitzer von wenigstens zwei Hemden genervt.

«Wenn Sie riskieren wollen, daß ich nachher einen Lada-Sitz benetze...»

Der andere stand auf, Phil folgte. Auf den Flur, zweite Tür links. Aus einem Raum drang Geschirrklappern. Phil betrat die Toilette, schoß zwei Fotos und öffnete das hoch angebrachte Fenster. Auf der Hinterseite des Hauses eine Garage und ein Schuppen, vielleicht eine Laube. Ein Garten, der sich in der Nacht verlor, an der Schmalseite des Schuppens ein runder Farbklecks mit einer Zahl im Mittelpunkt: 96.

«Schlafen Sie nicht ein da drinnen!» bellte der Zweihemdenmann draußen. Phil stieg auf das Klobecken, hielt die Kamera raus und drückte ab.

«Das war knapp», sagte er und rüttelte demonstrativ am Hosenbund.

Der Zweihemdenmann ging voraus, Phil nutzte die Gelegenheit. Er riß die Tür auf, sagte «Hoppla, wie peinlich», und der andere sprang hinzu und schleuderte Phil mit einem Griff gegen die Flurwand.

«Das machen Sie nicht noch mal», sagte er knurrend.

«Versprochen», erwiderte Phil und rieb sich die Schulter. «Obwohl ich darauf getippt hätte, daß Sie französische Betten bevorzugen. Und nun sehe ich vier einzelne Betten. Respekt.»

Phil hätte sich nicht gewundert, wenn der andere ihm jetzt eine reingehauen hätte. Der führte ihn aber lediglich an die Haustür und bölkte: «Brauchst du eine Extraeinladung?» Nicht-Olga erschien kauend im Rahmen der Küchentür.

Phil verließ das Haus. Der Kegel des Flurlichts reichte nicht bis zum Lada. Nicht-Olga stand mit dem Zweihemdenmann redend in der Haustür. Phil stellte die Kamera auf das Wagendach, zielte und drückte auf den Auslöser.

Als Nicht-Olga den Wagen erreichte, saß Phil bereits drin und stellte Musik ein.

«So», sagte Phil, als der Wagen fuhr, «und was machen wir zwei Hübschen jetzt bis zwei Uhr?»

«Ich habe den Auftrag, Ihnen Gesellschaft zu leisten», erwiderte Nicht-Olga. «Haben Sie irgendwelche speziellen Wünsche?»

«Können Sie singen?»

Sie blickte ihn erbost an.

«Schade», sagte Phil, «wir hätten ein Duett üben können. Ich bin ein fabelhafter Sänger.»

«Selbstverständlich kann ich singen.»

«Alt?»

«Das sieht man doch.»

«Nun übertreiben Sie aber», sagte Phil und erntete einen dankbaren Blick. Sie sah aus wie Tenor, aber das behielt er für sich.

«Ich zähle vor», sagte sie, und so fuhren sie in einem Lada mit heruntergekurbelten Seitenfenstern durch die DDR und sangen zweistimmig die Internationale. Danach hatte Nicht-Olga Farbe im Gesicht.

«Hätte ich gar nicht gedacht, daß Sie das können», sagte sie anerkennend.

«Das singt bei uns jedes Kind», behauptete Phil.

Nicht-Olga verwechselte beim Schalten jetzt schon mal die West-Kniescheibe mit dem Ost-Knüppel.

«Beim Gesangstalent», sagte er schneidig, «ist es wie mit dem

Sozialismus: Es liegt uns im Blut, aber man muß auch was dafür tun.»

«Ich tu Tag und Nacht etwas dafür», kam es von links. «Manchmal nachts mehr als tagsüber.»

Phil registrierte beklommen, daß sie vom dunklen Weg in ein noch dunkleres Waldstück abbog.

«Da haben Sie vielleicht schon die eine oder andere Verdienstmedaille an der Bluse kleben», sagte er übertrieben munter.

«Mußt du ständig reden?» kam es aus dem Dunkel. Kleiderstoff raschelte.

«Das muß aber wirklich nicht sein», flüsterte er.

Nicht-Olga sagte nichts mehr, und er sagte auch nichts mehr. Die einzigen Ausnahmen waren: «Das ist ja wie bei uns im Westen» und «Ich hätte nie gedacht, daß sich Nyltest im Dunkeln wie Stoff anfühlt.»

Was die Ladas als Liegesitze anboten, war nichts weiter als eine leichte Rückwärtsstellung der Lehnen. So zog man auf den Rücksitz um. Phil hielt schon seit Sekunden das Präservativ in der Hand, als er noch glaubte, er habe aus Versehen im Dunkeln ihren Regenschutz erwischt.

Nicht-Olga ging ihm zur Hand, und so wurde ein privates Problem im Geiste des Friedens und Fortschritts bewältigt. Phil kam sich vor wie verkleidet. Nur eine rote Pappnase wäre noch schlimmer gewesen. Während das Verkehrsstudio einen Stau zwischen Hannoversch Münden–Werratal und Friedland meldete, löste sich im Lada der Stau zügig auf. Nicht-Olga rauchte danach eine Zigarette, und Phil bekam pünktlich in dem Moment, in dem alles zu spät war, ein schreiend schlechtes Gewissen.

Um 1 Uhr 58 schob Nicht-Olga den Deckel vor den Kasten, in dem Phil Parker lag.

«Das ist doch ein anderer Zug?» murmelte er, und Nicht-Olga sagte: «Adieu. War schön mit dir.»

Und erst jetzt, um 2 Uhr 01, fiel ihm die Frage ein: «Warum hast du mich nicht zu dem Stollen gefahren? Es war doch genug Zeit. Ich hätte doch...»

«Der Dresdner Stollen ist nur für besondere Anlässe.»

Vorne ertönte ein Pfiff, und Phil fragte:

«Der wievielte bin ich denn, den du auf diese Weise bewirtet hast?»

«Der erste.»

«Danke. Das hatte ich gehofft.»

«Du verstehst das falsch. Du warst nicht der erste im Wagen. Du warst der erste unter dem Zug. Und deinen Fotoapparat schicken wir dir nach Abschluß der Aktion per Post. Adieu.»

## 10

«Raustreten! Wasser lassen! Armbeuge vorweisen! Keine Widerworte!» Schwester Karla riß erst die hellblauen Vorhänge, dann die Bettdecke zur Seite.

«Pfui», sagte sie.

Phil Parker, der sämtliche Klamotten vom gestrigen Abend trug und auch die Schuhe nicht ausgezogen hatte, hielt seinen Arm hin, und Karla zapfte.

«Ihr müßt mich besser einsperren», sagte er leise. «So wird das nie was mit der Rekonvaleszenz.»

«Sie gehen mit Ihrem Leben um, als wenn Sie zwei davon hätten», behauptete Karla.

Zwischen Terminen bei Iwan dem Schrecklichen und Doktor Belize stahl sich Phil in ein unbesetztes Büro der Verwaltung und besorgte sich über die Auskunft die Nummer der Bundesbahndirektion in Frankfurt. Er fand den Verantwortlichen für die Neubauvorhaben überraschend komplikationslos, und der Mann zierte sich auch nicht lange, sondern verschob einfach einen Termin und hatte somit gegen 11 Uhr 30 Zeit für den Kollegen der Hamburger Wochenschrift, der ihn zum Thema der Neubaustrecke Hannover–Würzburg befragen wollte.

«Soll ich mir ein Jackett besorgen, oder reicht meine Lederjacke?» fragte der Spitzenbeamte freudig erregt, obwohl Phil kein Wort vom Fotografieren gesagt hatte. Phil rief den Eskimo in der Blockhütte an und fragte die abnehmende Claudia, ob sie Lust hätte, mit dem Eskimo nach Frankfurt zu fahren. Die beiden wollten sich unverzüglich auf den Weg machen. Claudia mußte nur vorher ihren «Wat mutt, dat mutt»-Kommentar vorlesen. Phil drehte sich der Magen um. Als er die Gottesanbeterin lobte, bekam sie vor Freude Schluckauf.

Iwan der Schreckliche schlug auf seinen Patienten ein wie ein bürgerlicher Politiker auf vernünftige Argumente.

«Gnade», stöhnte Phil zwischen zwei Schlägen. Aber Iwan war nicht zu besänftigen. Es hatte etwas mit Frauen zu tun oder mit seiner Gehaltsabrechnung. Genau war das nicht zu eruieren, da er sich heute nur in seiner Heimatsprache artikulierte.

Doktor Belize dagegen war entschlackt aus dem Wochenende zurückgekommen. Der Förster seiner Försterin hatte sich auf Anraten seiner Frau um die Leitung eines Projekts zur Wiederaufforstung beworben. Belize und die Försterin hatten seine Abreise entsprechend gefeiert.

«Endlich einmal nicht auf dem Hochsitz», schwärmte der schwarze Mann. «Wo ich doch an einer leichten Höhenangst leide.»

«Das heißt Impotenz im Deutschen und nicht Höhenangst», sagte Phil. «Wo forstet er denn auf, der Förster?»

«Auf Helgoland.»

Phil erkundigte sich zart, ob der Afrikaner wußte, was Helgoland sei. Er wußte es nicht.

Max der Abspecker reagierte auf Phils Erscheinen am Schwimmbecken mit Entzücken. Er schien überhaupt in besserer Verfassung zu sein als seine kleinen Leidensgenossen, die sich entweder aggressiv oder lethargisch gaben. Phil zog sich mit dem Fäßchen in einen stillen Winkel zurück. Für das Versprechen, vor seinen Augen vom Einmeterbrett ins Wasser zu springen, luchste Max dem Erwachsenen einen Schokoriegel ab.

Dann sprang er, und die übereifrige Therapeutin kraulte heran und wollte Max von Mund zu Mund wiederbeleben, was der nicht zulassen konnte, weil die Frau beim Geschmack von Schokolade den Betrug gerochen hätte. Phil suchte die Krankenstation auf, doch sie hatten K2R gestern nach Göttingen verlegt.

«Also ist es ernst?» fragte er Mutter Teresa. Ehe er sich dagegen wehren konnte, hatte Jesus ihn gesegnet.

«Sein Segen macht das Leben reicher», behauptete Mutter Teresa, die gerade dabei war, ihre Kleider aufzubügeln. Phil stand staunend vor der Längswand des Zimmers. Eine Fläche von bestimmt 3 Meter 80 in der Höhe und sechs Metern in der Länge war bepflastert mit Fotografien, Programmheften, Anzeigen, Getränkekarten, Presseerwähnungen und Autogrammkarten, immer wieder Autogrammkarten.

«Teresa, Teresa», sagte Phil, «du warst ja ein richtiger Star.»

«Ich kriege meine Zunge nicht wieder», sagte Mutter Teresa mit unerwarteter Weinerlichkeit, und Phil betrachtete die wenigen Fotografien, die weder Teresa noch andere Varietékünstler zeigten.

«Er hat mir gesagt, er hat keine Zunge für mich. Er hat gesagt, er braucht die Zungen, die er hat, als Reserve.»

Phil betrachtete die strahlende Teresa und ihre strahlenden Kollegen auf den Künstlerfotos. Meistens waren es Männer, und ein Mann – jung, mit kräftigen Augenbrauen, skeptischem Blick und unverbrauchter Jugend –, dieser Mann war mehr als einmal abgebildet.

«Hast du eigentlich viele Verehrer gehabt?» fragte Phil.

«Eine Frau mit Zunge und dem besten Zwerchfell der Welt lieben die Männer.»

«Alles Artisten?»

«Es waren Männer», erwiderte Teresa schwärmerisch und vergaß für Sekunden sogar Jesus. Ohne Spannkraft hing die Puppe auf ihrer linken Hand. «Künstler, Schauspieler, Artisten, Schriftsteller, Politiker. O ja, Teresa verkehrte in den Kreisen von Politikern.»

«Und Gangster? Hast du auch Gangster gekannt?»

«Er fuhr einen Duesenberg», sagte Teresa und trat nun neben Phil. «Er bewohnte ein Wasserschloß, und er hatte 15 Bedienstete. Er liebte Männer und Frauen, und sie liebten ihn. Wir tranken Champagner zum Frühstück und Mokka, wenn wir um fünf in der Früh nach Hause kamen, um den Sonnenaufgang zu beobachten. Er hatte Krokodile in den Wassergraben gesetzt, und er ist jeden Morgen schwimmen gegangen.»

Gleich darauf war sie in eines dieser Gespräche mit Jesus vertieft, in dem sie ihm ihre Zungenspitze abhandeln wollte und im Gegenzug alles bot: Organe, Schmuckstücke, Kleider, Geheimnisse, ihr nächstes Leben. Phil verließ das Zimmer mit leisen Schritten. Aber in diesem Zustand war Teresa von der Welt schon lange nicht mehr zu stören.


Auf der Fahrt sah er die Begrüßungsszene vor sich: Phil Parker flankt aus dem Cabrio, bleibt am Wagen, sich eine Zigarette anzündend, stehen. Sie lehnt an der Westfassade der Kirchenruine, setzt ihr ebenmäßiges Gesicht der Frühlingssonne aus. Sie spürt:

Die Luft ist elektrisch geladen, seitdem er das Stadttor durchfuhr. Ihr kleines, tapferes Herz beginnt wie wild zu pochen. Alles in ihr stürmt und drängt zu ihm, zu dem Einzigen, zu dem herrlichen Mann mit nicht mehr als 20 grauen Haaren und einem Lebendgewicht von fast schon 60 Kilogramm. Nun blickt er sie an, und es hält sie nichts mehr. Sie sprintet auf ihn zu, nicht achtend der Kollegen und Touristen, die froschig glotzend mit verhärteten Herzen und qualligen Leibern von mehr als 70 Kilo Lebendgewicht zusehen. Er öffnet die Arme, sie springt hinein in diese Arme, die das Tor sind zu einer schöneren Welt. Alles an ihm ist Verheißung. «Mein ein und alles» will sie ausrufen, weil es wahr ist, doch vorher kippen sie der Länge nach, ausgelöst durch ihr mädchenhaftes Ungestüm, in den offenen Peugeot, und die Kirchenmauern stürzen ein vom Vibrieren des Lachens der qualligen Kollegen und aufgeschwemmten Touristen von mehr als 80 Kilo Lebendgewicht.

Phil Parker warf die Tür ins Schloß und betrat links von der Fassade die Fläche, die einst das Kirchendach bedeckt hatte. Er fand Julia bei den Steinen. Das erste, was er hörte, war ihr Ruf: «Das ist ja frauenfeindlich.»

Phil konnte sich nicht helfen, aber danach war ihm Julia Kaiserworth auf unbestimmte Weise vertrauter geworden. Neben Julia stand ein Mann, der nun sagte:

«Aber ich habe nun mal die Muskeln. Meinst du nicht, du solltest besser...?»

«Nein, das meine ich nicht», stellte Julia vibrierend kalt. Die zwei Männer in verstaubter Arbeitskluft blickten zwischen dem Mann und Julia hin und her.

«Wie denn nun?» fragte einer von ihnen.

«Wie ich es sage», sagte Julia.

Beide Handwerker blickten Julias Kollegen an, und der sagte aggressiv:

«Ihr hört's doch. Das Fräulein Wissenschaftlerin kennt sich mit Gewölberippen und Dienstkapitellen aus wie kein zweiter. Alles hört auf ihr Kommando.»

Erbost stapfte er davon, und Julia sagte: «Arschgeige.»

Dann dirigierte sie die Männer zum 20 Meter entfernten Steinlager, wo numerierte Bruchstücke darauf warteten, ins große Puzzle der Kirchenruine eingefügt zu werden. Phil brachte sich in Erinnerung. Sie küßte ihn flüchtig, schnappte seine Hand und zog ihn zu einem Sitzplatz in der Sonne.

«Setz dich», sagte sie kategorisch. «Du mußt dich schonen.» Phil hielt sein Gesicht in die Sonne und schonte sich. Natürlich saß er auf dem Stein von allen 300 Teilen, den die beiden Arbeiter als nächsten wegschleppen mußten. Phil machte Platz, weil Julia mit den Männern ein Problem erörtern mußte, das sich für Phil wie «Nebenchorumfassungswände» anhörte. Er streunte durch das Klausurgebäude, wobei es ihm besonders der Kreuzgang mit den zwei Schiffen angetan hatte. Dann kam Julia.

Jetzt durfte er sie berühren, und sie landeten, weil durch die Kreuzgänge Touristengruppen streunten, im Kapitelsaal. Julia lotste ihn vor das Grabmal des alten Grafen Ernst, und Phil fand den 4-Meter-Trumm so beeindruckend wie beim erstenmal.

«Wo warst du gestern abend?» fragte Julia. «Ich war bei Max und habe bei dir reingeschaut.»

Phil blickte angelegentlich das Grabmal an. Oben, unten, rechts und links machte er jeweils eine der Tugenden oder Untugenden aus. Er hatte sich das nie merken können. Am schönsten fand er, daß das Podest aussah wie aus Marmor, aber nichts anderes war als Holz, vom Künstler raffiniert bemalt.

«Du hast mir noch nicht geantwortet, Phil.»

«Ich habe da eine Art Problem», begann er pflaumenweich. Julia hakte sich bei ihm ein, stellte ihm frei, zu reden oder zu schweigen, machte mit ihrem Rundumverständnis alles noch viel schwerer. Sie lotste ihn ins Café, einen Raum von Wohnstubengröße, drei Tische und vier Torten hinter Glas samt einer mütterlichen Bedienung. Phil goß viel Milch in seinen Kaffee.

«Mein Problem ist, daß ich einen guten Freund habe, der zugleich auch mein bester Feind ist», begann er zwischen Tortenstück 1 und 2. Julia wandte sich ihm so restlos zu, daß ihm klamm wurde. Wie gern hätte er ihr erzählt: daß er tot war. Daß er nicht er selbst war. Daß er ein wohlhabender Mann war. Daß er ein bettelarmer, erpreßbarer Mann war. Daß er sich auf das Leben nach dem Sanatorium freute. Daß er sich vor dem Leben nach dem Sanatorium fürchtete. Dann kam der Restaurator von vorhin und wollte die Friedenspfeife rauchen. Phil brach auf und nahm einen Kuß mit zum Peugeot.

St. Andreasberg erreicht man auf zwei Wegen: entweder über Zorge und Braunlage, oder am Harzrand entlang bis Bad Lauterberg, und von dort eine friedliche Straße, die für Phils Nerven viel besser geeignet war. Er spürte, daß er ein paar Tage brauchen würde, bis er wieder den alten Biß beim Fahren hatte. Er gondelte nördlich von Bad Lauterberg die Steigungen hinauf. Wer ihn überholte, tat es zügig. Deshalb wunderte sich Phil, als der BMW hinter ihm ebenfalls zu gondeln begann. Man traf im April zahlreiche Wagen mit betagten Ehepaaren. Doch saßen Pensionäre selten in BMWs. Phil las das Hamburger Kennzeichen und fuhr sofort rechts ran. Dann wartete er einige Sekunden, riß den Wagen auf die Straße zurück, blockierte die Fahrbahn, und der BMW kam knirschend zum Stehen. Phil sprang raus, lief die paar Meter und riß die Fahrertür auf.

«Nicht schlagen», sagte Winkelmann und brachte seine Visage in Sicherheit.

Phil blickte auf die herrlich am Hang sich hinaufziehende Wiese. Doch der Versuch, sich optisch milde zu stimmen, mißlang, als er wahrnahm, welche Dünste ihm aus dem Wageninneren entgegenschlugen.

«Du bist ja krank», sagte er verächtlich.

«Nicht wahr?» haspelte Winkelmann froh. «Und Kranke darf man nicht schlagen.»

Ein Wagen kam von unten, blieb vor Neugier fast stehen.

«Winkelmann, wir hatten eine Abmachung», sagte Phil.

«Woran ich mich natürlich halte», behauptete Winkelmann und saß fast wieder aufrecht hinterm Steuer. Der Schnapsgeruch war betörend.

«Du fährst mir hinterher», sagte Phil. «Vielleicht verfolgst du mich bereits seit Tagen.» Winkelmann schüttelte heftig den Kopf. «Wenn ich dich noch einmal in meiner Nähe sehe, tu ich dir was an», sagte Phil. «Das verspreche ich hiermit. Dieses Spiel lasse ich mir nicht verderben.»

«Ich könnte dir helfen», sagte Winkelmann schnell.

Phil wußte: Wer sich mit Winkelmann einließ, war immer zweiter Sieger. Die skrupellose Art des Mannes, selbst Freunde in die Pfanne zu hauen, wenn es eine gute Story versprach, wurde nur noch von seiner Alkoholsucht übertroffen.

«Du weißt überhaupt nicht, worum es geht», entgegnete Phil

und rückte dicht an den BMW heran, damit der LKW Platz hatte. «Zieh Leine. Wenn du die große Phil Parker-Enthüllungsstory machst, nimmt keiner mehr ein Stück Brot von dir.»

«Bist du da so sicher?» fragte Winkelmann und versteckte vor Angst sein Gesicht hinter beiden Händen. Phil ließ es sich nicht nehmen, ihm mit der flachen Hand von unten nach oben an den Hinterkopf zu schlagen.

«Wenn du mitmachst», fing Winkelmann erneut an, «können wir beide ein ganz großes Ding machen. Mit 'ner Masse Kritik am Medienmarkt. Das wollen die Leute lesen. Gib's doch zu: Du hast selbst auch schon dran gedacht.»

«Macht doch gleich Picknick auf der Straße», bellte der rotköpfige, schweißüberströmte Rennfahrer, der sich und sein Rad den Berg hinaufquälte.

«Sieh dich vor», rief Phil zurück, «sonst zieh ich dein Ventil raus.»

Phil riß sich von Winkelmanns Lockungen los und schlug mit der Faust aufs Autodach. «Wir haben uns verstanden, Winkelmann.»


Phil Parker parkte den Wagen im Zentrum von St. Andreasberg und stapfte die Hauptstraße einmal rauf und einmal runter. Steigungen fielen ihm immer noch schwer. In der Danielstraße schaffte er es bis zur guten Hälfte, bevor er stehenbleiben mußte. Weil es ihm peinlich war, wenn jemand seine Schwäche bemerkt hätte, las er das Plakat, das hinterm Schaufenster der Ladenwohnung klebte.

«14. April 1989! Vor 44 Jahren gerät St. Andreasberg in die Hand der Amerikaner. Die 1. US-Infanterie-Division besetzt mit ihren Regimental Combat Teams den Ort. Ein Lichtbildervortrag erinnert an die Schicksalsstunden unseres Heimatorts. Mit Bildern vom flammenden Inferno in der Mühlenstraße! Kursaal. Unkostenbeitrag zwei Mark für den Bund Deutscher Kriegsgräberfürsorge.»

Hinter Phil erklang ein metallisches Geräusch. Ohne sich umzudrehen, sagte Phil:

«Na, Strauss, was macht die Kunst?»

Der alte Mann ließ die Stimmgabel sinken, mit der er nachmittags unterwegs war, um die Beschaffenheit von Stahlrohrzäunen, Verkehrsschildern, Kanaldeckeln, Raseneingrenzungen und manchmal auch von Automobilen zu untersuchen.

«Das Geländer da ist gut», sagte Strauss und kam schüchtern, wie es seine Art war, näher. Sein Plan vom großen Triangel-Sinfoniekonzert umgab den Mann wie Van Dyke das Selbstbewußtsein. Strauss war eingehüllt in seinen Wahn. Aber er war es auf charmante Weise.

Zweimal mußte Phil Schmiere stehen, als Strauss einen Saab und einen Lancia mit der Stimmgabel anschlug.

Der Lancia-Lenker schoß aus der benachbarten Fleischerei. Phil brauchte einige Zeit, bis der andere das Gefühl hatte, die häßliche Schramme im Lack sei tatsächlich schon vor langer Zeit...

«Danke, Phil», sagte Strauss und blickte sich ängstlich um. «Ein Musikbanause», sagte Phil großzügiger, als ihm zumute war.

«Ich werde ihm eine Freikarte zur Premiere schenken», sagte Strauss und schrieb das Kfz-Kennzeichen in sein Notizbuch. Wenn er alle eingeladen hätte, denen er im Zuge seiner jahrelangen Testreihen Schrammen beigebracht hatte, hätte er ohne Probleme ein Fußballstadion füllen können.

«Was drehst du dich immer um?» fragte Strauss.

Phil bemühte sich, Winkelmann zu vergessen. Sie schlenderten durch den Kurpark, fahrradfahrend schoß Professor Morak an ihnen vorbei und parkte den Drahtesel vor dem Kurmittelhaus.

«Vielleicht ist ein Patient hinter ihm her», sagte Phil.

«Der Herr Professor leitet doch eine Atemgruppe», wußte Strauss.

«Atmen als Extremsportart, oder was?»

Strauss konnte über Phils Witze nicht lachen. Er hatte überhaupt keinen Humor.

«Hier kommen viele Menschen mit Atembeschwerden her», sagte Strauss. «Katarrhe der oberen Luftwege...»

«Ich habe einen Kater der unteren Lustwege», sagte Phil und stützte beide Hände in die Nieren. Die Rache der Lada-Sitze kam spät, aber sie kam.

«Morak soll mit Schwester Karla einen Wochenendurlaub gemacht haben», sagte Strauss.

«Nein!»

«Eine Bewegungstherapeutin hat gesagt, sie kennt eine Frau,

die im Reisebüro arbeitet, in dem der Professor die Reise gebucht hat. Mit Sonnenbrille.»

«Und wo waren sie?»

«In Bamberg.»

«In Bamberg», sagte Phil enttäuscht. Zu Bamberg fiel ihm rein gar nichts ein.

«Das will ich sehen, wie Morak arbeitet», sagte Phil und ging auf das Kurmittelhaus zu. Hinter ihm rief Strauss «Warte doch.» Dann ertönte ein helles Sirren, danach ein kratzendes Geräusch, und Strauss rief: «Ich schreibe mir nur schnell das Kennzeichen auf. Wegen der Freikarte.»

Phil orientierte sich an den Türaufschriften, ließ die Massageräume links liegen, schaute aus alter Gewohnheit in die Bibliothek hinein. Allerdings widerstand er der Versuchung, nachzuschauen, ob eins seiner Bücher vorrätig war. Diesen Traum hatte er sich abgeschminkt. Hinter einer Tür ertönte das Brummen einer Männerstimme, und als er schon dachte, Morak würde hier sein Unwesen treiben, brachen jubilierend und tirilierend viele Frauen in «Frühling läßt sein blaues Band» aus.

Phil öffnete die nächste Tür.

Die Vorhänge waren zugezogen. 15 oder 18 Stühle standen verquer. Die Leinwand an der Stirnseite lag zusammengerollt im Leinwandkoffer, auf dem Projektionstisch stand der Projektor, im Fach darunter zwei Karussells, gefüllt mit Dias. «Schlamperei», sagte Phil. «Zu meiner Zeit hat man nach dem Vortrag abgebaut.»

«Das kenne ich», sagte Strauss. «Meine Mutter hat immer schon mit dem Abwasch angefangen, wenn der letzte noch nicht mit dem Essen fertig war.»

«Wollen doch mal sehen», murmelte Phil. Während Strauss die Leinwand auszog, schaltete er den Projektor an. Er drückte ein Karussell ein, und in dem Moment, in dem das Schwarzweißbild einer Skizze der «Festung Harz» im Jahre 1945 auf der Leinwand erschien, erscholl an der Tür der Ruf:

«Guck mal, Männi, hier ist Kino.»

Männi erschien in Bundhosen und fragte unglaublich mißtrauisch: «Kostet das was?»

«Das ist umsonst», knurrte Phil.

«Das ist umsonst», sagte Männi freudestrahlend zu seiner Frau, und zack! hatten sie Platz genommen.

Es begann mit Bildern von St. Andreasberg aus dem Jahre 1939. Man marschierte den Berg hinauf, fuhr Ski herunter, hielt SS-Leuten Kaninchen zum Streicheln entgegen, zeigte nicht, wie die Kaninchen hinterher aussahen.

«Nun müssen Sie aber auch was erzählen», forderte die Urlauberfrau Phil auf.

«Für umsonst gibt's keinen Ton mit dazu», sagte Phil.

Der Mann verließ sofort den Raum, um sich zu beschweren, murmelte «unerhört» und «Was man sich heutzutage bieten lassen muß». Als er den Raum verlassen hatte, sagte seine Frau höhnisch: «Der und sich beschweren.»

Phil drückte ein Bild nach dem anderen. Metallbetriebe in lieblichen Tälern, davor ein Trupp Arbeiter, auf der Brust das Wort «Ost»; Bilder aus dem Stadtbild: vor dem Bäcker, vor einer Schmiede, Passanten, einem Straßenmusiker zusehend, der einen Fuchs am Halsband führte. Zwischen den Zuschauern Männer und Frauen, auf der zivilen Kleidung das Wort «Ost». Daneben Männer mit einem «F» auf der Jacke, andere mit einem «P». Dann kamen Dias mit vielen, vielen Zahlen: Einheimische, Flüchtlinge, Evakuierte, deportierte Zwangsarbeiter aus Weißrußland und der Ukraine, aus Polen und Frankreich. Weltläufiger Harz und die ersten KZ-Häftlinge des Lagers Mittelblau und der Außenlager von Buchenwald.

«Schalt schneller, Junge», forderte der neueste der mittlerweile acht Zuschauer Phil auf. «Vielleicht kommt ja noch was Spannendes mit Panzerfäusten, wo das Blut vom Knochen spritzt.»

«Sie sind mir doch ein ganz abgefeimtes Arschloch», sagte Phil in keineswegs unfreundlichem Tonfall. «Noch ein Wort, und wir gehen beide vor die Tür und klären das.»

Der Mann griff zur Hand seiner Frau und ließ sie bis zum Ende des Lichtbilderdurchlaufs nicht mehr los.

Harzer Roller. Kanarienvögel und ihre Zucht in allen Stadien. Vom Ei über den Käfigbau bis zum Gesang: Hohlroller, Klingelroller, Lachroller. 800 Familien in St. Andreasberg um das Jahr 1850, von denen 600 Kanarienvögel ausbrüteten. Dann Bergbau, ein Grubenunglück, Kinder neben weinenden Müttern in die Kamera winkend. Und dann kamen die Amerikaner! Standen mit zierlich wirkenden Panzern mitten auf der Kreuzung. Und dann rief Strauss in die Stille hinein:

«Das ist doch unser Sanatorium!»

«Was treibt ihr denn hier, ihr Bengels?» fragte, kalte Zigarre mümmelnd, ein Mann vom Typ Hausmeister und setzte sich auf den ersten Stuhl an der Tür.

«Kennen Sie sich aus?» fragte Phil.

«Das will ich meinen», mümmelte der frohgemut. «Das Sanatorium hat doch das Wehrkreiskommando beschlagnahmt, das Jahr kann ich dir nicht mehr sagen. Sie haben in vielen Orten die Krankenhäuser und Erholungsheime zu Lazaretten umgebaut. Mensch, wir hatten 20000 verwundete Soldaten hier. Oder 30000.»

Uniformen mit aufgenähtem «K.G.» für Kriegsgefangene. 100000 deutsche gesunde und kampfbereite Soldaten, um die Festung Harz gegen die anrückenden Amerikaner zu verteidigen. Die 1. US-Infanterie-Division aus der einen Richtung, die 9. Infanterie-Division aus der anderen Richtung. Tag für Tag schafften sie Tal um Tal, Stadt um Stadt.

«Am 12. April haben sie die Bahnhofstraße beschossen», berichtete der Einheimische. «Als ob das was genutzt hätte. Drei Häuser haben sie abgebrannt, das hat das genutzt. Am 13. April weiter Artilleriebeschuß. Feuer in der Schulstraße, mal eben neun Häuser flachgelegt. Kost ja nicht mein Geld.»

Der Altnazi brummte spontan Zustimmung, und Phil nahm ihn sich blickmäßig vor. Darauf ergriff er auch die andere Hand seiner Frau.

«Die Menschen sind alle in die Stollen geflohen», fuhr der Einheimische fort. Phil schaltete drei Dias mit Kriegsgeräten schnell hintereinander weg, und da waren sie: Menschen, die in ausgedienten oder noch aktiven Stollen gingen. Mit Mann und Maus, Koffer, Kleinkinder, die Oma, ein Hund und eine Kiste mit Geschirr oder Bettwäsche.

«Tiefflieger», sagte jemand, als das nächste Dia auf der Leinwand war. Der Fotograf hatte ein glückliches Händchen gehabt, vor allem ein ruhiges, der Tiefflieger war so nahe, und die MP-Mündung ragte so bedrohlich ins Bild...

«Straßenkämpfe», sagte der Einheimische. «In einigen Orten gab es regelrechte Straßenkämpfe. Hier, in St. Andreasberg, standen noch Truppen von uns. Desperados, tapfere Männer darunter und Vollidioten.»

«Eine sinnige Unterteilung», murmelte Phil.

«Das kannst du gar nicht beurteilen, so jung, wie du bist», sagte der Einheimische, ohne an Gemütlichkeit zu verlieren. «Die haben sich Richtung Osten verkrümelt, und von Westen rückten die Amis näher. Erst Sieber, dann Silberhütte, kennen die Herrschaften vielleicht. Wenn Sie länger hier sind.» Man nickte und freute sich, Kompetenz beweisen zu können. «Sie haben auch noch Phosphorgranaten auf den Weg geschickt.»

Phil schaltete weiter, St. Andreasberg brannte und niemand löschte.

«In den Stollen», murmelte Phil. «Sie steckten alle in den Stollen um die Stadt herum. Ich muß Rüssel fragen, wann der Schatztransport den Harz erreicht hat.»

St. Andreasberg brannte 15 Dias lang.

«Als es dunkel wurde, kamen sie von den Höhen runter und haben Straßenkampf gespielt», berichtete der Einheimische. «Haus für Haus, wie man's lernt beim Barras. Und die Panzer immer dabei. Die hatten ja so was von Schiß. Verstehe gar nicht, warum wir den Krieg verloren haben.»

«Waren Sie selbst denn auch im Stollen?» fragte Phil.

«Ich? Ich habe die Kanarienvögel freigelassen, und fünf Minuten später ist die Granate eingeschlagen. Die Piepmätze wären sauber verschmort hinter dem Gitter.»

«Und die deutschen Truppen, die abgerückt sind», fuhr Phil fort. «Haben die sich ergeben?»

«Einige wurden gefangengenommen, und einige haben ihren privaten Krieg fortgesetzt. Hat Scharmützel gegeben bis Ende April. Das ging hoch her. Bürgermeister haben sich erschossen, verwundete Offiziere haben sich erschossen, die Amerikaner waren mächtig auf der Hut vor diesen versprengten Haufen. Die haben Hausdurchsuchungen durchgeführt.» Phil konnte die Bilder dazu liefern: US-Soldaten mit dem Gewehr im Anschlag und Deutsche in Uniform, die Hände hinterm Kopf, steile Straßen entlanggehend.

«Die Wälder steckten voller Waffen», sagte der Einheimische. «In den Jahren danach hat's manchmal geknallt im Wald. Und mehr als einmal hat dann ein Kind ganz schrecklich geschrien. War ein blutiges Geschäft, die Fleischstücke aufzusammeln. Ich hab's zweimal gemacht. Panzerfäuste, ekelhaft.»

Phil blickte den Altnazi an, und der sagte tatsächlich: «Das ist das blöde daran, daß es manchmal Unschuldige trifft.»

Phil schaltete die letzten Dias des zweiten Karussells durch.

«So Leute, das war's», sagte er zum Abschluß. «Spenden werden gerne entgegengenommen. Aber geben Sie nur, wenn Sie wirklich wollen.»

Das war eine gute Methode, um den Raum binnen fünf Sekunden leer zu kriegen. Zuletzt kam nur noch der Beschwerdeführer mit einem genervten Kommunalangestellten im Schlepptau, der angesichts des leeren Raums gleich wieder umdrehte. Phil sah dem Einheimischen beim Zigarrekauen zu und fragte:

«Haben Sie eigentlich mal was von irgendwelchen Schätzen gehört?»

«Klar», erwiderte der andere gemütlich. «Was meinst du, weshalb ich seit 30 Jahren Lotto spiele?»

«Ich meine Schätze, die hier im Harz in Stollen oder Bergwerken versteckt gewesen sein sollen.»

Der andere blickte ihn an und sagte: «Hier ist früher Silber gewonnen worden.»

«Weiß ich. Die Taler werden doch wohl nicht alle im Museum liegen. Oder sind die St. Andreasberger die letzten ehrlichen Menschen auf der Welt?»

«Ein bißchen dämlich sind sie schon», lachte der Einheimische. «Damals, als diese verrückten Liebhaber von Kanarienvögeln ins Dorf geströmt sind. Die hätten jeden Preis gezahlt. Aber kaum einer hat ausgetestet, wie weit sie gehen würden. Mein Großvater hat 200 Mark für einen Wasserroller gefordert und bekommen. Der ist hinterher krank geworden vor Ärger, daß er nicht ‹300› gesagt hat. Manche Chance kriegst du eben nur einmal im Leben.»

«Wenn überhaupt», sagte Phil leise. «Wenn überhaupt.»

Der Besuch bei Professor Morak wurde eine Enttäuschung. Der Österreicher absolvierte mit einer Gruppe kurender Menschen einen Atemkurs, in dem es um Lockerheit, Bewußtwerdung und neue Lebenseinstellung mit Hilfe alter Lungenflügel ging.

«Machen Sie doch mit!» forderte Morak die beiden Besucher auf.

Phil mußte nur einen Blick auf die Mitturner werfen, dann fühlte er sich sofort kerngesund.

Im Trakt der alten Artisten ging es hoch her! Quattro, Sir Bommi, Mutter Teresa, aber auch die Phil nicht so Vertrauten trainierten leidenschaftlich. Als Filmemacher Rüssel und sein Kameramann um die Ecke bogen, wurde Phil unheimlich sauer:

«Du bist ja noch mieser, als das Fernsehen sonst schon ist.» Rüssel setzte seinen Hast-du-mich-etwa-nicht-lieb-Blick auf:

«Ich weiß gar nicht, was du hast.»

«Ich finde es eine Sauerei ohnegleichen, daß du die Alten für deine Zwecke benutzen willst.»

«Das kann ich natürlich so nicht stehenlassen», sagte Rüssel, und der Kameramann sagte:

«Wenn das hier grundsätzlich wird, gehe ich lieber gleich. Ich bin nämlich Kameramann und kein Pastoraltheologe.»

Phil blickte ihm finster hinterher:

«Was du in deinem Team beschäftigst, Rüssel, landet in der Viehzucht beim Abdecker.»

Rüssel hatte, das Kostenrisiko eines Auswärtsgesprächs nicht scheuend, einen Redakteur von der Unterhaltung dazu gewonnen, eine 60 Minuten-Sause mit alten Artisten abzudrehen. Jedem Künstler hatte er einen Auftritt nicht unter drei Minuten versprochen, und da er dies bei 30 Artisten getan hatte, war die Lügenhaftigkeit des Unternehmens offensichtlich.

«Die sind doch mit Feuereifer bei der Sache», sagte Rüssel. «Ich lasse sie nicht mal in ein Studio schaffen. Sie dürfen in ihrer gewohnten Umgebung bleiben. Können noch einmal so richtig zeigen, was sie draufhaben.»

«Und hinterher?» fragte Phil mühsam beherrscht. «Rüssel, sieh dich vor. Die kennen dich nicht. Die werden Vertrauen zu dir fassen. Die werden dem Wahn huldigen, daß du sie nicht für eine einmalige Chose aussaugst. Die glauben, das ist der Beginn einer wunderschönen Freundschaft.»

Rüssel winkte einem der tatterigsten Alten aufmunternd zu. «Wird schon werden», rief Rüssel, während der alte Artist das übte, was von doppelten Salti übriggeblieben war: einen Purzelbaum. Nach jedem Versuch bedurfte es zweier Pfleger, um den Senior wieder auf die Beine zu stellen.

«In Zeitlupe», quakte der Alte, der fürs Training sein Gebiß herausgenommen hatte. «Ihr müßt meine Übung in Zeitlupe bringen, damit die Leute auch alles mitkriegen.»

«Logo», rief Rüssel, «in Zeitlupe. Klar doch, Zeitlupe. Ganz toll.»

Phil nahm Rüssel zur Seite, damit Ute und Hanni, die einzigen Fahrradartisten mit einem Gesamtalter von über 175 Jahren, an ihnen vorbeieiern konnten.

«Isses nicht niedlich?» fragte Rüssel und wies auf die Gefährte mit den Stützrädern an jedem Hinterrad. «Das ist gelebte Kleinkunst. Träume und Sehnsüchte, der Beste zu sein, der Erste zu sein, der Größte zu sein.»

«Sag mal, Rüssel, meinst du das wirklich ernst?»

«Aber Phil, ich meine immer, was ich sage, außer wenn ich besoffen oder abgefickt bin. Das gehört zu einem guten Filmemacher einfach dazu: sich das Staunen zu erhalten. Naiv sein können, mit den Augen eines Kindes durch die...»

«Was ich dich noch fragen wollte, Rüssel: Wir sprachen jüngst über den Schatz des...»

«...Priamos. Frag mich ruhig. Da weiß keiner so gut Bescheid wie...»

«Könntest du mal eben die Schnauze...? Danke. Also du hast erzählt, daß die den Schatz aus Berlin ausgelagert haben...»

«Auf Lastwagen.»

«Wann?»

«Bitte?»

«Wann sind die losgefahren? Und wer? Wie viele Lastwagen hatten sie dabei? Wer wußte noch davon? Wie haben sie sich nach Westen durchgeschlagen? Sind sie in den Harz gefahren oder woandershin? Und wenn ja, wohin? Wie lädt man kistenweise Schätze ab, ohne daß hundert hungernde Menschen sofort hinzuspringen und sich die Kisten unter den Nagel reißen? Wie lange lag der Schatz da? Seit wann genau muß der Schatz als vermißt gelten? Und warum hat man nicht die Organisatoren der Auslagerung befragt? Was guckst du mich eigentlich die ganze Zeit so stier an?»

«Der alte Philip», sagte Rüssel staunend, und in seiner aufgedunsenen Visage lag Anerkennung. «Fragen mit Biß und Durchblick, gleich durchstoßen zum Existentiellen des Themas. Warum hast du bloß den Job hingeworfen damals?»

«Weil ich nicht länger ertragen habe, von Saftnasen wie dir gelobt zu werden.»

Rüssel lachte.

«6. April», sagte er dann. «Oder 7. April. Das weiß man nicht genau. An den beiden Tagen sind zwei Transporte rausgegangen. Einer nach Grasleben und einer Richtung Harz.»

«Warum weiß man da nichts von?»

«Junge, ringsherum war Krieg. Kannst du dir das nicht vorstellen?»

«Ich kann mir schon weit geringere Sachen nicht vorstellen.»

«So? Aha. Sieh mal an. Also jedenfalls existieren Lagerlisten, jedenfalls hat's die in Grasleben gegeben. Da wissen wir mit Sicherheit, daß die Amerikaner die Unterlagen geklaut haben. Aber damals hieß das ja nicht geklaut. Damals stellte man sicher.»

«Damals besiegte man auch noch den Faschismus und verlor nicht den Krieg.»

«Ich bin Pazifist», stellte Rüssel klar.

Phil führte den Filmer in sein Zimmer.

«Schick hast du's hier», sagte Rüssel.

«Warum weiß man so wenig über den Transport? Weiß man, wie die Leute hießen, die daran beteiligt waren?»

«Ja, weißt du's denn nicht?» fragte Rüssel. «Die sind doch alle ermordet worden.»

«Wer?»

«Also ich rede jetzt immer vom Transport, der nach Grasleben abging. Von dem anderen wissen wir so gut wie nichts. Die Grasleben-Connection, da gab es Museumsfritzen, die das Zeug in Berlin ordentlich eingepackt haben. Da gehörte beispielsweise die Nationalgalerie zu. In Berlin lag das Zeug natürlich nicht mehr in den Museen, das hatten die in Sicherheit gebracht. Flakturm Friedrichshain, hast du bestimmt noch nie von gehört? Na, siehst du. Da und an zwei anderen Stellen lagen die Schätze. Gigantische Schätze.»

Phil legte sich auf's Bett und bat Rüssel, seine Schuhe auszuziehen, wenn er schon die Beine auf den Tisch legen mußte.

«Die Schicksale derjenigen, die über den Transport nach Grasleben Bescheid wußten: Ein Professor starb im Krankenhaus, obwohl ihm wirklich nicht viel fehlte, höchstens sein Blinddarm. Vier Tage nach diesem Todesfall, für den die Krankenhausleute allen Ernstes die Diagnose ‹Darmkrebs› angeboten haben, bringt sich der zweite um. Mit Zyankali. Von besonderen persönlichen Problemen wußte niemand. Numero drei findet man in merkwürdig unproduktiver Haltung am Schreibtisch sitzen: erschossen. Guck mich nicht so an, ich fabuliere nicht. Numero vier stirbt im Sommer 1945, soll's ja geben. Numero fünf gilt als verschollen, und dies seit Kriegsende. Der hat in der Nationalgalerie gearbeitet und mit Sicherheit die Inventarverzeichnisse geschrieben. Numero sechs...»

«...Rüssel, Rüssel», sagte Phil, «wenn ich dir draufkomme, daß du hier rumkohlst...»

Sofort hatte Rüssel die Hand zum Schwur erhoben. «Alles sauber recherchiert. Numero sechs machte nach dem Krieg Karriere und schwieg fortan wie ein Grab.»

«Und was waren die alle? Pförtner? Hausmeister?»

«Das war die Creme der Wissenschaftlichkeit: Ein Professor aus der Antikenabteilung, ein Promovierter aus der Skulpturenabteilung, der Erschossene hatte seinerzeit die Auslagerung des Völkerkundemuseums geleitet. Dann haben wir noch einen Restaurator und einen Professor. Was sagst du nun?»

«Was weißt du über den Harz-Transport?»

«Der muß viel kleiner gewesen sein. Vielleicht nur drei Lastwagen oder zwei. Möglich, daß daran weniger Wissenschaftler von den Museen beteiligt waren. Man hat die Spuren fast aller Leute verfolgt, die in Frage gekommen wären. Die hatten alle anderes zu tun in nämlicher Zeit: Sterben, Fliehen, Richtung Westen sich durchschlagen, was man halt tat damals.»

«Also... ja was?»

«Offiziere, denke ich», sagte Rüssel. «Leute, die über Freunde, Kollegen, Verwandte, über Hobbies, über den Beruf als sagen wir mal Journalist einen Draht zu den Museumsbeständen hatten. Finde ich ja im Grunde eine unerhört menschliche Handlungsweise, nicht nur das eigene Sparbuch einzupacken, sondern sich ums Kulturerbe zu kümmern.»

«Quatsch nicht. Sag mir lieber, ob es Hinweise gibt, daß die Leute, von denen du erzählt hast, auch tatsächlich ermordet worden sind.»

«Nein», sagte Rüssel und wechselte auf die Fensterbank über. «Es gibt keine Beweise, weil es keine Unterlagen gibt. Aber ich schätze, daß da starke Kräfte am Wirken waren. Nach Lage der Dinge waren es die Amerikaner. Die haben die Kunstschätze Richtung Heimat geschmuggelt, und damals gab es ja nicht besonders viele Hemmungen, einen Deutschen über die Kante zu kippen. Waren ja alles Nazis, falls das Gewissen sich melden sollte.»

«Das sind aber schwere Anschuldigungen. Das ist nicht im Sinne der deutsch-amerikanischen Freundschaft.»

«Das mag sein. Aber für meinen Geschmack ist auch die deutsch-amerikanische Freundschaft, wie wir sie heute haben, nicht im Sinne der deutsch-amerikanischen Freundschaft.»

«Über die Harzreise – also den zweiten Transport aus Berlin raus – wissen wir nichts?»

«Doch. Wir wissen, daß wer oder was immer da losgefahren sein mag, am 6. oder 7. April losgefahren ist.»

«Dann hätten sie bis zum 12. oder 13. April ankommen, ein Versteck gesucht und gefunden und abgeladen haben können.»

«Willst du auf was Bestimmtes raus?»

«Rüssel, kennst du Winkelmann?»

«War das nicht der Blutsbruder von Goethe?»

«Ich gehe darauf jetzt mal nicht ein und wiederhole meine Frage: Kennst du einen real existierenden Winkelmann?»

Phil beobachtete Rüssel, doch der guckte unwissend. Dann krähte draußen der Kameramann. Rüssel mußte raus, um «troublezushooten».

Phil blieb auf dem Bett liegen. Das Bett in der Blockhütte gefiel ihm besser. Es roch nach Julia, obwohl Julia fast keinen spezifischen Geruch ausstrahlte.

Er hielt die Mittagsruhe ein – im Gegensatz zu den meisten Artisten, die allen Bitten des Pflegepersonals trotzten und lediglich dazu zu bewegen waren, nicht in der prallen Sonne zu trainieren.

Phil fuhr dann in die Blockhütte. Der Eskimo und Claudia waren noch nicht wieder zurück. Im Hause des Lehrerpaars standen alle Fenster offen. Drinnen dudelte Radiomusik. Nun war die Situation da: Er mußte warten, konnte nichts tun, sich nicht einmal mit Paul Van Dyke streiten. Wenn wenigstens die schnieke Christa Martin aufgetaucht wäre. Statt dessen erschien mit bloßem Oberkörper der Lehrer am Fenster, reckte und streckte sich, entdeckte den auf der Veranda sitzenden Phil und zog sich zurück. Phil dachte an Julia, an Nicht-Olga, an Schwester Karla, wie sie in Bamberg Professor Moraks Urinprobe in die Sonne von Bamberg hielt, derweil der Professor ihr Häubchen aufbügelte; er dachte an die niedliche alte Meta mit ihrem Spleen, der vielleicht gar kein...

«Meta, ich komme», murmelte Phil und stieg in den Peugeot. Er wollte wieder die gemütliche Strecke über Bad Lauterberg nehmen, bog in St. Andreasberg in die Breite Straße ein. Da schoß mit einer Geschwindigkeit, die die Katastrophe bereits vorwegnahm, ein Rennrad an ihm vorbei. Winkelmann schrie und wakkelte, wurde schneller und immer schneller. Phil sah fasziniert zu. Er kannte die Abfahrten bei der Tour de France, wenn die Asse mit einer Zeitung gegen den eisigen Fahrtwind vor dem Bauch mit 90 km/h die Alpen oder Pyrenäen herunterschießen. Hier war es nur der Harz, aber es war die steilste Straße Deutschlands, und Winkelmann nutzte jedes einzelne der 18 Grad Gefälle aus. Langsamer ihm nachrollend, merkwürdig gefaßt trotz der Katastrophe, die jeden Moment geschehen mußte, sah Phil zu, wie ein entgegenkommender Pkw rechts ran fuhr – Winkelmann schrie, ein Passant hechtete weg. Und dann ging es mit Winkelmann zu Ende. Er kam von der Mitte der Straße ab, schlenkerte nach rechts, scherte weit nach links aus und knallte frontal mit dem Kopf gegen ein steinernes Treppengeländer. Der Körper überschlug sich, Blut schoß in dickem Strahl, das Fahrrad kreischte über den Asphalt, sich überschlagend und überschlagend kam der Körper zum Liegen. Phil hielt, zeitgleich stürmten Schulkinder, Erwachsene aus Häusern, man schrie, schlug Hände vor Augen, wandte sich ab, glotzte geil hin.

Die Arme Sündergasse herunter lief im Serpentinenstil ein uniformierter Polizeibeamter, der zweimal seine Mütze verlor und zweimal verweilte, um sie aufzuheben.

Phil hörte ihn «O Gott» sagen, dann erbrach sich der reinliche Beamte gezielt in die Innenseite der Dienstmütze. Phil wartete das Erscheinen eines stabileren Duos ab, sie fuhren im weißgrünen Audi vor. Phil stieg aus und gab seine Personalien an. Der schriftführende Polizist fragte kategorisch:

«Kennen Sie den Toten?»

Phil zögerte, sagte dann die Wahrheit und wurde zum Lieblingszeugen der Polizei. «Sie erhalten Besuch von uns. Sie dürfen nicht verreisen.»

«Meine Güte», lautete Julias Begrüßungssatz. Phil hatte vorgehabt, ihr sehr knapp, nur nebenbei von dem Unfall zu erzählen. Aber dann schüttete er sie zu mit der Schilderung. Er war entsetzt, und Julia sagte: «Ich bleibe heute nacht bei dir. Ich hätte dich auch gestern nicht allein lassen sollen.»

«Das ist wohl wahr», murmelte er und wollte sich von ihr den Weg zu Meta, der Sammlerin von Heimat- und Silberschätzen, zeigen lassen. «Natürlich komme ich mit», sagte Julia kategorisch.

Meta Klapproth war nicht im Haus. Sie gingen in den Garten. Den Spaten handhabte sie virtuos.

«Keine Zeit, keine Zeit. Muß fertig werden, in meinem Alter darf man nicht saumselig sein.»

«Aber Meta», sagte Julia, «ich denke, du stirbst erst, wenn du den Schatz gefunden hast.»

«Der Schatz», sagte Meta und lachte. «Der Schatz.»

«Glauben Sie denn nicht daran, daß es einen Schatz gibt?» fragte Phil. Meta grub wie eine Wilde. «Mögen Sie mir denn mal die Münzen zeigen, die Sie schon gefunden haben?»

«Du willst sie sehen?» fragte Meta und strahlte. Sie stieß den Spaten in die Erde und rieb sich auf dem Gang ins Haus die Hände. Offenbar war das die Handwäsche gewesen, denn sie fing sofort, ohne die Stiefel auszuziehen, damit an, auf den Knien rutschend ein Dutzend Zigarrenkisten aus der unteren Schublade des Wohnzimmerschranks hervorzuziehen. Phil wollte sie ihr abnehmen, Meta drückte die Kisten an sich.

«Da sind die Münzen drin», sagte Julia leise.

«Ich habe 12 Kisten», sagte Meta stolz. «Wenn sie mir die Taler stehlen wollen, wissen sie nicht, in welcher Kiste sie liegen. Ich brauche keine Alarmanlage. Wer klug ist, braucht keine Alarmanlage.»

Nun wurde es etwas anstrengend, weil Meta Mühe hatte, beim Thema zu bleiben. Sie flocht unversehens Theorien über die Anlage von Komposthaufen und die wahren Gründe für die Inflation von 1923 ein. Phil, dem zwischendurch immer wieder der schreiende Winkelmann durch den Kopf radelte, mußte es Julia überlassen, sachdienliche Fragen zu stellen. Meta öffnete Kiste um Kiste, um sie sofort wieder zuzuschlagen. Kiste 8 brachte sie dann: zwei Hände voller Andreas-Münzen, und jede mit einer Geschichte, die Meta rasend schnell erzählte. Die Namen der Münzmeister, Heinrich Oeckeler der Erste, bis Heinrich Pechstein, dem letzten von 1623 bis 1629, und dazwischen drei, vier andere Namen. Meta wußte aber auch noch die Geschichte aller Andreasmünzen auswendig: 1535 die ersten Stücke, die kamen aus Ellrich: halbe und viertel Goldgulden, Metas ganzer Stolz, obwohl sie viel abgegriffener waren als die silbernen und man das «Sanctus Andreas Reviviscens» nicht mehr lesen konnte.

«Das waren die Grafen von Honstein. Sie haben 1527 die Bergfreiheit herausgegeben», sagte Meta und biß herzhaft auf die Münzen.

«Bergfreiheit heißt, daß es Bergleuten erlaubt war, sich in dem jeweiligen Ort anzusiedeln», erklärte Julia. Phil beschränkte sich darauf, sein aufmerksames Gesicht zu konservieren und am Fliedersaft zu nippen. Meta konnte nicht aufhören: Die Grafen von Honstein und ihr Ende 1593, Nachfolger Herzog von Grubenhagen und sein Einfall, in Andreasberg eine Hammermünze zu errichten, die Taler, Taler, Taler auswarf. Ein Christian von Celle und diverse Georgs bis hinein ins 19. Jahrhundert, Vierpfennigstücke, kupferne Pfennige, Gulden, Mariengroschen...

«Danke», sagte Phil erschöpft, «vielen Dank.»

Er mußte einige Münzen in die Hand nehmen, Meta bestand darauf, daß er hineinbiß; und auch Julia kam nicht ohne Zahnkontakt davon.

«Schön hart», sagte Phil. «Ganz was anderes als unsere heutigen weichen Markstücke.»

«Nicht wahr», jubelte Meta, und Phil entschied, daß die Frau übergeschnappt sei. Ihr Aufbruch trug Anzeichen einer Flucht, und während Meta im Wohnzimmer die Münzen in einer Kiste verstaute, ließ sich Phil schwer auf den Sitz des Corrado fallen.

Beim Einparken vor der Blockhütte wäre der Wagen beinahe von einer Kaffeekanne getroffen worden, die aus einem Fenster der Lehrer-Blockhütte geflogen kam.

«Die hocken zu sehr aufeinander», sagte Julia, und Phil blickte sie lange von der Seite an.

Er legte sich aufs Bett, und Julia war so nett, sich danebenzulegen. Sie verstand jedoch, zeitweise eine dermaßen asexuelle Atmosphäre herzustellen, daß Phil selbst für den Gang in die hauseigene Wanne eine Badehose angezogen hätte. Sie streichelte sein Haupthaar, sie erlaubte ihm, sich dicht an sie zu legen. Drüben schrien sich die Lehrer an. Am Ende ging es darum, wer die Scherben der Kaffeekanne auffegen sollte. Dann kam ein Wagen, bevor die Scherben-Diskussion ihr Ende gefunden hatte. Fluchend stand der Eskimo neben seinem linken Vorderreifen und sah der Luft beim Entweichen zu. Die Lehrer kamen herausgehastet und baten tausendmal um Verständnis. Der Mann bot an, den Reifen auszuwechseln. Sie gingen ins Haus. Eskimo und Claudia berichteten von Frankfurt. Der Eskimo sortierte seine Aufzeichnungen, zu denen zwei Stunden auf Tonband festgehaltenes Gespräch mit einem Bundesbahningenieur und dem verantwortlichen Mann für die Öffentlichkeitsarbeit gehörten.

«Entweder wissen sie von nichts», sagte der Eskimo, «oder sie stellen sich sehr geschickt nichtsahnend. Ich wüßte aber nicht, wozu. Die haben die Strecke nach dem, was sie ‹Sachzwänge› nennen, geplant. Kompromiß zwischen Topographie und Eigentumsverhältnissen. Wußtet ihr eigentlich, daß die Bahn ein gigantischer Landbesitzer ist?»

«Kommt wahrscheinlich gleich nach den Kirchen», entgegnete Phil.

«Ich mußte ständig fotografieren», berichtete Claudia und packte fünf volle Filme aus. «Dieser Ingenieur war so was von scharf darauf. Er meinte übrigens, daß in unserer Presse alle Themen zu kurz kommen, bei denen du technische oder naturwissenschaftliche Kenntnisse benötigst.»

«Kann ich nicht beurteilen», sagte Phil. «Ich habe keine Ahnung von Technik und Naturwissenschaft.»

Der Eskimo zog verschiedene Pläne und Streckenprofile aus der Papprolle, die sie ihm mitgegeben hatten.

«Ich habe ihnen meine hiesige Adresse und Telefonnummer gegeben», sagte er. «Der Ingenieur will noch zwei Bücher schicken. Leihweise. Der war happy, sich mit einer Art Kollege unterhalten zu können.»

Draußen fuhr ein Wagen vor. Nach der Zeit, die man braucht, um die Haustür zu erreichen, ertönte ein Klopfen. Phil öffnete.

«Oha.»

«Ich träume ja wohl», sagte Hauptkommissar Wojcicki und trat einen Schritt zurück.

«Schmitt», rief der Kommissar. Draußen klappte eine Tür, danach knirschte es, und eine Männerstimme rief:
«Nehmen Sie doch Ihre ekelhaften Scherben aus dem Weg.»
Gleich danach erschien Kriminalassistent Schmitt an der Tür.
«Schmitt», sagte der Kommissar. «Sehen Sie sich den Mann hier genau an.»
«Mach ich», sagte der Assistent und glotzte Phil hingebungsvoll an.
«Fällt Ihnen dazu etwas ein?» fragte Wojcicki.
«Nein, nichts.»
«Sie haben nicht das Gefühl, daß der Herr eine gewisse Ähnlichkeit mit dem Schriftsteller Philip Parker aufweist, mit dem wir beide im letzten Herbst zu tun hatten?»
Schmitt legte blickmäßig einen Zahn zu. «Nein», sagte er dann, «das geht ja auch gar nicht.»
«Und warum nicht?»
«Na, es stand doch in allen Zeitungen, daß dieser Mistbock ins Gras gebissen hat, wobei mir nur das Gras leid tat.»
«Danke, Schmitt, Sie können im Auto warten.»
Schmitt grüßte knapp und verschwand. Gleich darauf knirschte es, und Schmitt rief wutentbrannt in Richtung Lehrerhütte:
«Was habe ich Ihnen eben gesagt?»
«Mein Beileid», sagte Phil.
«Danke», entgegnete Wojcicki. «Und nun zu uns...»
«Halt», wehrte Phil den vorwärtsdrängenden Kommissar ab. «Später. Okay? Ich laufe Ihnen nicht weg.»
«Ich hatte Sie auf den Bahamas vermutet. Meinetwegen auch Brasilien. Am besten ein Land, mit dem wir kein Auslieferungsabkommen haben. Und jetzt sagen Sie mir endlich, wie wir auf dem kürzesten Weg nach St. Andreasberg kommen. Die dortigen Kollegen haben uns im Wege der Amtshilfe angefordert. Schmitt hat während der Fahrt die Karte gelesen. Ich war ständig darauf gefaßt, daß gleich das Ortsschild von München auftaucht.»
«Hat man Ihnen eine Durchblutungskur verordnet? Cerebrales Rebirthing?»
«Ein prominenter Medienmann aus unserer gemeinsamen Wohnstadt...»
«Winkelmann?»
«Woher wissen Sie denn das schon wieder?»
«Ich war dabei. Ich habe... Ach, fragen Sie doch Ihre Kollegen.»

Phil wies dem Kommissar den Weg und schleppte sich in die Hütte zurück.

«Man faßt es nicht», murmelte er.

Es klopfte, Phil ging öffnen.

«Nicht zu fassen», murmelte Kommissar Wojcicki und starrte ihn an. «Wirklich nicht zu fassen.» Dann ging er zum Wagen. Phil Parker brauchte 20 Minuten, um den Schlag halbwegs zu überwinden. «Warum klopfen die ausgerechnet an meiner Tür?» fragte er kläglich. «Was bringt sie dazu, daran zu klopfen? Warum gehen sie nicht zu diesen Lehrern nebenan?»

«Glaubst du, daß er reden wird?» fragte der Eskimo.

Er wußte nichts über Wojcicki. Er kannte nur seine nicht uncharmante Art und seine Minoritäteneigenschaft als Sohn polnischer Eltern.

«Ich werde mit ihm reden», sagte Phil leise. «Ich habe ja auch mit Van Dyke geredet. Und mit dieser Meta. Ich habe mit der brünstigen Tunnelbauerin Hella geredet, mit Mutter Teresa und mit Professor Morak, diesem Mensch gewordenen Faultier. Mit wem soll ich denn noch reden? Was habt ihr auf einmal alle gegen mich?»

Julia nahm ihn endlich in beide Arme. Er hatte es sich bereits vier bis fünf Sätze eher gewünscht.

Der Eskimo ging mit Claudia nach nebenan, weil ihm kalt war. Vorher warf er noch drei Tageszeitungen aufs Sofa. Die Schlagzeile der Boulevardzeitung verkündete: *Ein Herz von Kindern! Killer-Monstrum verspeist am liebsten Innereien!*

Julia ließ die Zeitung sinken. Phil sah sie schlucken. «Das ist so geschmacklos», sagte sie, «so abgrundtief geschmacklos.»

«Vergiß es», forderte er sie lässig auf. «Man weiß doch, was man von dieser Art Zei...»

«Ach, du mit deiner altklugen Art!» rief sie aufgebracht. «Verschwende lieber einen Gedanken an die armen Kinder! Und die Eltern!»

«Nicht zu vergessen der arme Täter.» Er wollte noch mehr sagen, aber Julia ließ ihn in der Blockhütte stehen und stieß beim rasanten Abfahren beinahe die Lehrerfrau gegen den Lehrermann.

Phil riskierte es, sich einen Kaffee zu kochen. Ein Wagen fuhr vor. Er löffelte die doppelte Menge Kaffeemehl in den Filter. Aber Paul van Dyke wollte nicht hier Kaffee trinken.

«Wir fahren nach St. Andreasberg in die Kapelle», sagte er.
«Keine Kirche», bat Phil.
«Das ist keine Kirche, jedenfalls keine Kirche, die als solche genutzt wird.»
«Was ist es dann?» fragte Phil. Aber Van Dyke stiefelte schon zum Porsche.


«Ein Lokal», sagte Phil und blickte sich erstaunt um.
«Hier verbraten sie Vollwertkost», sagte Van Dyke. «Bevor du lästerst: Ich stehe auf Vollwertkost. In unserem Alter sollte man langsam anfangen, an die Verantwortung für den eigenen Darm zu denken.»
Van Dyke legte einen Umschlag auf den Tisch, in dem sich ohne Zweifel Fotografien befanden. Nachmittags gab es kein warmes Essen, sondern Kuchen oder wahlweise Süßspeisen.
«Süßes, Süßes», mäkelte Phil. «Ich darf nichts Süßes.»
Er winkte die Bedienung heran und orderte einen Bananenquark.
«Bananen sind leider aus», entgegnete das Mädchen dermaßen freundlich, daß Phil erst mit Verzögerung die Folgen der Bemerkung erkannte.
«Wie können denn Bananen aus sein?» fragte Van Dyke. «Bei Trüffeln könnte ich das noch verstehen.»
«Dann nehme ich ein Stück Eistorte», sagte Phil. «Die halb gefrorene.»
«Was wollen Sie?» fragte das Mädchen verdutzt. Sie zeigten ihr die Stelle auf der Speisekarte. Sie nahm die Karte und lief aufgeregt in die Küche. Van Dyke zündete sich eine Zigarette an, und Phil zeigte ihm die Stelle in der zweiten Speisekarte, die darum bat, das Rauchen im Lokal zu unterlassen. Die Bedienung kehrte zurück:
«Halb gefrorene Eistorte haben wir nicht. Wir haben gar nicht gewußt, daß das noch auf der Karte steht. Was darf's denn sein?»
Phil und Van Dyke blickten sich an, und Van Dyke bestellte ein Bier.
«Welches?» fragte die Bedienung strahlend. «Wir haben eine große Aus...»
«Ein Weizen-Hefebier.»
«Tut mir leid, das ist aus.»

Van Dykes rechte Hand begann zu trommeln.

«Aber Wasser haben Sie doch?» fragte Phil zart.

«Selbstverständlich!» blaffte die Bedienung. «Wieso denn nicht?»

Van Dyke nahm unter den spöttischen Augen von Phil einen Kaffee.

«Aber keinesfalls diesen Nicaragua-Kaffee», sagte der Verleger.

«Dann haben wir nur noch Zichorien.»

«Bitte was?»

«Muckefuck», sagte Phil. «Sie bietet dir Muckefuck an.»

«Muckefuck», wiederholte Van Dyke. Er schien unter einem leichten Schock zu stehen, hatte aber noch Kraft genug, einen Tee zu ordern.

Die Tür des Restaurants wurde geöffnet, und das Lehrerehepaar betrat die ehemalige Kapelle mit der geschmackvollen Einrichtung, an der Phil allenfalls die Trockenblumenkränze störten. Obwohl weiter entfernt Tische frei waren, steuerte die Lehrerfrau den Tisch neben Phil und Van Dyke an, ließ sich auf den Stuhl fallen und begann augenblicklich und fortdauernd zu husten. Van Dyke drehte sich um und sagte:

«Wenn Sie Ihre Bronchitis nicht auskuriert haben, würde ich aber nicht in die Öffentlichkeit gehen und friedliche Raucher mit dieser Husterei stören.»

Die Lehrerfrau erörterte die zu ergreifenden Gegenmaßnahmen mit ihrem Mann. Der versuchte, während sie auf ihn einredete, sich gegenüber Phil mimisch von seiner Frau zu distanzieren.

«Danke für gestern», sagte Van Dyke.

«Dafür doch nicht», erwiderte Phil. «Wenn du mal eine Fahrt zum Mars planst, denk an mich. Ich tu das doch gerne.»

«Was willst du? Es ist komplikationslos gelaufen. Du warst keine Sekunde in Gefahr, wenn man...» hier kicherte er, «...wenn man von gewissen Handgriffen im Vollzuge der Empfängnisverhütung absieht.»

Phil erstarrte. «Woher weißt du Misthund...?»

Die Bedienung brachte Wasser und den Tee.

«Paß auf, Philman», sagte Van Dyke. «Was ich jetzt tun muß, tut keinem mehr leid als mir. Das will ich dir gleich am Anfang sagen.»

«Mir kommen die Tränen.»

«Ich meine das ernst. Und die Gegenmaßnahmen mußten erst getroffen werden, nachdem du mit dieser Presse-Chose in die Offensive gegangen warst. Damit das klar ist.»

«Alles klar, aber was bloß?»

«Ich zeige dir das ungern», sagte Van Dyke und drehte sich kurz zum Nebentisch um, wo das Lehrerehepaar einen dunkelbraunen, fast schwarzen Kuchen gabelte. Dazu tranken sie Rote-Bete-Saft, dessen jaucheähnlicher Geruch bis zum Nebentisch drang. Van Dyke schob Phil den Umschlag über die Tischdecke zu. Phil zog die Fotos heraus, ließ sie nach dem ersten Blick wieder sinken. Dann stand er auf, wobei er seinen Stuhl dem Lehrermann ins Kreuz schob, daß der nach vorne gedrückt wurde und mit dem Gesicht beinahe im Teller seiner Frau landete.

«Phil!» rief Van Dyke, als er die Tür bereits in der Hand hielt. Phil verharrte, blickte nach links, wo Prospekte und Flugblätter aus der graugrünen Freßszene durcheinander geworfen lagen. «Phil, denk nach!» rief Van Dyke, und das Lehrerehepaar kam aus dem Staunen nicht heraus.

Phil befiel plötzlich eine Vermutung, die ihn seit langer Zeit nicht mehr beschlichen hatte: daß alles umsonst war, was er getan hatte und noch tun würde; daß er sich abzappelte und an dem Ergebnis nichts würde ändern können. Er wollte sich ins Bett legen, den schleimigen Witzchen von Professor Morak lauschen und für den Rest seines Lebens Schwester Karla mit Hektolitern besten Jahrgang-Urins beglücken.

«Phil», rief Van Dyke. «Sei nicht albern. Du hast nicht mal ein Auto dabei.»

Dieser Satz war für Phil Parker der Anstoß, der ihm noch fehlte. Er verließ das Restaurant.

Das Lokal lag auf halber Höhe der Herrenstraße, die eine Parallelstraße der Breiten Straße war, wo Winkelmann seine Schußfahrt absolviert hatte. Kommissar Wojcicki und Schmitt standen vor der Kreidezeichnung von Winkelmanns letzter Lage. Unmittelbar daneben hatten einheimische Kinder eigene Kreidestriche für eins ihrer Hinke- und Hüpfspiele gemalt. Winkelmanns Körper war ihr Mal, und nun wollten sie sich nicht daraus vertreiben lassen, obwohl Schmitt sie rüde wegschubste.

«Gut, daß Sie kommen», sagte Wojcicki. «Schildern Sie uns doch gleich mal, wie sich alles zugetragen hat.»

«Aber präzise», kommandierte Schmitt mit seinem Parade-Tonfall, der Kompetenz und Einschüchterung gleichermaßen transportieren sollte und sich doch nur anhörte, als stecke ihm ein Hühnerbein quer in der Luftröhre. Phil erzählte, was er miterlebt hatte, und ein einheimischer Polizeibeamter verfolgte auf seinem Schmierblock, ob Phil die Wahrheit sagte.

«Warum haben Sie nicht lebensrettend eingegriffen?» bellte Schmitt.

«Wie sollte das bitteschön gehen?» fragte Phil.

Darüber mußte Schmitt in Ruhe nachdenken, und Wojcicki sagte: «Wie kommt der Bursche überhaupt an ein Fahrrad? Das hat ja entfernt was mit Sportlichkeit zu tun. Winkelmanns Kollegen und Freunde haben sich dahingehend eingelassen, daß Winkelmann in der letzten Zeit nicht mal mehr Sportübertragungen im Fernsehen verfolgt hat, ganz zu schweigen von...»

«Vielleicht hat er jemanden verfolgt?» rief Schmitt, der gerade einen Knaben im Nacken gepackt hielt.

«Winkelmann hat mich verfolgt», sagte Phil. «Er wollte die große Enthüllungsstory.»

Wojcicki blickte ihn mit einer Mischung aus Bewunderung und Bosheit an. «Mannomann», sagte er, «wenn das rauskommt, daß Sie...»

«Geht nicht. Ich bin ja tot», sagte Phil und grinste ihn an. Wojcicki fuhr sich durch die Haare, und Phil mußte sich gegen eine neue Erkenntnis des fortschreitenden Alters wehren: Er war im Begriff, einen Polizeibeamten sympathisch zu finden. Das wäre ihm früher nicht passiert. Er sah zu, wie der Kommissar zu seinem Assistenten ging, ihn im Nacken packte, wie Schmitt den Knaben im Nacken gepackt hatte. Und dann sagte der Kommissar:

«Quäle nie ein Kind im Scherz, denn es fühlt wie du den Schmerz.»

«Indianer kennen keinen Schmerz», rief Schmitt freudestrahlend, und Wojcicki drückte zu. Schmitt würgte und stöhnte, und Phil riet freundlich:

«Ihr Assistent sollte eine Schrothkur machen. Hier im Ort werden bevorzugt sogenannte Restzustände behandelt.»

«Restzustände finde ich gut», sagte Wojcicki und drückte weiter an Schmitt herum, der den Knaben längst freigelassen hatte. Der örtliche Beamte staunte über die Umgangsformen der Kollegen aus der Großstadt. Wojcicki ließ abrupt los, und Schmitt fand taumelnd Halt.

«Ich habe nicht um Gnade gewinselt», sagte er stolz. «Ein echter Indianer...»

«Tun Sie mir einen Gefallen, Schmitt», sagte Wojcicki. «Machen Sie etwas Sinnvolles.»

«Oha», sagte Schmitt und trat nachdenklich zur Seite.

Phil suchte im Gesicht Wojcickis nach Hinweisen auf bevorstehende oder stattgefundene Gemeinheiten. «Sie haben sich nicht zufällig mit Ihren Häuptlingen in Hamburg kurzgeschlossen?» fragte er zart.

Wojcicki blickte ihn verdutzt an, lachte dann:

«Er hat Schiß», rief er. «Dabei heißt es doch: Tote zittern nicht.»

Im Hintergrund begann ein Kind zu schreien. Schmitt rangelte mit ihm herum.

«Diese Künstler», sagte Wojcicki kopfschüttelnd. «Junger Mann, Sie fielen bereits vor einem halben Jahr, fünf Minuten, nachdem ich Sie kennenlernen durfte, nicht mehr in mein Ressort. Der Geheimdienst hat die Sache seinerzeit mit einer Geschwindigkeit übernommen, die ich selten erlebt habe.»

«Der Dienst», wiederholte Phil. «Meine Güte, was muß ich wichtig gewesen sein.»

«Das haben jetzt Sie gesagt», hetzte der Kommissar und blickte Schmitt hinterher. Der hatte dem Kind ein BMX-Fahrrad entwunden und es die Breite Straße bereits halb hochgeschoben. «Wenn der Dienst sagt, Sie sind tot, dann sind Sie tot. Wenn Sie aber tot sind, fallen Sie nicht mehr in mein Ressort. Ich kümmere mich um Täter, nicht um Opfer. Opfer bin ich selber.»

«Ich falle also nicht in Ihr Ressort», sagte Phil zufrieden.

«Sie fallen nicht. Und wenn Sie mir jetzt noch Ihren Karl Wilhelm in ein Exemplar Ihres Horrorromans schreiben, ist die Sache für mich erledigt.»

«Huuuuuuuuuuuuuuuuuuuuiiiiiiiiiiiiiiiiiiiiiiiiii!» gellte es durch die klare Luft von St. Andreasberg.

«Mein Gott, Schmitt!» rief der Kommissar, doch war der panisch schreiende Assistent bereits mit 90 km/h auf dem kleinen BMX-Rad an der Unfallstelle Winkelmanns vorbei durch die leichte Rechtskurve am Fuß der steilen Straße gebrettert.

«Mami», stammelte der Besitzer des Rades, und Phil sagte:

«Seine Straßenlage hat etwas Anton-Mang-artiges.»

Dann stürmten sie los. Sie fanden den Assistenten 300 Meter weiter zitternd am Rand der Straße liegen. Das Fahrrad fanden sie nicht. Anfangs reagierte Schmitt nicht auf Fragen, dann sagte er leise: «Nachstellen. Sie haben gesagt, wir müssen Verbrechensabläufe nachstellen.»

«Sie sehen blaß aus», sagte Phil. «Sie sollten eine Ozon-Kur machen.»

«Befehle nehme ich nur von Vorgesetzten entgegen», entgegnete Schmitt schwach.

«Denken Sie darüber nach», ordnete Wojcicki an.

«Jawoll», flüsterte Schmitt, und sie stellten ihn auf die Beine.

«Ouzo-Kur», murmelte der Kriminalassistent. «Daß das was mit Gesundheit zu tun hat.»

«Wo hat Winkelmann denn gewohnt?» fragte Phil den Kommissar.

«In ein, zwei Stunden werden wir es wissen.»

«Vielleicht hat er irgendeine Redaktion beschwatzt, ihm einen Auftrag zu erteilen.»

«Was für eine denn?» fragte Wojcicki verächtlich. «Das hier ist der Harz. Hier ist doch nichts los.»

«Das habe ich auch mal gedacht», sagte Phil. Er blickte die Breite Straße hinauf, seufzte und machte sich auf den Weg.


«Meine Güte, siehst du aus», sagte der Eskimo, während Claudia ihre Blößen bedeckte.

Er schleppte den Eskimo aus dem Bett in den Wald. «Bißchen wandern», sagte er und wollte im Vorbeigehen einen Ast abbrechen. Selbst diese leichte Übung schlug fehl.

«Ist dir eigentlich klar, was du willst?» fragte der Eskimo.

«Ach, Eskimo», sagte Phil und hakte sich beim Freund ein. Der Eskimo war überrascht, und Phil verriet nicht, daß ihm schwindlig geworden war.

Sie erreichten eine Anhöhe, die den Blick auf ein halbes Dutzend hintereinander gestaffelter Täler freigab. Die Sonne schien hinter einem Dunstvorhang, und auf jeder Höhenkuppe saß ein kleiner milchiger Kamm.

«Sieht aus wie die Toskana», sagte Phil. «Nur schöner. Nichts von der Sonne verbrannt. Keine deutschen Zweithaus-Bewohner. Und wenn du vom Spaziergang zurückkommst, steht dein Auto noch da, wo du es abgestellt hast und nicht auf einem Frachter Richtung Nordafrika.»

Der Eskimo mußte erst ein bißchen von Claudia schwärmen. Es schien seiner Durchblutung gutzutun. Dann begann Phil:

«Paul Van Dyke zieht mich ins Vertrauen und steckt mir eine rührende Geschichte über Deutschland als Ganzes. Science-fiction, wenn du mich fragst.»

«Und ein Horrorfilm, wenn du das Ausland fragst.»

«Paul Van Dyke benutzt mich als Kurier und behauptet, daß das alles wegen Deutschland sei. Gesamtdeutsche drüben und Gesamtdeutsche hier. Wo stecken die bitteschön? Irgendwo müssen die bei uns sitzen. Frage: Wer sind Van Dykes Hintermänner? Seit wann hat der Geheimdienst eine Perspektive? Es macht ja fast einen harmonischen Eindruck, was die vorhaben.»

«Naiv ist das.»

«Aber direkt kriegstreibend wirkt es nicht. Oder doch? Ich meine, diese Weichen Richtung Osten werden ja nicht eines Nachts für den Transport von Panzern freigesprengt werden. Wozu hat man Panzer, wenn sie dann nicht mal die Äcker und Wiesen und Straßen kaputtmachen dürfen?»

«Ich weiß nicht», sagte der Eskimo und untersuchte penibel die Wiese, bevor er es wagte, sich zu setzen. Er stand sofort wieder auf, weil ihm zu kalt war. «Ich denke mir das so: Wenn einer etwas geheimhält, muß er schon einen verdammt guten Grund dafür haben. In diesem Land ist es ja nicht ganz einfach, Geheimnisse zu haben.»

«Die kritische Presse, Wächteramt, Pipapo.»

«Eines ist jedenfalls klar», fuhr der Eskimo fort. «Wer immer da ein großes Rad dreht, spätestens jetzt wird er wissen, daß hier im Harz zwei fixe Jungens dem Wahn anhängen, sie könnten in die Speichen des großen Rades greifen.»

«Das hast du schön gesagt», sagte Phil verträumt.


«Hallo Mäxchen, du Butterfaß.»

«Guten Tag, Onkel Philip. Hast du mir was mitgebracht?»

«Wie sagt man?»

«Bitte, bitte.»

Phil entfernte sich mit dem Besitzer des hoffnungsvollen Gesichts aus dem Kreis der Mitabspecker. Die Gruppe lagerte auf dem Rasen. Phil wurde das Gefühl nicht los, daß sie gerade überlegten, welchen von den Senioren sie am leichtesten in einen Rhododendron ziehen und dort skelettieren könnten.

«Max, kennst du die Geschichte von Enrico, dem Müllschlukker?»

«Nein», sagte Max. «Kommt in der Geschichte Essen vor?»

«Du weißt doch, daß jeder Mensch sieben Leben hat?»

Max zeigte Skepsis.

«Doch, doch», sagte Phil milde. «Und jeder kommt im nächsten Leben in der Gestalt von etwas auf die Welt, das sein altes Leben so richtig schön symbolisiert. Hast du mich verstanden?»

«Ich habe Hunger. Ich habe erst vier Pfund abgenommen.»

Trübe zupfte der Knabe an seinem Bauchfett herum.

«Vier Pfund», sagte Phil staunend. «Aber du ißt doch ständig...»

«Das ist nicht wahr, daß mir Julia heimlich was zusteckt», rief Max alarmiert.

«Max, Max.»

«Bitte, bitte», sagte Max und patschte die Hände zusammen.

«Wirst du denn auch mein Buch lesen, wenn ich ein Kinderbuch schreiben würde?»

Max nickte hingebungsvoll.

«Wirst du allen deinen Freunden erzählen, daß Onkel Philip der tollste Kinderbuchschreiber auf der Welt ist?»

Max nickte, und Phil drückte ihm einen Dreierpack lila Schokolade in die gierigen Finger. Max schlug sich sofort in die Büsche.


«Keine Zeit, keine Zeit», sagte Professor Morak und stellte seinen kapitalen Schreibtischstuhl aus der Schlummerstellung senkrecht, um Überarbeitung vorzutäuschen.

«Ich habe nur eine Frage», sagte Phil und schloß die Tür hinter sich.

«Damit fängt es immer an», sagte Morak stöhnend. «Nur eine Frage. Dann eine Nachfrage und noch eine, und ehe man sich versieht, ist die Diskussion im Gange.»

«Ich brauche ein Stärkungsmittel.»

Moraks Kopf fuhr hoch. Die Aussicht auf eine ferkelhafte Wendung des Gesprächs verlieh ihm neue Lebensgeister. «Warum sagen Sie das nicht gleich? Da sind Sie bei mir an der richtigen Stelle. Woran hapert's denn im besonderen? Fehlt bereits die Ausgangs...»

«Nicht für das, was Sie denken.»

«Ach», sagte Morak enttäuscht und sackte zusammen.

«Ich muß in den nächsten zwei Tagen viel rumlaufen», sagte Phil. «Geben Sie mir was, das den Kreislauf stabilisiert.»

«Wo denken Sie hin?» plusterte sich der andere auf. «Mein Ethos als Mediziner und...»

«Als was?»

«Als... äh... Mediziner.»

Phil beugte sich nach vorn und riskierte es:

«Van Dyke ist informiert.»

«Ach.»

«Ja, ja. Und er sagt, er wäre nicht dafür, wenn es nicht so unabdingbar nötig... Sie verstehen?»

Morak griff in seine Schreibtischschublade und wühlte in einem Haufen von Medikamentenpackungen. «Da», sagte er und schob eine über den Tisch. «Zwei am Tag und bei Bedarf eine weitere. Aber nicht mehr als vier. Auf keinen Fall mehr als vier am Tag. Haben wir uns verstanden?»

«Und wenn doch, was passiert dann?»

«Dann kommen Sie zwar gut hoch», sagte Morak und grinste selig. «Aber Sie kommen nicht mehr runter.»


Vor der Wohnungstür fischte er die Packung aus der Tasche und warf zwei Tabletten ein. Phil Parker straffte sich, dann klingelte er.

«Sie?» sagte Hella Brandenburg.

«Ich dachte, ich komme mal vorbei, wo Sie uns doch aufgefor... beziehungsweise eingeladen.»

«Aber kommen Sie doch herein.» Sie trug keinen Schutzhelm, einen Rock und ein Männerhemd wie auf der Baustelle. Die Wohnung war weniger skandinavisch als die von Julia Kaiserworth, aber mit ziemlich viel Plüsch. Es wirkte dennoch gemütlich.

«Sie müssen entschuldigen», sagte Hella Brandenburg. «Ich

habe die Wohnung für ein Jahr gemietet. Da lohnt es nicht, daß man...»

«Ein bißchen Heimat kann nicht schaden», sagte Phil und nahm sich vor, den Satz bei Gelegenheit in Claudias Gegenwart fallenzulassen.

«Wo haben Sie denn Ihren Kollegen Fotografen gelassen?» erkundigte sich Hella Brandenburg.

«Bin ich nicht Manns genug?» konterte Phil und rief sich innerlich zur Ordnung. Er glaubte zu spüren, wie die Pillen zu wirken begannen. Zehn Minuten lang spielte er tatsächlich den Reporter eines Hamburger Wochenmagazins. Hella Brandenburg antwortete, wie sie aussah: frisch, ein wenig herbe. Phil fragte sie auch nach Hobbys.

«Mein Hobby ist die Arbeit», sagte die Ingenieurin erst und kam dann doch noch mit ihrer anthroposophischen Neigung. «Ein bißchen Sinnvolles braucht der Mensch.»

Sie besaß ein kleines Haus im Allgäu, das sie seit Jahren nach den Regeln der Anthroposophie umbaute. Sie war geschieden, und Phil stand lieber erst auf, bevor er fragte:

«Und die Männer, was machen die so?» Er lauschte dem Klang der einmalig dußligen Frage nach. «Ich meine, wenn man als Frau praktisch ein Zugvogel ist? Heute hier und morgen dort...»

«Das ist nicht leicht für eine stabile Beziehung», sagte die Brandenburg.

«Und für weniger stabile Beziehungen?»

«Oh, für die ist der Beruf ideal. Ein halbes Jahr hält ja fast jeder Mann.»

Phil trat ans Fenster, und ehe er sich versah, stand sie neben ihm und blickte mit ihm gemeinsam hinaus.

Phil, der auf eine sensationelle Zwischenmeldung der Tabletten wartete, ließ sich erst einen kleinen Rotwein eingießen und stellte sich dann, am Glas nippend, vor das Regal. Von dort betrachtete er Hella Brandenburg, wie sie auf dem Sessel sitzend verschiedene Blicke wie Griffe ansetzte. Insgeheim hatte er damit gerechnet, in der Wohnung Zeugnisse von Kämpfen vorzufinden, bei denen Vorgänger-Männer um ihr Leben gefightet hatten, bevor Hella Brandenburg ihnen mit einem Tunnelbaugerät den Widerstand ausgetrieben hatte.

«Sind Sie... Haben Sie weitere Schritte unternommen wegen

Ihrer Theorie?» Sie wirkte beim Versuch, quasi nebenbei zu fragen, überraschend amateurhaft.

«Welche Theorie denn?»

«Na, daß es mit dem Streckenverlauf... Sie sagten doch, wie sagten Sie denn gleich noch mal?»

Phil stand am Regal, einen Arm lässig ins dritte Brett von oben gelegt und dachte, daß in jedem Film jetzt der Kerl zur Stotterin schreiten und ihr mit einem Kuß die Lippen versiegeln... Er blickte sicherheitshalber auf die Buchrücken, legte zum Lesen den Kopf schief. «Die Stunde der Spaten – kleine Geschichte der Archäologie», «Schliemann – ein Leben für Troja», «Mythos Griechenland», «Man's Discovery of his Past», «Kommagene – Götterthrone und Königsgräber am Euphrat», «Der Traum von Ninive», «Die Rätsel alter Schriften», «Kunstwerke chemisch betrachtet» und rund 30 weitere Werke.

«Na, na», sagte Phil, «Sie haben doch noch ein Hobby. Graben Sie auch in Ihrer Freizeit?»

«Ach was», erwiderte sie unwirsch. «Ich interessiere mich nur ganz allgemein für Archäologie.»

«Wo liegen denn so Ihre Interessen bei der Archäologie?» Phil guckte die Buchrücken durch. «Sieht mir danach aus, als wenn Amerika fehlen würde. Und der Ferne Osten.»

«Ach, da müssen Sie gar nicht hingucken», sagte die Ingenieurin und stand auf, um Phil vom Regal fortzudrängen. Der wollte sich aber nicht abschieben lassen, und auch als die Brandenburg scheinbar schelmisch seinen Arm ergriff und ihn vom Regal fortziehen wollte, blieb er dort stehen. So standen sie plötzlich sehr dicht beieinander, umspielt von gleißendem Licht, bestimmt 450 Watt allein in diesem Raum. Sie hatte selbst das Schlafzimmer so erhellt, daß sie mit der Wärme der Lampen hätte heizen können. Hella Brandenburg war die ideale Frau für den Eskimo. Sie würden abends im Bett liegen, gemeinsam über Vor- und Nachteile des Senkkastenverfahrens mit Kammtunnel plauschen und könnten dabei die Glieder gen Glühlampen strecken.

«Gehe ich recht in der Annahme, daß wir beide ganz schön dicht nebeneinander stehen?» fragte Phil mit knochentrockener Stimme.

«Ach, ihr Männer», rief sie und ließ sich aufs Sofa fallen. Phil hätte das an einem anderen Tag in einer anderen Verfassung vielleicht gerne vertieft. Ihm sprang der bemuskelte Raimund Schmitt vors geistige Auge. Er verstand nicht, warum sie den Burschen nicht längst heimgeführt hatte. So stellte sich Phil einen Mann vor, der der Frau standhalten könnte. Raimund Schmitt oder...

«Woher kennen Sie eigentlich Paul Van Dyke?»

Sie blickte ihn prüfend an: «Wieso?»

«Nur so. Oder möchten Sie nicht darüber reden?»

Nun antwortete sie geradezu beflissen: «Ich kenne Paul über Herrn Ecke. Das ist mein Chef.»

«Und dann hatte Paul Lust darauf, Sie näher kennenzulernen?»

Sie rutschte unwohl herum. «Was heißt Lust? Man hat sich wieder getroffen und dann...»

«Zufällig?»

«Wie?»

«Haben Sie sich zufällig getroffen, oder hat Paul dieses Treffen herbeigeführt?»

«Was heißt herbeigeführt?»

Langsam begriff Phil, warum diese Frau es mit Männern schwer hatte. Das war ja nervenaufreibend. Er fand es erstaunlich, daß sie einem Beruf nachging, wo sie die kürzeste Verbindung zwischen zwei Punkten suchen mußte.

«Ist Paul mit einem besonderen Wunsch an Sie herangetreten? Ich meine...» setzte er schnell hinzu, als er sah, wie sie zartrot anlief, «hat Pauls Wunsch etwas mit Ihrem Beruf zu tun?»

«Nein. Das lief rein privat. Paul interessiert sich für die Schriften von Rudolf Steiner und...»

«Das will nichts besagen. Der würde mit einer Klofrau anbändeln, nachdem er ihr vorgelogen hätte, daß Pissoirs seine Leidenschaft sind.»

Sie schwieg patzig. Phil stellte sein halb ausgetrunkenes Glas ins zweite Regal von oben. Dabei sah er das Foto im Steckrahmen: 6 mal 9 mit diesem gezackten Rand, den Phil von den 50er-Jahre-Fotos in seiner Familie kannte. Schwarzweiß das Bild und lachend der Mann; quälend der Widerhaken in Phils Kopf und diffus die Erinnerung an ein Foto.

«Wo wollen Sie hin? Ich entschuldige mich, Philip!»

Aber da stürmte er schon zwei Stockwerke tiefer aus der Haustür und hechtete in den Peugeot.

Im Trakt der alten Artisten herrschte kurz nach Mitternacht wenigstens auf den Fluren Ruhe. Phil Parker stand schon vor Mutter Teresas Zimmer, als hinter ihm eine Tür so vehement aufgerissen wurde, daß sie krachend gegen die Flurwand schlug. Ein Stück Ölfarbe fiel ab.

«Umbringen!» rief Hannemann und raffte seinen Pelzmantel vor der Brust zusammen. «Ich werde hinaufgehen und ihn umbringen!»

«Hannemann, halt an dich», sagte Phil. Das Knallen war nicht zu überhören. Ruttmann, der geniale Artist mit den Peitschen aus den 30er Jahren, war durch Rüssels Show-Projekt ebenfalls zu neuem Leben erwacht. Allerdings war er doch schon ziemlich eingerostet. Die ersten Zigaretten, die er aus dem Mund von Schwester Karla schlagen wollte, hatten die Lampe von der Decke und den Goldfisch aus dem Becken geholt. Daraufhin hatte Schwester Karla, die sonst keine Angst kannte, mit den Worten «üben! üben!» fluchtartig das Zimmer verlassen. Jetzt übte Ruttmann, Tag und Nacht.

Phil klopfte.

«Teresa? Kann ich kurz reinkommen?»

Sie saß im Bett, trug ihre Häkeljacke, ihren Polarfuchs um den Hals. Im Kreuz hatte sie zehn Kissen, auf dem Nachttisch stand die gewohnte Batterie Fläschchen, Dosen und Gläser, in denen Mutter Teresa ihre Tabletten hortete.

«Siehst du, Jessie, das ist unser Sanatoriumsschreiber», flötete Mutter Teresa dem Herrn zu, der wie festgewachsen auf ihrer Hand saß. Der Kopf des Herrn drehte sich in Phils Richtung.

«Was treibt dich um so spät, du Wanderer zwischen den Frauen?» krächzte der Herr und lachte rasselnd.

«Nach zehn wird er frivol», erklärte Mutter Teresa. Sie hatte ihre weißen Haare in schockfarbene Lockenwickler eingedreht. Dazu trug sie ihr clowneskes Nacht-Make-up, von dem sie nicht abließ. «K2R will sterben», fuhr Mutter Teresa fort. «Ich hatte Kontakt mit ihm.»

«Du hast mit ihm telefoniert?»

Sie schnaufte verächtlich. «Der Herr braucht kein Telefon. Der Herr läßt mich teilhaben. Aber wir sagen nicht jedem, was wir erfahren, nicht wahr, Jessie?» Jessie ließ Phil nicht aus den Augen. Phil ging an die Wand mit Mutter Teresas Erinnerungen.

«Ich brauche Licht», murmelte er, schaltete Licht ein, und während sich Mutter Teresa und Jesus über Herrn Mann und seine nächtlichen Anwandlungen ergingen, suchte Phil die gigantische Pinnwand ab.

«Nun komm endlich», murmelte er. Aber er fand das Bild nicht. Sofort wurde er unsicher, hielt für möglich, daß er sich geirrt haben könnte.

«Da!»

Ein lachender Mann, jung, jünger als auf dem Bild in Hella Brandenburgs Wohnung. Behaarter obenherum, straffer, wie er auf diesem Bild stand, nicht so durchhängend wie bei Hella, eine frische Erscheinung, ein Schwiegersohn für Schwiegermütter. Und er hatte es bereits zu einem Zeitungsbild gebracht, nicht besonders sauber ausgeschnitten, eine Tageszeitung, kein Tiefdruck.

«Teresa, wer ist das hier?»

«Kannst du es erkennen, Jessie?»

Jessie konnte es auch nicht erkennen. Phil löste das Foto von der Wand, trug es zu Mutter Teresa – und erlebte den Wutausbruch des Jahres. Teresa und der Herr waren empört, kreischten und keuchten.

«Du willst uns ins Grab bringen! Du bist von einem Dämon besessen.»

«Mutter, bitte! Wer ist dieser Mann? Ich habe ihn heute schon einmal gesehen. Ich...»

Mutter Teresa fiel vor Schreck fast aus dem Bett.

«Was? Wo? Wo hast du ihn...? Ist er gekommen, mich zu holen? Macht er seine Drohung...? Aber er weiß nicht, wo ich bin. Er hält mich für verschollen. Oder tot. Er ist ein Unmensch. Er ist ein schlechter...»

«Ruhe!» brüllte jemand von nebenan.

«Ruhe!» brüllte auch Phil, und Mutter Teresa sagte leise:

«... ein schlechter Sohn ist er.»

Phil setzte sich vor Überraschung auf die Bettkante. Der Kopf des Herrn schoß zwischen ihm und Teresa hin und her. «Das werde ich dir nie vergessen, du Künstler», schnaufte die alte Frau. Sie beugte sich nach rechts und goß ein Glas Wasser ein, in das sie vorher eine Menge Tropfen schüttete, die nach Alkohol rochen. «Mutter Teresa kämpft mit den Planeten. Mutter Teresa wird sterben. Der Herr ist bei mir. Er muß mit mir sterben, das ist mein

Pfand. Weißt du, Künstler, daß Jessie ein Feigling ist? Er hat Angst vor dem Tod. Er will mich...»

«Wo ist dein Sohn? Wie alt ist er? Lebt er überhaupt noch?» Er zögerte, dann griff er zu, packte die schmächtigen Schultern der Greisin und rüttelte sie grob. Sie starrte ihn an, und der Herr ließ den Unterkiefer hängen.

«Teresa», sagte Phil eindringlich, «erzähl mir von deinem Jungen. Bitte.»

Jetzt hatte sie nicht mehr das Gesicht einer nervenden Großsprecherin, jetzt war sie nur noch eine alte Frau, grotesk geschminkt und gekrönt von diesen schrägen Lockenwicklern.

«Egon», sagte sie. «Sein Vater wollte, daß wir ihn Egon nennen. Sah auch aus wie ein Egon, als er klein war. Keine Schönheit, bei Gott nicht. Wie in der Mülltonne gefunden, mein Egon. Ich habe ihn in den ersten Monaten nur abends ausgefahren. Das verwuchs sich dann, wurde ganz manierlich im Gesicht, mein Egon. Aber schön, nein, schön war er nie. Ich habe ihn überallhin mitgenommen. Varieté, Varieté, was wißt ihr denn heute noch davon? Dann Krieg, sie haben mir genommen, was man von mir kriegen kann, und ein Mann nahm meinen Egon mit an die Ostsee, weil dort der Krieg nicht hinkommen sollte, sagte der kluge Mann. Der Mann war so dumm, so dumm.»

Phil räusperte sich, und Teresa tätschelte seine Hand. «Du bist ein guter Mann, du bist ein Künstler, du gießt deiner Teresa jetzt noch ein Glas Medizin ein. Jessie trinkt nicht. Danke, mein Sohn. Nimm dir doch auch... Auf dem Bord unter dem Spiegel muß ein Zahnputzglas... Ich habe meinen Egon verloren, was soll man drum herum reden? Ich war hier, und Egon war da. Häßlich, aber mit Charme. Ist nicht das schlechteste Rüstzeug fürs Leben. Eine gebrochene Nase kann wertvoller sein als ein ebenmäßiges Gesicht.» Sie blickte ihn eindringlich an. Phil hatte noch nie eine gebrochene Nase gehabt. «Dann hat er sich eines Tages gemeldet, mein Egon. War auf einmal erwachsen oder tat so. Saß in der Ostzone und spuckte große Töne. Frieden und Fortschritt und Freiheit, und fleißig war er geworden, mein Egon, hatte 100 Piefkes unter sich, trainierte mit ihnen, wie man gehorcht. Ich habe Egon gesagt, was ich davon halte, und er hat mir gesagt, was er von mir hält. Ich bin nach Dresden gefahren und habe mir meinen Egon zur Brust genommen. Er hat sich geniert wegen mir, das hätte er nicht tun sollen...» Teresa begann während des Redens einen Lockenwickler nach dem anderen aus dem Haar zu drehen und ihn Phil in die Hand zu legen. «Schlechte Mutter, Rabenmutter, kleines Kind im Stich lassen, das tut man nicht in der Ostzone, und Egon fängt von vorne an: Neues Spiel, neues Glück. Neues Deutschland, armes Deutschland, und mein Egon immer voneweg, und im Gänsemarsch hinterher 100 Piefkes, Miniaturausgaben von Egon. Ich bin zwei Tage in Dresden geblieben, dann habe ich Egon von mir erlöst.» Phil hatte beide Hände voller Lockenwickler. «Ich habe Egon noch einen Brief geschrieben. Egon hat das für Schwäche gehalten, dabei war es Liebe.»

«Manchmal muß man aber wirklich genau hingucken, um das unterscheiden zu können», sagte Phil leise.

Teresa zerstrubbelte ihm mit roher Zärtlichkeit die Frisur. «Bist ein guter. Paß auf, daß das klappt mit der Kunst. Du scheinst mir etwas wacklig in die Welt gebaut. Kunst ist etwas für Hartgesottene. Frech mußt du sein, naßforsch, dreist, vorne rausgeworfen und hinten wieder rein.»

«Egon», sagte Phil. «Ist er in der DDR geblieben?»

«Er hat mitgeholfen, aus dem Gelump da drüben einen Staat zu machen. Geht's ihnen gut heutzutage? Ich habe aufgehört, mich dafür zu interessieren. Hier kannst du ihn ja im Fernsehen sehen, diesen Staat. Na, danke. Haben sie ihn gegründet, damit sie unsere Edgar Wallace-Filme zeigen?» Teresa begann, sich am Kopf zu kratzen. Ihre Locken umspielten das hagere Gesicht.

«Mein Egon, der nicht mehr mein Egon sein wollte, ist dem Staat in den Schoß gekrochen. Wer ohne Mutter aufwächst, will es später mollig warm haben. Ein lausiger Sohn, aber ein lieber Mann. Egon hat meinen Segen. Ich glaube, er würde ihn auf dem Speicher verstecken, meinen Segen.»

«Also ist dein Egon ein hohes Tier in der Partei?»

«Ein Herdentier. Ein Schaf. Große Herden, das war was für Egon. Schäfer sein, Leithammel. Und alles mit Charme, denn gut sah mein Egon wirklich nicht aus. Partei? Welche Partei? Egon macht keine halben Sachen. Egon will Regierer sein.»

«Er heißt nicht zufällig Krenz mit Nachnamen?»

Sie blickte ihn verständnislos an. «Egon heißt hinten Nauke. Ist das nicht furchtbar? Nauke! Weißt du, wie der erste dressierte See-Elefant hieß?»

«Nein!»

Teresa nickte erschüttert. «Ich habe nie Nauke geheißen. Ich habe die Seite aus meinem Paß gerissen. Ich habe Strafe dafür gezahlt, aber lieber Strafe als Nauke. Nauke, das bleibt an dir hängen. Egon Nauke, der Regierer.»

«Verheiratet? Kinder? Ost-Berlin?»

Teresa begann plötzlich, sich hektisch auf den Kopf zu fassen. «Wer hat meine Lockenwickler gestoh...?» Phil zeigte sie ihr. «Das machst du nicht noch mal, du Lorbaß. Egon Nauke. Verkehrsministerium, Berlin. Datscha im Harz, natürlich verheiratet, zweimal Zwillinge, typisch Egon, macht sich das Leben gern doppelt schwer. Keine Taufe, keine Paten. Und ich möchte wissen, was der Lump seinen Blagen über ihre Oma erzählt. Die Mutter-Mutter ist eine Dortige, und ich, ich bin bestimmt schon tot.»

«Woher weißt du das alles? Woher kommt das Foto?»

Sie goß sich ein neues Glas Medizin ein. «Teresa hat Freunde in der ganzen Welt.» Sie klopfte dem Herrn auf den Holzkopf, der Herr schüttelte sich. «Kein Egon für Teresa. Nicht in diesem Leben. Sag ihm das, wenn du ihn siehst.»

«Wie kommst du darauf, daß ich deinen Egon treffen könnte?»

«Sitzt du zu deinem Vergnügen bei Teresa?»

Das Klopfen an der Tür war hauchzart. Vielleicht hatte es schon mehrmals geklopft. Phil ging öffnen – und stand Sir Bommi gegenüber! Bommi trug einen Bademantel und ein verblüfftes Gesicht zur Schau.

«Ich... äh... ich wollte nur...» Dann schwieg er lieber.

«Bommi, Bommi», sagte Phil, und Bommi legte eine Hand über den Hals der Sektflasche, der aus der Manteltasche lugte.

«Komm, mein ein und alles», rief Mutter Teresa. Phil sah, wie sie die Hälfte der Daunendecke in die Höhe hielt. Bommi drückte sich an Phil vorbei in den Raum. Die sonst aschgrauen Gesichtszüge des alkoholkranken Mannes glühten vor Scham.

«Erst den Mantel aus», kommandierte Mutter Teresa, als Bommi vor dem Bett stand. Er blickte Phil flehentlich an, Phil drehte sich um, und dann sagte Bommi:

«Kannst dich wieder umdrehen.»

Bommi lag links, Mutter Teresa lag rechts und Jesus in der Mitte. In diesem Moment wurde Phil Parker, der knallharte Phil

Parker von einer Rührung befallen, gegen die er sich nicht wehren konnte. Mit Tränen in den Augen sagte er erstickt: «Gute Nacht.» Dann flüchtete er aus dem Raum.

Auf der Treppe kam ihm Hannemann entgegen, und Phil fragte erschreckt:

«Hast du Ruttmann etwa...»

Hannemann blieb stehen: «K2R ist gestorben.» Er seufzte tief und ging weiter.

Phil verzichtete darauf, das Licht anzuschalten. Er entkleidete sich im Dunkeln und sprang fröstelnd unter die Decke.

«Iiiiiiiiiiiiihhhh!»

Und er stand wieder vor dem Bett. Die nicht erwartete Berührung von nacktem Fleisch brachte seinen Puls auf 180. Er war völlig fertig, aber nun kam zum Schreck die Freude. Er hatte Julia für viel zu seriös gehalten, sich nachts in ein Sanatorium zu schleichen und auf den Geliebten zu warten. Sie gab keinen Ton von sich, und Phil schlüpfte erneut unter die Decke. Phil machte die Lage des Körpers aus und schob eine Hand zwischen warme weiche Haut und Hose. Dann hielt er etwas in der Hand, dann stand er erneut vor dem Bett. Und zum Pulsrasen kam Scham. Er schaltete das Licht an, und Max greinte: «Licht aus. Ich will schlafen.» Dann drehte sich das Faß um und schlief weiter. Auf dem Tisch lagen die Papierreste einer Müslistange und eines Kokosriegels, die Phil für den Abspecker eingekauft hatte. Jetzt stand er vor dem Bett und wußte nicht, wie ihm geschah. Dann schaltete Phil das Licht aus, kroch ins Bett und knuffte das Kind auf das ihm gebührende Viertel der Bettbreite.

## 11

Zuerst warf er Max aus Bett und Zimmer. Prompt traf er dabei auf dem Flur den Dragoner. Der schnappte nach Luft und marschierte energisch von dannen. Phil Parker erklärte der Kinderärztin, was Sache war, und die Frau war so vernünftig, ihm zu glauben.

«Ist es nicht schön, wenn einem ein Kind vertraut?»

«Geht's denn gut voran?» fragte Phil.

«Fünf Pfund», sagte die Ärztin. «Das ist mehr als der Durchschnitt. Max macht uns große Freude.»

«Und Sie haben ihn auch gut unter Kontrolle? Die Freßsäcke unterhalten keinen heißen Draht zu einem Schnellimbiß?»

«Der Ort ist 20 Fußminuten entfernt. Und für kleine Kinderfüße sind es noch mehr.»

Julia Kaiserworth betrat den Essensraum. Sie kam vom Tennisspielen und sah dermaßen gut durchblutet aus, daß Phil sofort seine Wange an ihre heiße Wange legte. Die Rasenfläche wimmelte schon wieder von trainierenden Artisten. Nun hatte es auch die Bryginskaja mitgekriegt, daß das Fernsehen ins Haus stand. Die einstmals stärkste Frau der Welt war mit ihren Ende 50 eine der Juniorinnen. Ihre Gewichte entstammten der Zeit ihrer größten Erfolge, die zugleich die Zeit des Kalten Krieges gewesen war. So konnte es nicht ausbleiben, daß die Bryginskaja, die eigentlich Kraftczyck hieß, mit Granaten, Raketen, Kanonenkugeln, Panzerrohren und Munitionskisten hantierte. Sie hatte ihren Assistenten dabei, ein hurtiges Männlein, das nur aus Sehnen bestand und die Aufgabe hatte, die Gewichte bis über Kniehöhe zu wuchten. Darüber beherrschte die Bryginskaja den Luftraum, darunter machten ihre Bandscheiben nicht mehr mit.

«Wie ist es dir gestern ergangen, mein Lieber?» fragte Julia, während sie Max und die Mitsportler beobachteten.

«Ich habe viel Neues erfahren», antwortete Phil und wurde von Wort zu Wort vorsichtiger.

«Und du hängst auch keiner fixen Idee an?»
«Das weiß ich nicht. Das ist es ja, was mich kirre macht. Deshalb muß ich jetzt ein, zwei Wege gehen, und wir sehen weiter.»
«Tu das, mein Schatz. Ich muß jetzt Geld verdienen. Denk dran: Julia mag dich. Vergiß mich nicht.»
Sie strich Max über den Kopf und verließ das Sanatorium. Phil ließ sich von Iwan dem Schrecklichen bearbeiten.
«Wie geht's denn meinem Wägelchen?» erkundigte sich der Iraner.
«Sehr gut, danke. Es sagt, es hat gar nicht mehr gewußt, was es bedeutet, von einer einfühlsamen Hand gelenkt zu werden.»
Iwan lachte und gab Phils Schultermuskulatur Saures. Danach kam, was er bis zum letzten Moment verdrängt hatte. Doktor Belize empfing ihn zum Episkop-Schlucken. Angeblich konnten sie nur so feststellen, wie gut die Nähte am Schnittpunkt von Speiseröhre und Magen und die Malesche am Magenausgang verheilt waren. Phil haßte das Gefühl, den Brechreiz ignorierend bei vollem Bewußtsein einen monströsen Fremdkörper bis kurz vor Fußhöhe zu verschlucken. Zwar war Doktor Belize ein Genie im Ablenken und virtuosen Handhaben des biegsamen Schlauchs. Doch er konnte den übersensiblen Phil nicht ganz ablenken, und so wurde es am Ende genau das Gewürge, das Phil befürchtet hatte. Doktor Belize war mit dem Heilprozeß zufrieden.
Phil legte sich eine halbe Stunde aufs Bett und spürte seiner Schwäche in allen Gliedmaßen nach. Er mußte dringend in den Trainingskeller, wenigstens laufen mußte er.
«Morgen, morgen, nur nicht heute», murmelte er fröhlich und verließ das Sanatorium. In der Einfahrt kam ihm ein Leichenwagen mit Göttinger Kennzeichen entgegen.
«Was soll das denn?» fragte Phil eine Krankenschwester, die dabei war, eine Unmenge Spielkarten aus den Rabatten zu sammeln. Hier hatte «Der schnelle Finger» gewirkt, Karlchen Fischer, der aller Welt weismachen wollte, daß er weitläufig mit Dario Paini, dem Rastelli der Karten-Künstler verwandt war. Dabei wußte jeder im Sanatorium, daß der größte Künstler, der aus Karlchens Verwandtschaft hervorgegangen, ein Weltergewichtler gewesen war, der auf Jahrmärkten herumreiste und für 100 Mark mit Besuchern über eine Runde in den Ring stieg.
«Pssst», sagte die Krankenschwester und legte einen Finger auf

die Lippen. Ein übender Artist nach dem anderen entdeckte den Leichenwagen, der auf den Haupteingang zufuhr.

Schlagartig kam das Training zum Erliegen. Alle Artisten, die auf dem Rasen standen, nahmen stumm Haltung an und sahen zu, wie die beiden Insassen des Leichenwagens den Sarg ins Haupthaus trugen. Einige Schwestern und Pfleger bildeten am Eingang Spalier.

«Er hat es sich so gewünscht», teilte die Schwester mit. «K2R wollte im Sanatorium aufgebahrt werden. Begraben wird man ihn in Wernigerode. Er stammte doch aus dem Harz.» Sie schneuzte sich in eine Mullbinde und hatte danach eine Unmenge Fusseln an der Nase. Phil verließ das Gelände und knatterte mit Iwans Cabrio Richtung Baustelle.


Er fuhr trocken bis auf die Höhe von Göttingen, dann schoben sich schmutziggraue Wolken vor die Sonne. Wind kam auf und danach der Regen. Phil hielt an und begann das Duell mit dem Verdeck. Iwan hatte eine Pellerine unter dem Vordersitz liegen. Im Kofferraum fand sich ein Regenmantel und zwischen den Falten des Verdecks eine Regenhaut. Im Handschuhfach lag eine Mütze. Phil kämpfte fünf Minuten mit dem Verdeck, dann hörte der Regen auf. Er fühlte sich veralbert und setzte die Fahrt fort. 25 Kilometer weiter ging der nächste Schauer nieder. Er zog alle drei Regenhäute an, stülpte sich die Mütze über, drückte die Motorradbrille zurecht und fuhr mit 60 km/h Richtung Baustelle. Als er den Wagen auf dem Parkplatz abstellte, brummte Phil vor Aggressivität.

Lastwagen fuhren Erdreich ab, Bulldozer kurvten, und zwischen den rangierenden Fahrzeugen stand im Turnhemd Raimund Schmitt und provozierte die Kollegen mit seiner unglaublichen Fitness. Er winkte Phil zu, und Phil grüßte knapper zurück, als er vorgehabt hatte.

«Wo steckt die Trümmerfrau?» rief er Schmitt zu. Der schüttete sich aus vor Lachen und wies auf den Container. Hella Brandenburg sprach mit einem Mann in gelber Regenjacke. Als Phil durchgeregnet und vielschichtig den Fußboden volltropfte, wechselte der Gelbe mit der Brandenburg noch zwei Sätze, in denen es um «Durchschlag» ging, der in einer Woche stattfinden solle. Dann verließ er den Container.

«Das ist aber eine schöne Überraschung», freute sich Hella Brandenburg übermäßig. Phil hatte gleich wieder das Gefühl, sich nicht zu weit vom Eingang entfernen zu sollen.

«Das war der Schießmeister», sagte die Brandenburg. «Wenn der im Raum ist, wagt keiner mehr, etwas fallenzulassen. Er reagiert so was von schreckhaft auf alle Geräusche, die er nicht selber produziert...»

Sie winkte Phil ans Fenster. Der Gelbe stritt mit einem verwegen aussehenden, kleinen Mann um eine Kiste, die zu ihren Füßen stand.

«Valentino und das Dynamit», sagte die Brandenburg, «ist vielleicht ganz gut, daß er Donnerstag für fünf Tage zu seiner Valentina fahren kann.»

«Bildungsurlaub?»

«Alltag. Hier arbeiten die Männer zehn Tage und machen dann fünf Tage blau. Dafür arbeiten sie aber auch 12 Stunden.»

«Gut, gut», sagte Phil, den das alles wenig interessierte. «Ich habe nur eine Frage.»

«Die Antwort ist ja», reagierte die Brandenburg schnell. Er blickte sie überrascht an. Sie lachte mit routinierter Traurigkeit und sagte: «Wäre ja auch zu schön gewesen.» Dann setzte sie sich und goß Kaffee in zwei Becher.

«Milch und Zucker?» fragte sie, und Phil sagte:

«Seit wann und woher kennen Sie Nauke?»

Milch und Zucker waren vergessen, der Kaffee war vergessen. Sie wurde nicht direkt blaß, wirkte aber seltsam durchsichtig, und Phil Parker erlebte das befriedigende Gefühl, einen Treffer gelandet zu haben.

«Sie...» kam nun immerhin schon mal.

«Ein guter Freund?» fragte Phil und goß sich selbst Milch in den Kaffee. «Oder mehr? Ein väterlicher Geliebter?»

«Woher kennen Sie Egon?» fragte sie vorsichtig.

«Freuen wir uns lieber, daß wir ihn beide kennen, unseren Egon. War eine schöne Zeit, stimmt's?» Phil wurde von Satz zu Satz enthusiastischer. Endlich einmal erzielte er Wirkung.

«Das hätte ich nicht gedacht», sagte sie und verstummte erneut.

«Ich find's einfach schön, wie das Schicksal manchmal die richtigen Menschen zusammenspannt: der Verkehrsmann und die Tunnelfrau. Das atmet doch den gleichen Geist.»

«Würden Sie bitte gehen?» bat ihn Hella Brandenburg. Jetzt

kam er sich nicht mehr raffiniert vor, sondern nur noch gemein.

«Fehlt Ihnen was? Soll ich Ihnen einen Schnaps holen? Oder einen Arzt? So sagen Sie doch was!»

Aber sie sagte nichts mehr, sie wehrte seine fürsorgliche Hand ab und schleppte sich aus dem Container. Draußen regnete es unverdrossen, doch Hella Brandenburg schritt wie eine Schlafwandlerin durch das Wetter Richtung Container auf der gegenüberliegenden Seite der Baustelle.

«So», sagte Phil Parker gegen die Fensterscheibe, «das war das. Aber was nun?»


«Ja, was ist denn nun?» fragte zwei Stunden später der Eskimo im überheizten Wohnzimmer seiner Blockhütte. Claudia war nach Hamburg zurückgefahren, um zwei christliche Kommentare auf Band zu sprechen.

«Ein Schmankerl ist's wenigstens», sagte Phil und blickte auf die überdachte Terrasse der Nachbarhütte, wo der Lehrermann saß und die Splitter der Kaffeekanne zu einer Kaffeekanne zusammenklebte. Die Lehrerfrau saß daneben und reichte ihm abwechselnd Splitter und Klebstoff. «Vor allem zeigt es, wie klein die Welt ist. Und das ist ja eine meiner Lieblingstheorien. Wir leben alle in einem Dorf, und das Dorf heißt Welt.»

«Also ich finde, das ist bestenfalls eine Anekdote», sagte der Eskimo. «Eine alte Frau aus deinem Sanatorium hat einen Sohn, und den kennt nun wieder diese Ingenieurin, die wir getroffen haben. Ganz putzig, aber sonst?»

«Wir sind ja nebenbei einem Geheimnis auf der Spur», stellte Phil klar. «Paul Van Dykes Geheimplan und sein Raunen von Gewährsleuten im dritten und vierten Glied in der DDR.»

«Ach so.» Der Kopf des Eskimos kam in die Höhe, zeigte zum erstenmal Interesse. «Du meinst, dieser Nauke könnte...»

«Man wird ja noch fragen dürfen.»

«Aber... aber... das hat doch nichts miteinander zu tun, daß die Mutter von dem Nauke auf der einen Seite und diese Ingenieurin auf der anderen Seite... Also nein.» Der Eskimo stand auf und setzte sich auf die Heizung. «Wirklich, Phil. Die Welt ist klein, schön und gut, aber eine gewisse Rolle spielen ja auch noch solche Phänomene wie Ursache und Wirkung.»

«Eine viel größere Rolle spielen Motive wie Machtstreben, Geldgeilheit, Frauen, Männer, Sex, sieben, acht, aus.»

«Jedenfalls wäre es nicht schlecht, wenn man den mal sprechen könnte, diesen Nauke», sagte der Eskimo. «Das wäre die Krönung für die Story – immer vorausgesetzt, er hat was damit zu tun, mit dem Gesamtdeutschen.»

Phil Parker wählte die Nummer des Redakteurs bei dem Wochenmagazin, mit dem er seinerzeit befreundet gewesen war. Noch während die Freizeichen tuteten, überlegte er es sich anders, drückte die Gabel. Er rief im Sekretariat des Blattes an und jubelte der freundlichen Dame seine Stegreifgeschichte unter: Kollege von den Goslaer Nachrichten will Artikelserie über Medienmenschen schreiben, die hart am Puls der deutsch-deutschen Teilung und so weiter. Kandidat für ein Porträt: die DDR-Korrespondentin des Blattes. Bitte Dienstnummer, Privatnummer, Adresse, sonst keine weiteren Wünsche. Als er alles hatte, rief er die Korrespondentin an. Sie war nicht da, dafür eine Männerstimme, die zwar unausgeschlafen, sonst aber kooperativ wirkte. Als Phil gewunden über die Schwierigkeit von Kontakten zu DDR-Behörden schwadronierte, lachte die Stimme:

«Mann, wir haben Ende der achtziger Jahre. Hier ist mittlerweile auch das Telefon erfunden.»

«Wollen Sie damit sagen, man könne einfach anrufen bei Herrn Honecker?»

«Sie sollten ihn anrufen und nicht er Sie, dann hat er viel mehr Zeit am Telefon.»

Gut, man konnte ja drüber lachen. Ha ha, dann der andere:

«Also ob Sie den nun gerade an den Hörer... Aber in die Ministerien können Sie reintelefonieren.»

«Wenn ich also sagen wir mal ganz spontan das Verkehrsministerium anwählen wollte...»

«...dann wählen Sie einfach die Nummer...» In der DDR raschelte es, dann nannte der Freundliche die Nummer und sagte: «Hängt immer ein bißchen an der Tagesform, und in der Sekunde, wo Sie anfangen, Tabus zu verletzen, ist natürlich Essig. Aber sonst, viel Glück.»

Er plauderte noch ein wenig, machte einen Phantasietermin mit der Korrespondentin fest und ließ den Freundlichen mit seiner Freundlichkeit allein. Danach nippte er an dem Kaffee, den der Eskimo gekocht hatte und wechselte zum kalten Kamillentee von vorgestern über. Während der Eskimo eine heiße Brühe zum Warmwerden schlürfte, wählte Phil die Nummer. Er räusperte sich mehrfach und sagte: «Das geht nie gut. Der hat mich veralbert.»

«Staatsministerium der Deutschen Demokratischen Republik für Verkehrsfragen. Guten Tag.»

«Um Gottes willen.»

«Bitte sehr?»

«Guten Tag, hier Par-Mann. Könnte ich bitte Herrn Ministerialdirektor Nauke...»

Lachen in der DDR. «Darf's auch etwas weniger sein? Rat vielleicht? Wir haben hier nur einen Rat, Ministerialrat.»

«Dann den. Ja, den will ich...»

«Ministerialrat Genosse Nauke ist heute nicht im Haus. Feiert sein Wiegenfest. Ich verbinde mit der Abteilung Reichsbahn...» und eine andere Stimme sagte: «Hämmerlein, was gibt's denn?»

Das sollte Genosse Hämmerlein nie erfahren, denn Phil legte den Hörer auf. Der Eskimo stellte den Verzehr der Brühe ein.

«Ist was?»

Phil schüttelte den Kopf.

«Alle Unklarheiten beseitigt. Wahnsinn. Ich bin wirklich noch nicht wieder... Aber das wird jetzt anders.» Er wählte erneut und unterbrach die Stimme bereits nach: «Staatsmi...»

«Genosse Hämmerlein bitte.»

«Hämmerlein, was gibt's denn?»

«Mann. Sagen Sie, Genosse Hämmerlein, unser guter Egon, wo begeht er denn seinen Jubeltag? Zu Hause auf dem Balkon oder in seiner Datscha im Harz?»

«Bei uns will er nachfeiern, der alte Geizhals. Sagt er jedes Mal. Kennt man ja. Diese verhungerten Schnittchen. Hat drei Tage Urlaub genommen. Erfahrungsgemäß hält es ihn nicht in der Haupt... Hallo! Hallo? Sind Sie noch...? Arschloch.»

«Sie wollen was?»

Professor Morak vergaß vor Staunen sogar seinen Ärger über die mißglückte Flucht vor Phil Parker.

«Ich will K2R überführen.»

«Geht's Ihnen nicht gut? Haben Sie Schmerzen? Oder haben Sie...» Morak schaltete sein schmutziges Grinsen ein, «haben Sie zu viele Tabletten eingeworfen und sich um Kopf und Verstand gevö...»

«Sie sind der erste, dem ich's sagen würde.»

«O ja, bitte, tun Sie das, Philip. Die Wissenschaft ist auf freiwillige Testper...»

«Schreiben Sie mir endlich die Papiere aus?»

Morak weigerte sich, dieses Ansinnen ernst zu nehmen.

Phil verließ den Raum. Professor Morak widmete sich unverzüglich wieder seiner Patience.

«Ich helfe gewiß gern», sagte Doktor Belize zehn Minuten später.

«Dann helfen Sie!» forderte ihn Phil auf. Belize trainierte im Kraftraum für seine Försterin.

«Aber Mann, wollen Sie ernsthaft mit einer Leiche durch die Gegend fahren?»

«Nicht durch die Gegend. Durch die DDR.»

«Ihr Deutschen mit euren vielen Staaten.»

«Ist der Förster schon von Helgoland zurück?» fragte Phil, um die Atmosphäre etwas zu entspannen.

«Er hat angerufen. Die sollen da ein kleines vorgelagertes Eiland haben, auf dem nichts wächst und nichts gedeiht. Das hat seinen Ehrgeiz geweckt. Mir soll's recht sein.» Der schwarze Arzt blickte verklärt ins Nirwana, und Phil fragte:

«Wo ist hier eigentlich das Archiv?»

«Sie meinen die Buchhaltung.»

«Dann hätte ich Buchhaltung gesagt. Ich meine das Archiv.»

«Gibt's hier nicht. Allerdings gibt es einen Dachboden, den ich mir gern zur Wohnung ausbauen würde. Da stehen einige Kartons herum. Haben Sie heute schon die Zeitung gelesen? Dieser Kannibale hat sich wieder einen saftigen Snack geschnappt. Muß das fünfte oder sechste Kind sein, das der geschlachtet hat. Ich denke, ihr seid ein Kulturvolk.»

Phil trollte sich.

«Ihnen täten einige Trainingseinheiten sehr gut», rief ihm Belize hinterher.

Auf dem Weg in sein Zimmer lief ihm Rüssel über den Weg. Er hatte einen der alten Artisten an seiner Seite, der beim besten Willen nicht mehr seine frühere Kunst üben konnte: Er war Fänger am Trapez gewesen. «Darf ich dir meinen neuen Assistenten vorstellen?» Der Assi strahlte, und Phil genierte sich für Rüssel.

«Ich muß deinen Film sehen», sagte Phil.

Rüssel strahlte. «Das trifft sich gut. Ich habe zufällig eine Kassette dabei. Wenn du einen Videorecorder...»

«Wird sich finden lassen. Wie geht's voran?»

«Prächtig.» Rüssel wies zum Fenster. «Das Wetter hält sich, und wir haben endgültig grünes Licht vom Sender gekriegt. Du wirst sehen, das wird was ganz Großes.» Er lächelte versonnen und legte dem Assistenten einen Arm um die Schultern.

Phil wollte sich in seinem Zimmer nur kurz etwas Wasser ins Gesicht spritzen, als das Telefon klingelte.

«Phil, Phil! Sie waren da! Jetzt wird es ernst!»

«Langsam, langsam, Eskimo. Tief durchatmen und dann von vorn: Wer war da?»

«Ein hohes Tier von der Bahn und ein hohes Tier aus Bonn. Verkehrsministerium, behauptet er. So ein fieser Typ Marke Schäuble. Ich sage dir...»

«Haben Sie dich bedroht?»

«Nicht mit der Axt, aber mit Worten. Außerdem suchen sie dich. Sie sagten, sie hätten gehört, daß wir an dieser Geschichte sitzen. Und sie haben sich in Hamburg bei der Redaktion erkundigt, ob wir in deren Auftrag... Aber die wußten von nichts, und nun wollten sie wissen, für wen wir arbeiten. Ich habe auf geheimnisvoll getan. War das gut?»

«Ich hätte nichts Besseres gewußt. Vielleicht hätte ich mich dumm gestellt. Aber dafür muß man Begabung haben.»

«Sie haben gesagt, sie könnten nicht zulassen, daß einer Schindluder treibt mit Sachen, die zu wichtig für Schindluder wären.»

«Ist der Name Paul Van Dyke gefallen?»

«Sie haben gesagt, sie wollen wiederkommen, weil sie dich gerne kennenlernen würden.»

«Sahen sie irgendwie nach Schläger aus?»

«Auf keinen Fall. Trugen Anzug. Beide. Keine Tätowierungen.»

«Mafia? Organisiertes Verbrechen? Das sind die Gesellschaften, in die unsere Polizei nie jemanden reinschmuggeln kann, weil unsere Polizisten in ihren Anzügen immer so verkleidet aussehen.»

«Ach, Phil, frag nicht so viel. Komm lieber her.»

«Hast du Angst?»

«Wenn ich Angst habe, kann ich ja das Ehepaar von nebenan bitten, hier bei uns die Diskussion zu führen, die sie zur Zeit auf ihrer Terrasse führen. Ich kann dir sagen: Da vergeht dir alles. Außerdem kommt Claudia spätestens heute abend wieder.»

Leider erwischte Phil im Zimmer der Schwestern ausgerechnet den Dragoner. Dieses Trumm, das in seiner Jugend ein Mädchen gewesen sein mochte, bevor sie als Krankenschwester zu Geldschrankgröße und -härte mutiert war, konnte Phil noch weniger leiden als umgekehrt. Phil fragte sich lieber im Schwimmbad, dem Heizungsraum, dem Installationsraum und der Hausmeisterwohnung nach dem Hausmeister durch. Doch der war heute in Göttingen, weil seine Frau ihn neu einkleiden wollte. Schwester Karla beschaffte dann die nötigen Schlüssel, und sie fand auch den Weg über die Wendeltreppe. Das erste, was Phil auf jedem Dachboden interessierte, war der Blick aus einer Höhe, die er in dem jeweiligen Haus noch nie erlebt hatte. Schwester Karla hustete im Hintergrund, und Phil dankte: «Ich erkläre Sie hiermit zur verdienten Krankenschwester des Volkes.»

«Das fehlt noch», sagte Karla lachend. «Ein Orden. Da soll bloß einer kommen mit einem Orden. Dem hau ich ein Klistier rein, daß der sich den Orden hinten reinsteckt, um die Soße zu stoppen. Ein Orden.»

Sie stieg lachend die Treppe hinunter, und Phil dankte ihr im stillen für ihre Fähigkeit, keine Fragen zu stellen.

Der erste Karton zerfiel unter seinen Händen in diverse Schichten und enthielt Personalakten aus dem Jahre 1940. Ärzte, Pfleger, Schwestern; Patienten aus Norddeutschland, Ruhrgebiet, Mecklenburg, und schon damals hatten sie Erkrankungen der Atemwege kuriert und Stoffwechselleiden behandelt. Der letzte Ordner war auf 1941 datiert. Karton Numero zwei war eine Enttäuschung: 1928 bis 1930. Phil brachte erst einmal die Kartons in eine Ordnung und hatte nach einer staubigen Viertelstunde die Jahre 1924 bis 1948 aufgereiht vor sich stehen.

Den Sanatoriumsakten war der Krieg lange nicht anzusehen. Dann häuften sich Kurende, denen Gliedmaßen für den Führer abgeschossen worden waren. Dann war das Sanatorium Reservelazarett, und es hatte sich ausgekurt. Jetzt ging es hier ums Überleben, und da waren auch die Akten mit den Namen der Kriegsgefangenen, Deportierten, KZ-Häftlingen. Ost, P und F – Ostarbeiter aus Rußland und der Ukraine, aus Polen und Frankreich.

Er wollte die Kriegsjahre und vielleicht noch 1946 durchsehen. Ordnungskriterium war der Tag der Einlieferung. Die Soldaten mit ihren abstrusen Rangabkürzungen und ihren monströsen Verletzungen; Schatten, die noch einmal frische Luft tanken sollten, bevor Spätschäden und geschwächte Konstitution sie dahinrafften. Das Sanatorium mußte absurd überfüllt gewesen sein. 1944 lagen hier mehr als doppelt so viele Menschen wie Ende der dreißiger Jahre. Dann blätterte er den April 1945 durch. Heute war der Tag, an dem alles schiefging oder alles klappte. Dennoch veranlaßte ihn der doppelte Namenshieb, sich, ohne hinzusehen, auf den nächsten Karton zu setzen. Der gab pfeifend nach, aber die Ordner im Innern stabilisierten ihn.

«Eduard Klettenberg» und vier oder sechs Namen weiter «Wolf Brandenburg». Obwohl in diesen Apriltagen des Jahres 1945 hinter vielen Namen schon gar nicht mehr der Grund der Einlieferung stand, hinter Brandenburg und Klettenberg stand er: Verkehrsunfall, zweimal Verkehrsunfall.


«Hallo, Meister», erklang es hinter Phil Parker, als er im Begriff war, auf dem Sanatoriumsparkplatz in den Peugeot zu springen.

«Ich grüße die Ordnungsmacht. Nett, daß Sie so lange meinen Wagen bewacht haben.»

Wojcicki trat an den Peugeot heran, prüfte hier, trat dort gegen.

«Eine nur halbwegs intensive Untersuchung, und das Gefährt ist aus dem Verkehr gezogen.»

«Gnade», sagte Phil in gespieltem Entsetzen. «Wo steckt Ihre mobile Hämorrhoide?»

«Spricht mit der Zimmerwirtin, bei der Winkelmann sich eingemietet hatte. 18 Mark mit Frühstück.»

«O Gott», sagte Phil. «Daß es soweit mit ihm kommen mußte. Winkelmann war ein Erstes-Haus-am-Platz-Journalist. Bevor Winkelmann Aufträge annahm, hat er erst die diversen Hotel- und Restaurantführer gewälzt und gegebenenfalls den Auftrag abgelehnt.»

«Glauben Sie im Ernst, daß der Kerl nur wegen Ihnen hergekommen ist?»

«Er hat eine Story gewittert. Ich habe ihn vor einigen Tagen in Hamburg besucht.»

«Sieh an. Die Heimat hatte Sie wieder, und die Heimat hat es nicht gemerkt. Winkelmann hatte ein paar Schmierzettel auf dem Nachttisch liegen, darunter die Adresse Ihres Erholungsheims. Wußte er die Adresse von Ihnen?»

«Nicht daß ich wüßte. Nein.»

«Außerdem haben wir erste Ergebnisse der Untersuchung seiner Wohnung in Hamburg. Wir mußten leider erst vier Miezekatzen einschläfern, bevor die Spurensicherer sich reintrauten.»

«Früher war Feigheit nicht unbedingt ein Einstellungshindernis bei der Polizei. Mittlerweile scheint sie Einstellungsvoraussetzung zu sein, was?»

«Schmitt zum Beispiel hat nie Angst.»

«Ich sprach von Wesen, die sich im Besitz eines Großhirns plus Kleinhirns befinden.» Wojcicki schmunzelte. «Vielleicht stand Winkelmann unter Strom», mutmaßte Phil. «Vielleicht war er nicht nur dun wie gewöhnlich, sondern nahm Rauschgift und Tabletten, damit er den Alkohol besser vertrug.»

«Das wäre ein Hinweis», stimmte Wojcicki zu. «Die Gerichtsmedizin in Göttingen obduziert in diesen Minuten. Allerdings wird sie uns auch keine Antwort auf die Frage geben können, wie der Mann dazu kommt, sich auf ein Fahrrad zu setzen und diese Abfahrt in Angriff zu nehmen. Ich meine, das sehe ich doch, wenn ich oben auf der Kippe stehe, wie steil das bergab geht.»

«Post für Herrn Mann!» rief in dieser Sekunde ein Pfleger vom Haupthaus. Phil war nie freundlich zu dem Mann gewesen, dennoch ließ der es sich nicht nehmen, ihm entgegenzukommen und den Umschlag in die Hand zu drücken. Keine Briefmarke, und Phil spürte durch den Umschlag, daß er Fotografien enthielt. Er kannte schon den Rest, riß den Umschlag trotzdem auf, zog ein Foto halb heraus und steckte es wieder hinein.

«Familienfeier?» wollte der Kommissar wissen.

«So ungefähr», knurrte Phil. Oben lag das Foto, das ihn und Nicht-Olga kongenial zusammenspielend beim Überstreifen des Gummis auf dem Lada-Rücksitz zeigte. Van Dykes Fotograf hatte beim Zusehen nicht das Zittern gekriegt.

Interessiert sah Wojcicki zu, wie Phil eine Tablette aus der Einschweißung drückte und hinunterschluckte.

Der Eskimo saß auf der Heizung, draußen schien die Sonne. «Du hast nicht das Gefühl, daß du eine Winzigkeit übertreibst?» fragte Phil giftig. Der Eskimo blickte ihn erstaunt an und wollte gleich wieder sein Attest aus der Tasche ziehen, in dem ihm ein Arzt bestätigt hatte, daß seine Durchblutung in Händen und Füßen aus unbekannten Gründen praktisch nicht stattfand.

«Laß stecken», forderte ihn Phil auf und ließ sich aufs Sofa fallen.

«Hast du was?» fragte der Eskimo, der für seelische Klimaveränderungen eine feine Antenne besaß.

«Haben die Anzüge gesagt, wo man sie erreichen kann?»

«Haben sie nicht.»

Phil schnappte das Telefon, fluchte über die zu kurze Schnur und rief die Baustelle an. Ein Mann nichtdeutscher Muttersprache, der zudem schlecht hörte, war dran und rief nach Hin und Her die Ingenieurin ans Gerät.

«Mann hier. Ich habe doch noch eine Frage.»

«Fragen Sie», kam es tonlos.

«Dieser sympathische alte Herr, mit dem Sie mich vor einigen Tagen beglückt haben, wo ist der eigentlich geblieben?»

«Eduard?»

«Fragen wollte ganz gerne ich. Wenn Sie vielleicht so nett wären und sich aufs Beantworten konzen...»

«Ja, ich weiß nicht», kam es zögernd.

«Was wissen Sie nicht, verdammt noch mal?»

«Ich hatte Besuch.»

«Sieh mal an. Ich auch. Wer war's denn bei Ihnen? Ein Erbonkel?»

«Zwei Herren. Sie kamen aus Frankfurt und Bonn», sagte Hella Brandenburg. Im Hintergrund war in ihrem Container jemand am Wispern. «Sie haben sich erkundigt, ob ich in der letzten Zeit Kontakt mit Journalisten hatte. Mit angeblichen Journalisten... verstehen Sie?»

«Sie wollen damit andeuten, daß Sie mir nicht mehr trauen.»

«Wer schickt Sie?»

«Mich schickt keiner. Ich komme immer allein.»

«So? Nun jedenfalls, die Herren...»

«Nur immer frei raus. Die Herren haben gesagt, ich sei ein Spion, ein Feind, ein Terro...»

«Ich persönlich glaube das ja auch nicht. Aber die Her...»
«Haben die eigentlich auch Namen?»
«Wieso? Sicher haben die Namen.»
«Haben sie die auch genannt?»
«Also ich weiß wirklich nicht, was das jetzt...»
«Gut», sagte Phil genervt, «lassen wir das. Ihr Herr Vater hörte doch auf den schönen Vornamen Wolf?»
«Wieso?»
«Wolf Brandenburg. Was für ein Malheur ist Ihrem Vater im April 1945 im Harz widerfahren?»

Die Brandenburg schluckte, daß der Knorpel knackte. «Wieso? Was soll er...»

«Wo ist Klettenberg?»
«Im Hotel *Maritim* in...»
«... Braunlage. Ist mir bekannt. Wo liegt Egons Datscha?»

Sie brach akustisch fast zusammen. «Egons... Ja, also, ich denke bei Stolberg. Zwei Kilometer von Stol...»

«Schick einsam im Wald?»
«Ja. Wieso?»

«Ich hatte das im Urin, daß unsere Brüder und Schwestern Volksvertreter im Urlaub mal so richtig vom Volk ausspannen wollen.»

«Egon war nie... Egon hat nie... Ach Egon.»
«Nun zurück zu dem Unfall.»

Das Wispern im Container nahm an Intensität zu.

«Was ist?» fragte Phil gereizt. «Hat Ihr Souffleur Atembeschwerden?» Ihn wurmte, daß er nicht wußte, was im Container passierte. Er donnerte den Telefonhörer auf die Gabel.

«Was hast du bloß?» erkundigte sich der Eskimo. «So kriegst du nie was aus den Leuten raus.»

«Sag bloß», blaffte ihn Phil an und ließ sich aufs Sofa fallen.

«Das dehnt sich und reckt sich und streckt sich. Ich habe meine wohlgeformte Nase ursprünglich mal in die Geschichte reingesteckt, weil ich mehr erfahren wollte. Jetzt erfahre ich eine Information nach der anderen und weiß jede Stunde weniger. Das ertrage ich ganz schlecht.» Er sprang auf und raffte seine Klamotten zusammen.

Eduard Klettenberg nahm gerade ein Sonnenbad.

«Sie müssen entschuldigen, meine Herren», sagte er, «aber ich fühle mich ohne Sonne einfach nicht wohl.»

«Ziehen Sie in Ruhe Ihr Programm durch», sagte Phil Parker und stellte den Eskimo vor. Der rückte dicht an das warme Bräunungsgerät heran. «Ich habe auch nur eine winzige Frage», sagte Phil und bewunderte Klettenbergs straffen nackten Oberkörper.

«Fragen Sie, fragen Sie», forderte Klettenberg ihn auf.

«Wir sprachen seinerzeit darüber, daß Sie mit dem Vater von Frau Brandenburg bekannt sind beziehungsweise waren.»

«*Sind* ist richtig. Mir ist Wolf durchaus präsent. Wann ist denn ein Mensch wirklich tot? Doch erst dann, wenn wir anfangen, ihn zu vergessen.»

Der Eskimo strahlte, weil er unerwartet an ein neues Schmankerl für Claudias Christentum-Verwurstung gekommen war.

«Was haben Sie im Frühjahr 1945 im Harz gesucht?»

Klettenberg griff an die Vorderseite der Höhensonne, schaltete das Gerät aus und nahm die schwarze Brille ab.

«Junger Mann, das ist 40 Jahre her.»

«Das ist sogar noch länger her.»

«Darf ich erfahren, wie Sie auf die Frage kommen?»

«Nein, das dürfen Sie nicht wissen», brüllte Phil.

«Darf ich Sie bitten...» sagte Klettenberg, und der Eskimo reichte ihm den Pullover, der auf dem Sofa lag. Klettenberg streifte ihn über, strich mit beiden Händen die Haare nach hinten:

«Darf ich Ihnen etwas bringen lassen? Ein Glas Bier?»

«Danke nein, ich bin Rekonvaleszent.»

«So sehen Sie aber gar nicht aus, Herr Mann.»

Phil dachte über die Betonung des Satzes nach, aber der «Mann» war ihm ohne Anführungsstriche über die Lippen gekommen.

«Sie haben nicht zufällig vor einer Viertelstunde einen Anruf von Frau Brandenburg erhalten?» fragte Phil.

Klettenberg schaute ihn verwundert an. «War nur so ein Gedanke», murmelte Phil.

Dann begann Klettenberg: «Ich habe ja schon Gelegenheit gehabt, Ihnen zu sagen, in welchem Gewerbe ich tätig bin.»

«Da waren Sie aber nicht schon 45 tätig.»

«Damals herrschte hier, Sie haben das nicht mehr erleben müssen, das Chaos.»

«Kamen Sie aus Berlin?»

«Nein, aus Thüringen. Warum aus Berlin? Wolf und ich... Also mit einem Wort: Wir haben mit dem Wagen einen Unfall gebaut, wir waren beide nicht ganz nüchtern. Um ehrlich zu sein: Wir waren stinkbesoffen. Kartoffelschnaps. Selbstgebrannt.»

«Sie haben also einen Unfall gebaut.»

«Wenn Sie's genau wissen wollen: mit einem Kübelwagen, der zudem noch gestohlen war. Ich lasse mir jetzt doch ein Bierchen kommen. Möchte einer der Herren mithalten?»

Der Eskimo nickte. Phil bestellte Saft.

«Eine verspätete Jugendsünde also», sagte Phil. «Und in welchem Krankenhaus...?»

«In Ihrem Sanatorium. Das war damals ein Lazarett.»

«Hatten Sie einen, äh, Unfallgegner?»

«Unser Gegner war, wenn Sie so wollen, der Kartoffelschnaps. Hatte bestimmt seine 60, 65 Prozent.»

«Sonst niemand beteiligt an dem Unfall?»

Der Zimmerkellner schwebte herein und verteilte die Getränke. Man plauderte über den Harz und seine Schönheiten. Nach 10 Sekunden merkte der Kellner, daß man seinetwegen schwadronierte. Er bedachte die Männer mit einem Blick übelster Verachtung.

«Zum Wohl», sagte Klettenberg. Alle tranken.

«Woher beziehen Sie Ihre mich ja doch überraschenden Kenntnisse?» fragte Klettenberg.

«Ich habe im Sanatorium eine betagte Dame getroffen. Die erinnert sich an Sie, ob Sie's glauben oder nicht.»

«Ich muß gestehen, der Glaube fällt mir schwer. Wo, sagten Sie, ist die Dame beschäftigt?»

«In der Wäscherei. Hat sich geweigert, in den Ruhestand zu treten. Ist das nicht rührend?»

«Rührend, fürwahr», murmelte Klettenberg und forschte in Phils Gesicht. «Und die Dame will sich auch an Wolf erinnern?»

«Sie sagt, ihr war so, als wenn ein zweiter Mann im Spiel gewesen wäre. Aber dominierend in ihrem Kopf sind Sie, Herr Klettenberg. Das muß an Ihrer Art liegen.»

«Dabei war ich in der ersten Zeit ruhiggestellt. Ich hatte eine Gehirnerschütterung davongetragen, und jede Bewegung des Kopfes verursachte mir schreckliche Übelkeit. Wolf hatte sich beide Arme gebrochen.»

Klettenberg leerte sein Bierglas und schwieg. Phil stand auf, der Eskimo stand auf. Klettenberg erhob sich dann auch, und bevor sie das Schweigen im Stehen fortsetzen konnten, sagte Phil:

«Entschuldigen Sie die Störung. Ich hätte gar nicht kommen sollen bei so einer Kleinigkeit. Aber wo ich Sie nun schon mal kennengelernt...»

«Es war mir eine Freude», sagte Klettenberg und war nun wieder ganz der Souverän.

«Hat Ihnen Frau Brandenburg eigentlich erzählt, daß sie Besuch bekommen hat?» fragte Phil an der Zimmertür.

Klettenberg erstarrte kaum merklich. «Wo bin ich hier gelandet? Ich habe die Vereinigten Staaten verlassen, um etwas auszuspannen. Was wollten die beiden Männer von ihr?»

Phil und der Eskimo wechselten einen Blick des Triumphes.


Phil Parker setzte den Eskimo an der Hütte ab. Er wollte, auf der Heizung sitzend, seine Claudia erwarten und mit ihr beratschlagen, ob sie nach Hamburg zurückkehren sollten. Phil fuhr ins Sanatorium, erbettelte in der Küche etwas Eßbares und paßte auf, daß er nicht Max über den Weg lief. Aber Max saß bereits auf Phils Bett.

«Woher hast du Lump meinen Zimmerschlüssel?» bellte Phil. Max war hochgradig nervös. Ständig rollte er eine Bauchfettrolle zwischen Daumen und Zeigefinger hin und her. «Ich habe der Schwester gesagt, du hättest gesagt, ich darf das», sagte er und rückte den Schlüssel raus. Dafür bekam er im Tausch einen Popcorn-Riegel.

Max wollte Phil umarmen. Der konnte sich gerade noch in Sicherheit bringen. «Julia sagt auch, du bist der netteste Mann, den sie in der letzten Zeit kennengelernt hat.»

«So, so. Kennst du die früheren Männer von Julia?»

Max kaute.

«He! Ich habe dich was gefragt.»

«Fragen kostet nichts. Aber Antwort kostet was.»

«Wieviel?»

«Über wie viele Männer willst du was erfahren?»

«Über den letzten. Nein, warte. Über den letzten, über deinen Vater und über alle Männer dahinter und dazwischen. Hast du ein gutes Gedächtnis?»

Max wischte sich die Mundwinkel und leckte den Handrücken ab. «Wenn ich etwas Süßes esse, kann ich mich ganz toll erinnern.»

Phil machte mit dem Erpresser den Deal für morgen abend klar. Max hielt den Türdrücker in der Hand, da sagte er noch:

«Ich habe schon wieder ein Pfund abgenommen.»

Phil legte sich aufs Bett und rückte an den Rand, damit Julia – wenn es ihr einfallen sollte zu kommen – Platz fände. Sein Magen rumorte. Er atmete tief und langsam, flach und schnell, drehte sich auf die Seite. Dann wurde es besser. Schläfrigkeit kam, Gesichter huschten vorüber, und Phil brauchte einige Sekunden, bis er merkte, daß Rüssels Visage real war.

«Ich wollte nicht stören», behauptete der Filmer. «Ich habe dir die Kassette auf den Tisch gelegt. Ich arbeite in Zukunft nur noch mit Grandmas und Grandpas. Die sind ja so was von dankbar. Weiterschlafen.»

Phil machte sich auf die Suche nach einem Recorder. Iwan der Schreckliche hatte so ein Gerät in seinem Appartement stehen. Er gab Phil ohne Sperenzien die Schlüssel, und Phil warf dafür auch kaum einen Blick auf Iwans Kassettensammlung. Einige Darsteller auf den Lables der Pornokassetten hatten erhebliche Ähnlichkeit mit dem Masseur. Der Schatz des Priamos war für Rüssels Verhältnisse ein guter Film. Becher, Ringe, Diademe, Armreife, Beile, Bänder, Vasen, Gold, Silber, Bronze, Perlen, Lapislazuli und eine virile Männerstimme im Off, Heinrich Schliemann zitierend: «Da ich alle vorgenannten Gegenstände, einen viereckigen Haufen bildend, zusammen oder ineinanderverpackt auf der Ringmauer fand, so scheint es gewiß, daß sie in einer hölzernen Kiste lagen, wie solche in der Ilias im Palast des Priamos erwähnt werden.»

Ein Museumsmann aus Berlin, der den Schatz nicht mehr vergessen kann; der Krieg, der sich Berlin greift; die Auslagerung von Schätzen aus tausendjährigen Reichen, Kultur gegen Faschismus und Rüssels nöliges Organ, sich in Mutmaßungen über den Weg des Schatzes nach 1945 ergehend: «Ist etwas Traurigeres vorstellbar als der Schatz des Priamos, hinter dicken Betonmauern, geschützt vor Atomkrieg und menschlichen Blicken im Keller eines texanischen Multimillionärs, der zweimal im Jahr in den Tresor steigt und sich bei einem Glas Rotwein ein Viertelstündchen die

Kostbarkeiten zu Gemüte führt? Es wurde ja nicht nur ein Berliner Museum geschädigt. Die Welt ist bestohlen worden.»

«Gut gemacht, Rüssel», murmelte Phil und schob nach der Kassette eine zweite Kassette ein. Der Porno regte ihn unheimlich auf, aber Iwan der Schreckliche wirkte nicht mit. Raus bei Iwan, rein in Dr. Belizes Büro. Schublade eins: ein sauberer Totenschein für K2R, bürgerlicher Name, Todesursache und platsch! der Stempel. Unterschrift Dr. Krickelkrackel. Phil nahm den Schein an sich und zog aus unerfindlichen Gründen die zweite Schublade auf: ein sauberer Totenschein für K2R, bürgerlicher Name, Todesursache, Stempel. Lachend zog Phil die restlichen Schubladen auf: Totenscheine, Totenscheine, Totenscheine satt. Dann trat er den schweren Weg in die Verwaltung an. Juckoff, der Paragraphenhengst, von dem keiner den Vornamen kannte, faltete erwartungsvoll die Hände.

«Tach, Herr Juckoff.»

Er nickte huldvoll. «Was kann ich für Sie tun?» Es klang wie: *Was kann ich für Sie nicht tun?*

«Unser K2R ist ja nun verschieden», begann Phil.

Juckoff legte Betroffenheit auf.

«Ich finde es rührend, daß er in Heimaterde begraben werden will», fuhr Phil fort. «Da gibt es ja nun manchen Schriftkram zu erledigen.»

«Mich muß niemand über meine Pflichten...»

«Das muß schnell gehen.»

«Bitte?»

«Sie müßten die nötigen Papiere, vor allem die grenzüberschreitenden Begleitpapiere in beschleunigter Arbeitsweise fertigstellen.»

Juckoff verstand nur Bahnhof. «Aber...»

«Es ist der Wunsch der Chefs.»

«Des Chefs», Juckoff keuchte unwillkürlich.

«Sie wissen doch, daß das Fernsehen auf dem Gelände ist.»

«Natürlich. Sind ganz heiß auf die alten Daddys. Anstatt daß sie sich mal um uns Leute hinter den Kulis...»

«Mein Reden. Jedenfalls wünscht der Chef, daß der Sarg mit dem armen K2R runterkommt vom Gelände. Ich habe zuverlässige Informationen, daß die Fernsehheinis eine Art... eine Art schwarze Artisten-Messe vorhaben. Wissen Sie, was das bedeutet?»

Juckoff schüttelte den Kopf.

«Seien Sie froh», sagte Phil. «Es ist wenig appetitlich. Auf schnellstem Wege weg mit K2R Richtung Heimat. Professor Morak wird so frei sein und mich in einer Stunde erneut zu Ihnen schicken. Glauben Sie, daß Sie ausnahmsweise...?»

Juckoff hatte bereits den Telefonhörer abgenommen. Phil verließ das Büro.


Der Himmel bezog sich, und ohne daß es zu regnen oder stürmen angefangen hätte, wurde es plötzlich kalt. Alles Liebliche des Frühlings wich der anderen Seite des April. Phil beobachtete vom Flurfenster, wie die übenden Artisten vom Rasen ins Haus strebten.

Er klopfte bei Sir Bommi. Bommi mußte erst die Fliegen einsperren, bevor er öffnen konnte. Der alte Artist stank nach Bommerlunder, daß es Phil den Atem verschlug.

«Diese ständigen Wetterumschwünge sind Gift für die Tiere», sagte Bommi. «Kein ruhiges Arbeiten möglich. Der nette Herr Rüssel will extra für mich ein Vergrößerungsobjektiv einfliegen lassen, damit er meine Nummer perfekt aufs Bild kriegt.»

Phil sah zu, wie Bommi zwei Fliegen ins Geschirr legte und sie dabei halb zerquetschte. Zwischendurch nahm er einen Schluck aus der Flasche.

«Vertu dich bloß nicht», sagte Phil, als er die zweite Flasche in der anderen Tasche bemerkte.

Bommi zog die zweite Flasche heraus: «Vier Stück Neuzugänge.» Phil guckte genau hin, aber er sah nur eine einzige Fliege.

Plötzlich erklang es hinter ihm: «Siehst du, Jessie, so sieht ein Künstler aus, der auf den Musenkuß wartet. Teresa wird ihm einen Kuß geben, dann wird er Teresa das Gedicht widmen.» Phil hielt die Wange hin, und Mutter Teresa drückte ihm ein Mordsding auf. Dann sollte Jesus einen Holzkuß abladen, aber da trat Sir Bommi heran, und die Greisin flog an seine Brust.

Im Sanatorium lebten genügend alte Menschen, um einen eigenen Raum für die Aufbahrung der Verschiedenen einzurichten. Zwei Immergrün im Kübel, zwei schmucklose Leuchter mit Kerzen und vier Stühle um das Bett, auf dem K2R mit gefalteten Händen und leerem Gesicht lag.

«Hallo, K2R, alter Recke», sagte Phil, legte eine Hand auf K2Rs Hände, setzte sich dann auf den Stuhl. So saß er da und hörte dem Knistern der Kerzen zu. Die Geräusche des Sanatoriumsbetriebs weit im Hintergrund.

«An deinem Humor haben sich die Geister geschieden», sagte Phil leise. «Auf diesen Sketch bist du nie gekommen. Du wirst eine Hauptrolle spielen. Du hast nicht genug Hauptrollen gehabt in deinem Leben.»


20 Minuten später stand Phil Parker im Büro von Juckoff.

«Ich hab's zusammen», sagte der Angestellte wichtig. «Ich war persönlich auf der Gemeinde in Andreasberg. So was funktioniert nur, wenn man die richtigen Leute kennt.»

«Deshalb sitzen Sie ja auf diesem Stuhl», sagte Phil, «und nicht irgendein hergelaufener, humorloser, neunmalkluger Bürokrat.»

Zwar brachte diese exakte Schilderung seiner Fähigkeiten Juckoff ein wenig ins Schleudern, aber der Eifer überwog. Er händigte Phil die Formulare aus.

«Herr Juckoff, meinen Respekt vor dieser feinen Leistung.»

«Nicht wahr, nicht wahr», sagte Juckoff mit cremiger Stimme. «Das schafft nicht je...»

«Fühlen Sie sich gut?»

Juckoff zog sich sofort ein Stückchen zurück. «Ja?»

«Sie sind sicher Manns genug, mir bei der Ins-Auto-Schaffung unseres lieben K2R zur Hand zu gehen.»

Juckoff griff zum Höhenverstellknopf seines Stuhls. Der Mann wurde pfeifend kleiner und kleiner.

«Muß denn die Überführung heute...»

«Wie lange soll unser lieber K2R denn noch die kalte Luft eines fremden Landes atmen müssen?»

«Aber der at...»

«Pfui», sagte Phil. «Wollen wir uns in biologischen Spitzfindigkeiten ergehen?»

«Nein, nein», haspelte Juckoff.

«Wo ist dann das Problem? Haben Sie etwa Angst?»

Juckoff lockerte den Hemdkragen: «Und Herr Professor Morak segnet das ab? Herr Professor Morak steht dafür gerade, falls...»

«Ich warte, Herr Juckoff, aber ich warte nicht mehr lange.»

Juckoff begann, Stempel, Formularsätze und Schreibgeräte wegzuschließen. Dann stand er vor Phil, trocknete sich die Handflächen an seiner Trevirahose, schluckte und sagte:

«Ich bin bereit.»

Der Sarg stand im Nebenraum, eine echte Besenkammer, die nach Schuhwichse stank. Juckoff hatte Mühe, den Sarg anzufassen.

«Wir können natürlich auch die Leiche rübertragen», schlug Phil vor, und Juckoff trug den Sarg praktisch allein nach nebenan. Jetzt wirkte sich segensreich aus, daß sie als Aufbahrungsraum ein Zimmer am Kopfende des Flurs gewählt hatten. Hier herrschte kein Durchgangsverkehr, und die alten Artisten, die vorbeikamen, um dem Toten die letzte Ehre zu erweisen, schluckten Phils Reden von der dringend notwendigen «Umlegung» ohne Nachfrage. Zwei Minuten später lag die Leiche im Sarg. Im gleichen Moment prasselte der Schauer los, der sich in der letzten halben Stunde aufgebaut hatte. Juckoff faßte das Fußende, dann ging es über die Treppen des hinteren Aufgangs ins Erdgeschoß.

«Guten Tag, die Herrn», säuselte der schwarzgekleidete Mann und stieß sich vom Leichenwagen ab. Juckoff brach fast zusammen, und Phil sagte schnell:

«Danke, Herr Juckoff, man wird sich an der richtigen Stelle zu gegebener Zeit an Ihre Mitwirkung erinnern.»

«Das wäre schön», sagte Juckoff schwach und verschwand eilig. Der Leichenfahrer öffnete die Hecktüren, und sie stellten K2R hinein.

«Es ist ein außergewöhnlicher Wunsch», sagte der Leichenmann. Sein Blick sollte wohl durchdringend wirken.

«Wir danken Ihrem Haus von Herzen, daß es sich diesem besonderen Wunsch nicht verschließt», sagte Phil und dachte voller Wehmut an den Scheck, den der Eskimo in der Zwischenzeit für die schwarzen Geldhaie ausgeschrieben haben mußte. «Es ist ein nicht alltäglicher Fall von Familienzusammenführung.» Sie mußten zur Seite treten, weil nach dem Ende des Platzregens aus allen Türen Artisten auf den Rasen stürzten, um das Training fortzusetzen. Aber der Boden war rutschig, und es kam zu Karambolagen und Stürzen.

«Ist ja unglaublich», staunte der Leichenmann. Kaum war er mal nicht mit schluchzenden Hinterbliebenen konfrontiert, gab er seiner Mimik Zucker, grinste, lachte, machte böse Bemerkungen, wirkte regelrecht ausgelassen. Dafür beklagte er sich nicht, daß er nun kein Auto mehr hatte.

«Kein Taxi», wehrte der Leichenmann ab. «In unserer Profession sehnt man sich nach frischer Luft.»

Phil traf Mutter Teresa beim Ölen von Jessies Gelenken an.

«Pack deine Siebensachen zusammen», rief Phil. «Denk an deine Medikamente. Feinmachen kannst du dich im Auto. Pack sicherheitshalber was für die Nacht ein. Den Paß nicht vergessen, und wenn zehnmal Nauke drinsteht. Hast du mich verstanden?»

Teresa und der nackte Herr starrten Phil an. Dann fragte sie erwartungsvoll: «Action?»

Mutter Teresa füllte zügig eine Reisetasche. Besorgt beobachtete Phil die klapprige Gestalt der alten Frau. Er erkannte die Verantwortung, die er übernahm.

«Und dann noch mit einem schmucken Jüngling», jubelte Teresa. «Bommi sagt immer, ich könnte keinen Mann unter 60 mehr aufregen.» Dann stand sie vor dem Leichenwagen, schwieg abrupt und stieg zögernd ein. Am Eingang begegneten sie einer Bewegungstherapeutin und dem Dragoner. Beide verharrten angesichts des Leichenwagens in Habtachtstellung, und Phil schlug beide Sonnenblenden herunter. Erst drehte sich Mutter Teresa um, dann der Herr.

«Ein Sarg», sagte Jesus. «Wenn der Künstler nicht mit dem Leben warm wird, zieht er den Tod vor.»

«Wir haben K2R an Bord», sagte Phil. Mutter Teresa schlug die freie Hand vor den Mund. «Wir überführen ihn nach Wernigerode.»

Das Siebertal hinunter nach Herzberg, von dort die Bundesstraßen 27 und 247, Göttingen rechts liegenlassend, fuhren sie nach Duderstadt.

«Wie kommen wir da hin?» fragte Teresa verzagt. «Die Grenze, die Soldaten. Jesus ist kugelfest. Aber ich bin außer Übung. Das Abfangen von Kugeln ist eine der schwersten...»

«Kleiner Grenzverkehr», sagte Phil. «Das ist nach deiner Zeit gekommen. Duderstadt-Worbis, eine fast christliche Art, Grenzen zu überqueren.»

Sie trugen diese Hemden mit dem Gummiband unten, an dem Phil mit betrunkenem Kopf einst im Transitzug zu ziehen gewagt hatte. Phil reichte die Papiere raus, das Grenzorgan studierte. Ein Duo stieß zu dem Lesenden, umrundete den Leichenwagen. Dann bat der Wortführer um Öffnung der Heckklappe. Phil, der sich in Bommis Anzug immer noch wie verkleidet vorkam, öffnete und sagte: «Der Verblichene hatte am Ende zwei Wünsche: daß es ohne Schmerzen gehen möge und daß in Wernigerode ein Plätzchen frei sein möge.»

«Wenn sie tot sind, werden sie melancholisch», kommentierte der Wortführer.

«Der Verblichene war stets ein Fan des Arbeiter- und Bau...»
Dann entdeckten sie Mutter Teresa.
«Die Schwester des Verblichenen», dolmetschte Phil.
«Hat die Dame einen Hau, ich meine...?»
«Es wurde deutlich, was Sie meinen, Herr Oberleutnant. Hast du einen Hau, Teresa?»

Der Herr vibrierte vor Empörung: «Sag diesem Holzkopf, er soll Respekt zeigen vor einer Frau, die seine ältere Schwester sein könnte.»

Das Grenzorgan trainierte seine Kieferknochen, und die untergebenen Organe blickten hartnäckig auf einen Punkt unterhalb der tiefhängenden Wolkendecke. Phil nahm den Malmer zur Seite:
«Sehen Sie nicht, wie tief der Schock bei der Frau sitzt? Sie glaubt, die Puppe sei der Verblichene.»

«Ich will weiterfahren», rief Mutter Teresa. «Fahrn, fahrn, fahrn auf der Autobahn. Und alle Trabbis in den Graben drücken!»

«Ich muß Sie bitten, den Sarg zu öffnen.»

Unter den Augen von mittlerweile acht oder neun Gummizügen quälte sich Phil mit den Schlössern ab. Dann hob er den Deckel in die Höhe. Das oberste Organ ließ es sich nicht nehmen, zwischen Kissen und Sargwand zu greifen. Dann salutierte er knapp:

«Gute Weiterfahrt.»

Phil streichelte erst dem Herrn, dann Teresa über die Hand.
«War ich gut?» jieperte sie. «War ich sensationell?»
«Etwas weniger wäre mehr gewesen.»
Dann meldete sich der Herr zu Wort:
«Ich will dir verzeihen, was du vorhin über mich erzählt hast. Aber reiß dich zusammen.»

Phil versprach's und bog hinter Worbis auf die Straße 35. Er konnte Teresa über Nordhausen hinaus bei Laune halten. Dann kamen sie nach Stolberg, und er beschränkte sich darauf, sie zu beobachten. Doch sie freute sich über die Autofahrt, redete mit allen Anwesenden, einschließlich K2R. Phil versuchte, die Angaben von Hella Brandenburg zu befolgen. Aber gleich nach Stolberg wurde er unsicher, wendete und hielt einen Einheimischen auf dem Fahrrad an. Der Mann nahm sofort die Mütze ab.

«Sagen Sie, gibt es hier in der Nähe eine Wochenendhaus-Siedlung?»

Der Mann lachte: «Wir haben eine Schrebergartenkolonie.»

«Keine Wochenendgäste?»

«Wir sind ja weit weg vom Schuß. Die Berliner und Dresdner und Leipziger... Suchen Sie wen Bestimmtes?»

Nun mußte es sein: «Ich suche das Haus von Egon Nauke.»

Mutter Teresa fing an, schrill zu pfeifen, und der Einheimische lachte: «Der Eisenbahner. Warum sagen Sie das nicht gleich? Sie fahren die Straße hinunter bis hinter das Waldstück. Dann biegen Sie...»

Mutter Teresa pfiff auch noch, als sie längst wieder fuhren.

«Tut mir leid», sagte Phil. «Ich werde dir später erzählen, warum...» Die Pfiffe wurden ohrenbetäubend. Die Straße wechselte in einen Wirtschaftsweg, wurde zum Waldweg, und dann kam die Datscha. Solide Geschichte, ein Doppelhaus, im Garten und auf dem Weg spielten Kinder, in der Schmalseite des Gartens sah Phil zwei angehende Jugendliche mit qualmenden Zigaretten hantieren. Hinter dem Haus schienen Menschen unter Sonnenschirmen zu sitzen, die gegen den Regen schützten. Und auch im Haus war Betrieb.

Mutter Teresa weigerte sich, auszusteigen. Als Phil die Pforte öffnete, entdeckte der erste den Leichenwagen. Verblüffung, Aufregung, Rufe. Man lief her und hin und konzentrierte sich um ein blasses Persönchen, sie wirkte wie frisch der letzten Migräne entronnen. Sie besänftigte, streichelte Kinderköpfe, und Phil sagte:

«Guten Tag, mein Name ist Mann. Lassen Sie sich bitte durch den Wagen nicht irritieren.«

«Ich finde das geschmacklos», sagte die Frau.

Sie entdeckten den Sarg, und die ersten Kinder entdeckten Mutter Teresas Herrn.

«Könnte ich bitte Ihren Mann sprechen?» fragte Phil die Frau.
«Dienstlich etwa schon wieder?» schnaufte sie angeekelt.
«Ich bedaure», sagte Phil und versuchte charmant zu sein. Ihr Ekel wurde immerhin nicht schlimmer, sie bat ihn, mit ins Haus zu kommen. Drinnen viel Holz, leichte Bauweise, mehr Sommerhausstil, helle Möbel, nichts Altdeutsches. Hinten wieder raus ins Grün des Gartens. Bierkisten und Brausekisten in grellblauem Plastikschwimmbecken, daneben der Grill und der Hausherr grillend. Nauke sah aus, als wenn er am liebsten mit dem Grill werfen würde.
«Egi, Besuch! Dienstlich», sagte die Frau und wandte sich sofort ab. Nauke musterte den Besucher. Als er sah, daß er ihn nicht kannte, sackten seine hoffnungsvoll hochgezogenen Brauen nach unten. Phil gab seinen Mann zum besten und fragte:
«Könnten wir uns in ein ruhiges Eckchen zurückziehen?»
«Aber gern», rief Nauke, warf Schürze und Würstchenwender von sich und eilte voran ins Haus. Erster Stock, zweite Tür rechts.
«Wow», machte Phil.
«Nun ja», sagte Nauke eitel. Die Anlage maß bestimmt vier mal fünf Meter.
«Eine Fleischmann-Anlage», sagte Phil. «Da komme ich auch her.»
«Von der Firma Fleisch...»
«Von der Firma BRD.»
Das mußte Nauke erst verdauen. Abwesend ging er zum Schaltpult der Modellbahn und setzte zwei Züge in Bewegung: den Adler von 1835, putzig schnaufend mit echtem Rauch aus zierlichem Schornstein, und einen Güterzug mit 20 Wagen. Die Blasse stürmte in den Raum, ignorierte die schlechterdings nicht zu übersehende Bahn, die 80 Prozent des Raums einnahm:
«Egi, das geht nicht.»
«Gewiß, mein Liebes. Was geht nicht?»
«Der Leichenwagen muß weg.»
Egi blickte Frau und Phil an, und Phil sagte:
«Ich kann den Wagen hinters Haus fahren. Aber ich kann ihn nicht aus Ihrem Bewußtsein rausrangieren. Also kann er genausogut vorm Haus stehenbleiben.»
Nauke trat ans Fenster. Die Festgesellschaft stand je nach Temperament zentimeterdicht davor oder meterweit entfernt. Mutter

Teresas Vorführung für die jubelnden Kleinen spielte sich verdeckt unter Bäumen ab.

«Läßt du uns bitte allein, mein Liebes», kommandierte Nauke. Die Blasse verharrte am Transformator, verließ dann den Raum.

«Und nun sagen Sie, was Sie wollen. Machen Sie schnell. Ich will und kann mir nicht leisten, Westkontak...»

«Ich bin Journalist», sagte Phil.

«Das verschlimmert die Sache erheblich.»

«Ich soll Ihnen einen schönen Gruß von Hella bestellen.»

Nauke starrte ihn an, ging zum Schaltpult und holte die Reserven aus den Depots. Fünf Züge zogen ihre Kreise. Der Lärmpegel war beachtlich.

Nauke setzte sich auf den einzigen Stuhl. «Woher kennen Sie Hella?»

«Danke, daß Sie nicht so tun, als wenn Sie sie nicht kennen würden. Frau Brandenburg hat nämlich so getan. Haben Sie ihr weh getan oder so was in der Richtung?»

«Ich würde ja noch lauter schreien, ich bin verheiratet.»

«Auch schon während Hella?»

«Besonders quälend während Hella.»

Nauke fühlte sich erkennbar unwohl. Schlapp hing er in seiner Strickjacke.

«Reden Sie endlich», sagte Nauke inständig.

«Wann haben Sie eigentlich Geburtstag?»

«Heute. Wieso?»

«Dann gratuliere ich schön. Wann wird man schon mal 40?»

Nauke wiegte geziert den Oberkörper. «Man tut, was man kann.»

«Und manchmal kann man eben nicht», stänkerte Phil. Das Prekäre der Lage stimulierte ihn ungeheuer, zumal Nauke nicht der Kommißkopp war, den er befürchtet hatte. Er mochte Anfang 50 sein, wirkte eher weich, aber keineswegs schwammig, war eher 1,80 als 1,70, und er stand zu seinem Bahn-Spleen, ohne darüber zu einer lächerlichen Figur geworden zu sein.

«Was wollen Sie?» fragte Nauke vibrierend. «Ich habe unten Gäste aus dem Ministerium. Sie werden mir Fragen stellen.»

«Werde ich auch. Ich fang gleich mal an. Stimmt es, daß Sie in einer Art Fernlenkung den Neubau der Bahnstrecke von Hannover nach Würzburg beeinflussen?»

Nauke ging zum Transformator und erhöhte den Stromfluß. Die Züge kamen auf Touren, und einen haute es auf dem serpentinenreichen Anstieg zum höchsten Gipfel der Anlage aus den Gleisen.

«Hoppla», sagte Phil und machte Anstalten, die umgestürzten Wagen auf die Gleise zu stellen.

«Nehmen Sie Ihre unegalen Finger weg!» herrschte Nauke ihn an. Er stellte die Anlage ab und baute den kollabierten Zug zusammen. «Sie phantasieren doch», sagte Nauke.

«Ich habe Informationen, die keinen anderen Schluß zulassen», sagte Phil und hatte das Gefühl, Winkelmann reden zu hören.

«Die würde ich gern hören, die Informationen», höhnte Nauke.

«Ich sage nur: Hella Brandenburg. Sie ist meine Gewährsfrau. Sie wissen doch, wie Frauen sind. Können Geheimnisse einfach nicht für sich behalten.»

«Grit kann das», sagte Nauke ohne jede Begeisterung. «Grit kann vieles, was andere Frauen nicht können.» Er dachte nach: «Dafür kann sie manches nicht, was andere Frauen können.»

«Zwillinge kriegen kann sie jedenfalls gut», sagte Phil.

Nauke lachte bitter. «Und Sie glauben, Sie finden ein Presseorgan, das sich für solche Spekulationen hergibt?»

«Da habe ich die wenigsten Befürchtungen. Bei uns finden Sie für jeden Scheißdreck ein Blatt, das den abdruckt.»

«Das nennt man Pressefreiheit», sagte Nauke aufgebracht.

«Ich habe Experten an die Überprüfung der Streckenführung gesetzt.»

«Was Sie behaupten, ist eine gigantische Fehleinschätzung. Junger Mann, sehen Sie sich die real existierende Lage an.»

«Ich behaupte nicht, daß neue Bahnverbindungen zwischen uns und euch bestehen oder gebaut werden. Ich behaupte, daß wir bei unserem Neubau an einigen Stellen auf elegante Weise Abzweigungen vorsehen, die sich bei Bedarf kostengünstig verlängern und verknüpfen lassen. Wenn Sie eine Karte zur Hand haben, will ich's gern zeigen.»

«Das können Sie haben», sagte Nauke. Er kroch unter die voluminöse Platte, die auf Holzböcken ruhte. Kam mit einer Papprolle zurück und zog eine Karte von Bundesrepublik und DDR heraus.

«Zeigen Sie mir die Stellen!» forderte ihn Nauke auf. «Das will ich wissen. Zeigen Sie mir die Stellen. Und wenn Sie Stuß reden, werfe ich Sie auf der Stelle raus.»

Nauke hatte wohl das Gefühl, sich jetzt in der Oberlage zu befinden. Phil öffnete das Fenster: «Jessie! Sag deiner Freundin, sie möge ins Haus kommen. Erster Stock.»

Mutter Teresa löste sich aus dem Kinderpulk und ging aufs Haus zu. Der Pulk blieb ihr auf den Fersen.

«Ohne Kinder», rief Phil.

«Was soll das?» bellte Nauke, der gerade dabei war, die Schornsteine der Lokomotiven aus einer Pipette mit einer Flüssigkeit zu füttern, die die Dampfwölkchen produzierte. Phil lotste Mutter Teresa ins Zimmer. Ihre Wangen glühten:

«Hast du gesehen, wie ich meine Zuschauer...» In diesem Moment sah sie Egon Nauke. Im nächsten Moment standen sie sich gegenüber. In beiden Gesichtern tobte es, keiner sagte ein Wort. Phil setzte einen Zug in Bewegung. An dieser Anlage mußte Nauke jahrelang gearbeitet haben.

«Künstler», sagte Mutter Teresa, «der Herr will dir etwas sagen.»

Phil drehte sich um.

«Künstler», sagte der Herr. «Wer inszeniert das?»

«Mutter», sagte Nauke. Es klang gequält.

«Hör ihn dir an, Jessie», sagte Teresa. «Egon übt, wie man ‹Mutter› sagt. Egon läßt Eisenbahnen fahren, wahrscheinlich versetzt Egon auch Berge. Aber ‹Mutter› sagen, das muß er noch üben.» Ohne Phil anzublicken, sagte Nauke:

«Das ist infam.»

«Sieh dich vor, du Lümmel», warnte Teresa.

«Nun umarmt euch endlich», sagte Phil.

Nauke trat steifbeinig zwei Schritte nach vorn und öffnete die Arme. Er unternahm den Versuch, Teresa zu umarmen, ohne sie zu berühren. Dann fand er Worte: «Was hast du für eine ekelhafte Puppe?»

Jesus schnaufte.

«Und wie du aussiehst», sagte Nauke. Die Tür wurde geöffnet, Grit Nauke kam:

«Egi, würdest du den Herrn bitten, diesen Wagen wegzufahren. Ich drehe gleich durch.» Bei diesen Worten drehte sie beide halb erhobenen Hände heftig in den Gelenken. «Was ist denn das für eine Zigeunerin?» fragte Naukes Frau.

Mutter Teresa blickte Egon an. Der räusperte sich:

«Grit, du wolltest immer meine Mutter kennenlernen.»
«Als sie noch lebte», rief Grit Nauke. «Als sie noch lebte.»
«Grit», sagte Nauke mühsam. «Meine Mutter ist nicht tot.»
«Sag bloß», erwiderte Grit Nauke spöttisch.
«Sie lebt. Das hier ist sie. Mutter, das ist meine Frau Margrit. Wir nennen sie Grit.»
Grit Nauke erstarrte. Sie musterte Teresa, lachte schrill und verließ den Raum.
«Ihr seid ja ein herzliches Völkchen», sagte Phil.
«Egon war schon als Kind so», sagte Mutter Teresa. «Wenn andere gespielt haben, hat Egon immer...»
«Das ist nicht wahr!» rief Nauke. «Du wolltest mich so verrückt haben, wie du selber warst. Ich war aber ein ernster Typ...»
«Ernst! Langweilig warst du.»
«Nenn es, wie du willst», sagte Nauke störrisch. «Ich habe jedenfalls meinen Platz im Leben gefunden.»
«In einem Spielzeugladen», unterbrach ihn Teresa.
«In jedem Manne steckt ein Kind», behauptete Nauke. Phil nahm sich vor, diesen Satz Claudia nicht vorzuenthalten.
«Kommen Sie her», sagte Phil. «Ich zeige Ihnen jetzt, wo Abzweigungen Richtung Osten vorgesehen sind. Es sind drei Stellen. Erinnern Sie sich?»
Nauke trat an die Karte, verschränkte beide Arme vor der Brust und sagte:
«Jeder blamiert sich, so gut er kann.»
Phil zeigte ihm die erste Abzweigung – Naukes Gesicht wurde eine Spur ernster. Doch der Spott überwog noch. Phil zeigte ihm die zweite Abzweigung – Nauke entspannte sich, und Phil legte den Finger behende auf die Alternativstelle, die der Eskimo herausgefunden hatte. Dann zeigte er ihm die dritte Stelle – die Baustelle, auf der Hella Brandenburg arbeitete.
«Sie müßten sich jetzt sehen können», sagte Phil voller Stolz.
«Besser nicht», rief Mutter Teresa. Phil winkte ihr drohend zu, und sie verließ den Raum. Nauke bemerkte es gar nicht. «Eine interessante Theorie», sagte er abwesend. «Aber eine Theorie. Von meinem Ministerium werden Sie keine Bestätigung erhalten. Sie werden nicht einmal ein Demen...»
«Vielleicht wissen Sie, daß die Journalisten bei uns ein Zeugnisverweigerungsrecht haben. Was Sie mir jetzt sagen, wird nie ein

Mensch erfahren. Das heißt, niemand wird erfahren, daß Sie es mir gesagt haben.»

«Na toll. Dann müssen wir uns nur noch eine Erklärung für den Leichenwagen mit BRD-Kennzeichen ausdenken.»

«Das ist eine der leichteren Übungen. Die Leiche muß nach Wernigerode. Ihr Haus liegt auf dem Weg. Außerdem bin ich mit Ihrer Mutter hier. Das ist dermaßen rührend, da würde selbst euer furztrockenes *Neues Deutschland* weich werden. Wetten?»

«Die Wette hätten Sie verloren. Die werden nicht weich. Das ist bei denen im Schaltplan nicht vorgesehen.»

Phil strahlte. «Nun sagen Sie endlich, ob ich recht habe. Planen Sie Strecken, die sich eines Tages zusammenknoten lassen?»

«Ich bestreite nicht, daß wir auf einigen Abschnitten Investitionsbedarf verspüren. Aber unsere Infrastruktur ist o. k. Wir haben nicht den Fehler eurer Bahn-Marktwirtschaftler begangen, alles, was sich nicht rechnet, stillzulegen. Straße vor Bahn – das gilt bei uns nicht.»

«Hättet ihr mehr Autos, würde das auch gelten.»

«Wer weiß denn», sagte Nauke lächelnd, «ob hinter unserer angeblich so desolaten Autoindustrie nicht ein tieferer Sinn obwaltet? Wissen Sie nicht, daß es im Straßenverkehr um so mehr Opfer und Umweltbelastungen gibt, je mehr Automobile unterwegs sind?»

«Eine raffinierte Weise, dem Mangel einen Sinn zuzuschreiben.»

«Sie denken westlich.» Nauke setzte sich wieder. «Sie sind ein Produkt Ihrer Gesellschaftsordnung. Legen Sie nicht überall Ihre Meßlatte an. Bei den Staaten der Dritten und Vierten Welt tut ihr's doch schon immer weniger.»

«Also habe ich recht?»

«Sie phantasieren.»

«Ich warne Sie, Herr Nauke. Sie können Unheil von Hella abwenden.»

«Wieso das denn?»

«Ich sage nur: Dokumente. Schriftliche Dokumente.»

«Sie bluffen.»

«Ich bluffe nicht.»

«Sie bluffen. Wir können das noch stundenlang fortsetzen. Allerdings hätten Sie mir dann meinen Geburtstag vollends verdorben.»

Die Tür flog auf, Teresa stürmte herein. «Du hast Geburtstag!» rief sie. «Warum tust du mir das an?»

Auf diese Logik mußte Naukes dialektisch geschulter Kopf auflaufen wie der Kutter auf die Klippe. Mühsam hielt er stand, als Teresa ihren Sohn herzte und küßte. Er überstand sogar die Glückwünsche des Herrn, und weil Teresa es wünschte, schüttelte er Jesus die Hand. Leider kam in diesem Moment Grit Nauke in Begleitung eines Mannes in den Raum. Die Nauke wandte sich entsetzt ab, und der Mann sagte besorgt:

«Was ist los, Egon? Wer sind Sie, mein Herr? Wie siehst du denn aus, Muttchen?»

Nauke komplimentierte seinen Schwager aus dem Raum, Grit ging ohne Aufforderung. «Hauen Sie bloß ab», forderte Nauke Phil auf. «Ich sehe mich sonst gezwungen, die Polizei zu rufen.»

«Sie Feigling. Haben Sie denn gar kein Herz für Hella?»

«Hören Sie mit den ständigen Anspielungen auf!» brüllte Nauke. «Worauf wollen Sie hinaus? War Hella auch in Sie verliebt?»

«*War?*» fragte Phil scheinheilig. «Ich höre immer *war*.»

«Eine sagenhafte Frau», murmelte Nauke. «Warum liebt sie nur so... so gnadenlos?»

«Vielleicht liegt das an den jeweiligen Männern?» fragte Phil kumpelhaft.

«Würde mich wundern. Oder sehen Sie etwas an mir, das Frauen verrückt macht?»

«Herr Nauke, helfen Sie mir weiter», sagte Phil eindringlich. «Ich kann nur dann in verantwortlicher Weise schreiben, wenn ich weiß, was da läuft. Wenn ich nichts weiß, muß ich mutmaßen. Und wenn ich mutmaße, kann ich einen Zufallstreffer landen, der Ihr Projekt hintertreibt.»

«Protzen Sie doch nicht so.»

«Plant Ihr Ministerium offiziell-inoffiziell mit? Oder gibt es im Ministerium eine Art fünfte Kolonne? Sind Sie vielleicht ganz einfach nur eisenbahngeil? Kennen Sie Paul Van Dyke?»

In Naukes Gesicht veränderte sich nichts.

«Gut», sagte Phil. «Aber eines müssen Sie mir verraten: Für wen habe ich die Papiere rübergebracht? Wer organisiert das auf Ihrer Seite, und welchen Weg nehmen die Papiere? Stecken Sie mit drin?»

«Wovon reden Sie eigentlich?» fragte Nauke und blickte Phil angewidert an. «Was soll die Überraschung mit meiner Mutter? Wenn Sie diese Mutter als Kind erlebt hätten, wären Sie auch kein Vorzeigesohn. Ich bin mit der Frau durch. Hat Sie Ihnen wenigstens erzählt, daß sie monatlich 300 Mark von mir bekommt?»

«Hat sie nicht.»

«Sehen Sie. Einstecken und Mund halten und den Kopf voller verquaster Ideen von Varieté, Theater, Zirkus. Und dann die Frömmelei. Ich bitte Sie: Jeder lächelt über diese Frau und ihren seelischen Knacks. Jeder denkt sich seinen Teil, und keiner öffnet den Mund und sagt, was er denkt. Ein Leben als Zirkusnummer – also wirklich.»

Nauke stellte sich ans Fenster: «Herkommen.»

Phil trat ans Fenster. Neben dem Leichenwagen standen zwei Volkspolizisten.

«Jetzt müssen Sie ran», sagte Phil. «Sie müssen den Nasen eine Geschichte erzählen, die sie schlucken.»

«Sind Ihre Papiere in Ordnung? Dann lassen wir die Papiere sprechen. Das bewirkt mehr als 1000 Worte.»

«Verstehe. Wir sind in Deutschland.»

Mutter Teresa unterhielt die Leute im Wohnzimmer mit einer ihrer fürchterlichsten Nummern: Teresa und Jesus, der sich von ihr trennen will. Phil zog sie zum Wagen, wo Nauke den Vopos einen Geburtstagsschnaps anbot. Phil tat harmlos, aber als sich ihre Gesichter bewölkten, händigte er ihnen die Papiere aus und sprach von «kleinem Umweg». Die Vopos kannten Nauke, und im Haus lief erkennbar eine Feier. Phil kam heil aus dem Wald bei Stolberg heraus. Ihm brach nachträglich der Schweiß aus, und er warf eine Tablette ein. Teresa wollte auch eine. Ihr war egal, wofür oder wogegen. Phil gab ihr eine.

«Und was machen wir zwei Hübschen jetzt?»

«Wir liefern K2R ab», sagte Teresa. «Oder willst du ihn mit zurücknehmen?»

«Es gibt da nur ein klitzekleines Problem. Keiner erwartet uns. Außerdem kommen wir spät in Wernigerode an.»

«Dann übernachten wir im Grandhotel», bestimmte Teresa. «Und wenn sie unser Geld nicht annehmen, gebe ich eine Gratisvorstellung.»

In Wernigerode hatten sie die Bürgersteige hochgeklappt. Phil ließ sich das Pfarrhaus beschreiben und störte einen gut genährten Pfaffen beim Westfernsehen. Der Geistliche hielt Mutter Teresa für einen Notfall und bot alles vom Erste-Hilfe-Koffer bis zum seelsorgerischen Gespräch an. Mutter Teresa sagte ihm, was er sie könne, und der Pfaffe war eingeschnappt. Phil klärte ihn, während Mutter Teresa mit Jesus fernsah, über die Situation mit dem Sarg auf. Der Geistliche, im Westfernsehen gut geübt, wähnte die Versteckte Kamera am Werk. Phil zeigte ihm, um das Palaver abzukürzen, Sarg und Inhalt. Nun war der Gottesmann kooperativ, und sie lagerten den Sarg in der benachbarten Kirche zwischen. Dort übte ein Chor unter Leitung einer Dame hageren Zuschnitts.

«Laßt euch nicht stören», forderte der Pfarrer die Sänger auf. Dennoch geriet der mehrstimmige Gesang aus dem Takt. Die Leiterin schaltete schnell und rief statt des fröhlichen Auferstehungs-Songs eine getragene Weise ab, zu deren Klängen Phil und Pastor K2R vor dem Altar abstellten. Der Gottesmann stürmte zurück vor den Fernseher und stellte seinen Gästen frei, sich am Kühlschrank zu bedienen. Mutter Teresa war auf eine Dose Brägenwurst scharf. Phil wollte das seinem Magen ersparen und schlug sich vier Eier in die Pfanne.

«Eins für mich», bölkte der Gottesmann aus dem Wohnzimmer. Danach wollte er ein Bier, danach den Rest Vanillepudding aus der Speisekammer. Mutter Teresa und Phil hatten alle Hände voll zu tun, den Geistlichen zufriedenzustellen. Dann erschien die hagere Chorleiterin und gab sich als Ehefrau des Pastors zu erkennen. Sie interessierte sich stark für Teresas Jesus. Während die Frauen auf dem Wohnzimmersofa tief in die christliche Mystik einstiegen und der Pastor genervt mit dem Stuhl bis auf 50 Zentimeter vor das Fernsehgerät rückte, schlief Phil, am Küchentisch sitzend, ein. Später bekam er am Rande mit, daß ihn hilfreiche Hände auf die Besuchercouch führten und eine Decke über ihn breiteten. Dann schlug der Schlaf zu. Kein Gedanke an einen Traum, nur Schwärze.

## 12

«Come on, Herr, sei unser Gast und segne, was du uns organisiert hast. Roger.» Der Pastor blickte beifallheischend über den Frühstückstisch. «Geil, was? So kriegen wir die junge Generation auf unsere Seite.»

Phil Parker verdrückte das helle, wie nicht gebacken schmeckende Brötchen. Die Pfarrersfrau schien sich auch etwas Schöneres vorstellen zu können als diesen Ranschmeißslang und begann mit ihrem Mann sofort eine Diskussion, der man anhörte, daß sie nicht zum erstenmal stattfand. Mutter Teresa fütterte den Herrn, und Phil riskierte eine Tasse Kaffee. Von diesem Kaffee hätte er auch einen Eimer riskieren können.

«Könnten Sie die Bestattung heute vormittag einschieben?» fragte Phil vorsichtig.

«Laß ihn doch, wenn er unbedingt fernsehen muß», mischte sich Mutter Teresa ein. «Beerdigen können wir ihn auch allein. Kauf ein paar Flaschen Korn und heuer eine Handvoll Sargträger...»

«Mich muß niemand auf meine Dienstpflichten hinweisen», stellte der Pastor klar, und seine Frau schnaufte. Das stachelte ihn zur Eile an. Er führte mehrere Telefonate mit seinen «Free Lancern». Das waren belastbare Rentner mit roten Nasen und gegerbter Gesichtshaut. Keiner von ihnen verlor ein Wort über Mutter Teresa und den Herrn. Während der Pastor in der Kirche den Zeremonienmeister spielte, hoben zwei von ihnen die Grube aus. Sie waren noch nicht ganz fertig, als die anderen den Sarg herantrugen. Sie hatten den Gast aus dem Westen eingereiht. Phil war noch nie Sargträger gewesen.

«Danke, K2R», murmelte er. «Eine rundum saubere Leistung, deine Rolle. Im nächsten Leben sehen wir uns wieder. Dann werde ich über deine Witze lachen, daß die Blätter von den Bäumen fallen.»

Am Grab warteten Mutter Teresa und die Friedhofsstammgäste. Der Pastor betete seine Formeln herunter und sagte dann:

«Bitten wir unseren Bruder Philip, dem Verstorbenen die letzte Ehre zu erweisen. Philip hat den Verstorbenen gekannt. Philip wird wissen, wovon er redet. Philip, trete vor!»

Phil warf spontan drei Tabletten ein, einer der Rentner reichte ihm einen Flachmann. Phil nahm einen Schluck. Der Pastor mit dem West-Vormittagsprogramm vor Augen, seine Frau, rest-attraktiv und deplaziert in diesem Kaff, Mutter Teresa mit dem Herrn und seinen schwarzen Armbändern, die Kulisse der Einheimischen, Vögel in den Büschen und K2R zu seinen Füßen – plötzlich empfand Phil die Aufgabe als federleicht. Nach den ersten Sätzen legte sich die Brüchigkeit seiner Stimme, und nach dem letzten Satz war er stolz. Mutter Teresa applaudierte, und die Rentner klatschten ebenfalls. Die Einheimischen blickten sich an, zwei Hände klatschten, dann vier, am Ende alle. Nun stand der Pastor nichtklatschend dumm da. Er drückte seiner Frau das Formelbuch in die Hände, klatschte gemessen und würdig. Danach packten die Rentner zu und hievten K2R in sein Grab. Phil dachte, als die Seile an der Grubenwand scheuerten, an etwas Schönes.

Der Pastor bat zu einem kleinen Umtrunk, die Rentner kannten den Weg, und vor dem Fernseher wurde es richtig gemütlich. Dann besorgte der Geistliche die weltlichen Stempel auf K2Rs Papieren. Phil dankte dem Pastor, und der bestand darauf, ihm ein Tonschälchen zu schenken, das man im Westen als Trostpreis auf Jahrmarktslotterien erhält. Phil warf das Ding nach der zweiten Kurve aus dem Fenster und sortierte mit einer Hand die Papiere, die sie für die Ausreise brauchten. Mutter Teresa erzählte Anekdoten aus der Jugend von Egon und unsachliche Meinungen über Aussehen und Charakter seiner Frau Grit.

Die Gummizügler an der Grenze hatten wohl von ihren Kollegen die seltsame Fuhre avisiert bekommen. Die Ausreise vollzog sich in Sekunden, nur mit der Einreise haperte es.

«Rechts ranfahren», blaffte ein Kerlchen Marke Bademeister. Sie bellten sich an, aber rechts ranfahren mußte Phil doch. Aus dem Häuschen trat Paul Van Dyke und trug sein vergrämtes Gesicht vor sich her. Mutter Teresa war beeindruckt:

«Das ist mal ein schöner Mann, da möchte man direkt noch mal...»

«Wünsch dir das nicht, Teresa», sagte Phil und stieg aus. «Guck nicht so moralisch», empfing er den Verleger.

«Du kannst sicher sein, daß ich diesen Blick vermeide, so lange es geht. Wenn du im Spiel bist, geht es aber nicht immer. Ich muß mit dir reden.»

Mutter Teresa betrat die Wachstube und beglückte die verdatterten Grenzschützer mit einer Gratis-Kaspervorführung, in der der Wachtmeister dick, faul und gefräßig war. Ohne ihren Seniorinnenbonus wäre sie nicht ohne körperliche Schäden aus der Wachstube herausgekommen.

«Das war dein letzter Streich», begann Van Dyke. «Du wärst besser auf deinem Zauberberg geblieben und hättest über Sinn und Unsinn des Künstlerlebens nachgedacht.»

«Das kann gar nicht mein letzter Streich gewesen sein, weil ich nämlich nicht tot bin.»

«Dafür bist du arm. Wie eine Kirchenmaus. Außerdem kannst du dich nach einer neuen Gymnastikpartnerin umsehen.» Phil blickte ihn fragend an. «Bettgymnastik», lieferte Van Dyke nach.

«Ach», sagte Phil gefaßt. «Hast du Fotos verschickt, du Dreckskerl?»

«Ich hätte es nicht getan, wenn...»

«Weißt du, Paul», sagte Phil und nahm eine Zigarette an. «Das mit den Fotos, das war ein Fehler von dir. Seitdem ist meine stählerne Paul-Saite zerrissen. Seitdem halte ich dich für...»

«Ich kann's mir auch nicht immer aussuchen», sagte Van Dyke.

«Hast du Julia ein Briefchen mit reingelegt?»

«Ich wollte dir nicht vorgreifen. Und ich möchte dir sagen, daß nicht alle Entscheidungen, die in diesen Tagen getroffen werden, auf meinem Mist gewachsen sind.»

«Willst du damit sagen, daß du Befehlsempfänger bist?»

«Das nun nicht gerade», sagte Van Dyke entsetzt. «Aber man berät sich, wägt die Lage ab und die Risiken. Und man kommt immer wieder zu der Erkenntnis, daß man statt ‹Risiko› auch ‹Phil Parker› sagen könnte.»

«Mann. Vergiß das nicht. Ich heiße...»

«Solange du aus dem Ruder läufst, sind wir gezwungen, Gegenmaßnahmen zu ergreifen. Hier geht es um internationale Dinge. Hier geht es um große Zeiträume und um Investitionen von vielen Millionen Mark.»

«Und das alles bedrohe ich?»

«Das alles bedrohst du und noch viel mehr.»

«Und wenn ihr mir meine neue Beziehung kaputtmacht, dann bedrohe ich das nicht mehr?»

«Du brauchst eine Lektion, und du brauchst sie jetzt. Außerdem muß ich dir mitteilen, daß die Gelder, die dir aus dem Verkauf der ‹Hinrichtung› zustehen, auf unabsehbare Zeit eingefroren sind. Der Rechtsweg ist ausgeschlossen. Tote klagen nicht.»

«Das hast du schön gesagt, Paul.»

Van Dyke blickte auf seine Uhr. «Ich muß weiter. Noch bist du nur quasi offiziell tot, Philip. Das kann so bleiben. Aber das muß nicht so bleiben.»

«Das war jetzt aber nicht zufällig eine Morddrohung?»

«Das war mein letzter Versuch, dir den Ernst der Lage ins Hirn zu hämmern. Ich kann dich bis zu einem gewissen Grad schützen, Philip. Aber ich bin nicht der liebe Gott.»

In Walkenried sagte der cholerische Mitrestaurator, sich von einem Rundbogen losreißend:

«Frau Alleswisser hat beliebt, eine Auszeit zu nehmen.»

«Muß ich das verstehen, oder werden Sie noch deutlicher?»

«Ein Bote kam, und wir haben schon alle gealbert, daß die Männer von der Lottozentrale immer besser aussehen. War aber nichts mit Lotto. Sah aus wie Fotos. Frau Alleswisser schaute drauf und nahm sich frei. Mir hat noch nie jemand Fotos auf die Arbeit gebracht.»

«Sei froh, Junge», murmelte Phil und fuhr vielleicht die schnellste Leichenwagenfahrt, die der Oberharz in den letzten Jahren gesehen hatte. Mutter Teresa juchzte vor Behagen: Er ließ sie vor dem Sanatorium aussteigen und sah im Rückspiegel, wie sich zwei Schwestern auf die alte Frau stürzten. Offenbar war sie vermißt worden. Er jagte den Wagen von der Bundesstraße auf den Schotterweg und mangelte beinahe den Lehrermann platt, der plötzlich aus der Schonung sprang.

Phil stürmte in die Hütte des Eskimos. Er stand am Herd, und Claudia las laut einen christlichen Kommentar vor. Ja, Julia war vor zwei Stunden hiergewesen und wollte Phil sprechen. Nein, wo sie dann hin war, wußten die beiden nicht.

Claudia trat auf Phil zu und sagte: «Danke».

«Bitte», sagte Phil. «Und wofür?»

«Für die Inspiration der Kommentare. Der Dompropst hat sie sich angehört. Er fand sie sehr gelungen.»

«Warum führt ihr bei euch in der Kirche nicht Vorpredigten ein? Wie der Kurzfilm im Kino. Da können die Nachwuchskräfte üben, und hinterher kommt der Dompfaff und setzt die Glanzlichter.»

Claudia suchte Halt am Eskimo: «B-Predigt», stammelte sie. «Lebendige Gemeinde. Der Jugend eine Chance. Erst der Fetzer, dann die Einschlafe. Genial.»

Phil machte, daß er rauskam. Er kam bis zum großen Zeh von Hauptkommissar Marian Wojcicki.

«Aua», sagte Phil erschreckt.

«Sie nehmen mir das Wort aus dem Mund», sagte Wojcicki und humpelte zur Bank auf der Terrasse.

«Sie haben wahrscheinlich ein Hühnerauge», sagte Phil mitleidig.

«Sie sollen nicht immer auf Schmitt herumhacken», stöhnte Wojcicki.

Julia! hämmerte es in Phils Kopf. Jetzt bedauerte er, daß er sich nur zwei Bilder angesehen hatte. Es waren ja über zehn gewesen. Er stellte sich Julia vor, wie sie weinend im Wald auf einem Baumstumpf saß, ein Bild nach dem anderen studierend und den rekonvaleszierenden Rammler aus Kopf und Herz radierend.

«Wo steckt dieser Webfehler denn?» fragte Phil, während Wojcicki Schuh und Strumpf auszog.

«Im Bett. Schläft seinen Rausch aus.»

«Empörend.»

«Wieso? Sie haben ihm doch selbst gesagt, daß eine Ouzo-Kur die Spezialität der Gegend hier ist.»

«Ich sprach von Ozon-Kur.»

Sie blickten sich an, dann inspizierte Wojcicki seinen Fuß. Und dann sagte er: «Winkelmann hatte Fliegen im Magen.»

«Das heißt ‹Hummeln im Hintern›. Und das hatte Winkelmann garantiert nicht, weil er...»

«Er hatte Fliegen im Magen. Drei Stück. Wie kommen die da rein?»

«Durch den Mund?»

«Habe ich auch schon gedacht.»

«Moment mal», sagte Phil, der jetzt erst von Julia loskam. «Sagten Sie Fliegen? Winkelmann hatte Fliegen verschluckt? Dann haben wir die Lösung.»

Wojcicki rieb seinen Fuß und stöhnte leise.

«Winkelmann hatte eine Fliegenallergie. Deshalb hielt er sich doch den Haufen Katzen.»

«Als Fliegenfänger?»

«Winkelmann hat einmal gesagt, das seien geniale Fliegenfänger. Besonders die rotschwarze, magere. Die muß in einem früheren Leben ein Habicht gewesen sein.»

Wojcicki stöhnte. «Fliegen, ausgerechnet. Meinen Vater haben Fliegen auch das Leben gekostet, fast jedenfalls. Eine Zecke war's, und eigentlich glaube ich das meiner Mutter bis heute nicht. Wissen Sie, wo ihn die Zecke erwischt hat?»

«Jetzt sagen Sie nicht, hier im Harz.»

«Hier im Harz», sagte Wojcicki und bewegte versuchsweise seine Zehen.

«Wie kam er hierher? Sommerfrische oder Deportation?»

Wojcicki blickte ihn an, und Phil sagte: «Sorry.»

Wojcicki stand auf, belastete den Fuß, entspannte sich: «Sind Sie ganz sicher, daß Sie mir alles gesagt haben, was Sie über Winkelmann wissen?»

«Ich glaube, wir müssen das trennen», sagte Phil. «Erstens: Winkelmann kommt nach St. Andreasberg und hat dieses oder jenes vor. Zweitens: Winkelmann kommt ums Leben. Die Fliegen können der Grund für seine Panik sein. Er war dann nicht mehr Winkelmann. Ich hab's einmal miterlebt, als er eine Stubenfliege jagte. Daraufhin haben ihm Kollegen ja überhaupt erst die Katzen geschenkt. Winkelmann haßte Tiere. Er haßte ja auch Menschen. Und am Ende haßte er sogar Winkelmann.»

«Soviel zur Berufszufriedenheit unter Ihren Schreibtischkollegen», sagte der Kommissar. «Und nun können die beiden Punkte etwas miteinander zu tun haben oder nicht.»

«Right, Sir. Wenn er mich ausspioniert hat, hat sein Tod nichts mit mir zu tun.»

«Und das soll ich Ihnen nun glauben.»

«Was hat denn die Durchsuchung von Winkelmanns Wohnung in Hamburg ergeben?»

«Nichts. Soll froh sein, daß er diesen Abwasch nicht mehr erledigen muß. Vier Katzenklos, vollgeschissen bis zum Eichstrich.»

«Wenn Winkelmann betrunken war, hat er ins Katzenklo geschifft. Dafür ging die getigerte Katze gerne aufs Wasserklosett. So gleicht sich alles aus. Was noch?»

«Winkelmann hat Gedichte über seine Bewirtungsbelege geschrieben. Und über den Text auf den Katzenfutterdosen.»

«Akuter Themenmangel. Das hat man manchmal als Schreibender. Dann muß man nur immer weiterschreiben.»

«Kenne ich auch. Wir nehmen immer feste weiter fest, auch wenn wir täter- und motivmäßig auf dem Zahnfleisch gehen.» Wojcicki stellte noch diese und jene Frage, auf die er jedoch kaum eine Antwort erhielt.

Phil Parker fuhr ins Sanatorium zurück. Die Ungewißheit schmerzte. Am meisten schmerzte die Angst, daß Julia ihm die Ungewißheit mit zwei Sätzen austreiben würde. Bisher hatte er noch keine Frau kennengelernt, die sich solche Schweinereien hatte bieten lassen. Brit-Marie war die Ausnahme gewesen. Sie hatte in zahlreichen Hochglanzmagazinen in tragender Weise an der Gestaltung solcher Fotos mitgewirkt. Die Aktion war unter «Finanzierung des Studiums» gelaufen. Leider hatte sie das Phil erst nach der Liebesaffäre erzählt, als er keine Chance mehr hatte, durch diese Erzählung auf Touren zu kommen.

In St. Andreasberg war plötzlich Sirenengeheul in der Luft. Als Phil vom Hügel das Sanatorium sehen konnte, fuhr der Feuerwehrwagen gerade aufs Gelände.

«Max hat Feuer gelegt», murmelte Phil. Er hoffte, daß der Brand nicht in der Abteilung für die Bettlägerigen ausgebrochen war. Er sah keine Flammen, die aus Fenstern schlugen, keine Menschen, die in Panik flohen. Allerdings quoll Rauch zwischen Dachziegeln hervor. Phil fuhr die letzten Meter wie ein Besengter, sprang aus dem Wagen und stürmte los.

«Langsam! Langsam!» rief Schwester Karla. «Sie haben alles unter Kontrolle.»

Phil begegnete irritierten Artisten und dem aufgeregten Gesicht von Professor Morak. Erster Stock, zweiter Stock, vor dem dritten bekam er Atembeschwerden. Jemand rief ihm etwas hinterher, das er nicht verstand. Die Holztreppe zum Boden und der erste Feuerwehrmann mit Rauchmaske und Sauerstoff auf dem Rücken, tapsig in den Bewegungen und ein Beil in der Hand. Ein zweiter Feuerwehrmann, der Phil in den Arm fallen wollte. Dann stand er auf dem Dachboden. Scharfer Geruch nach Rauch, einige Scheiben kaputt. Es hatte wohl mehr geschmort, als lichterloh gebrannt. Phil schüttelte die lästige Hand ab, trat an den durchgeweichten Matsch, der von den Kartons übriggeblieben war. Die Kartons waren geschrumpft, kohlrabenschwarz, und wo noch ein Aktenordner zu erahnen war, troff das Wasser aus ihm. Phil wollte so eine Aktenleiche öffnen, der Deckel fiel ab, die Blätter zerbröselten.

«Scheiße!» rief Phil. «Verdammte, riesengroße Scheiße.» Er wußte nicht, wohin mit seiner Wut, nahm einen Ordner, holte aus, pfefferte das Ding in den Matschhaufen.

«Sei froh, daß nichts passiert ist», sagte ein Pfleger hinter Phil.

«Nichts passiert! Nichts passiert», bellte er den verdutzten Mann an. «Das ist eine Katastrophe! Ein Anschlag!» Er griff sich einen Feuerwehrmann, rüttelte an dessen Uniform: «Das war ein Anschlag, Mann! Ein Attentat! Ihr müßt die Täter ermitteln!»

Der Feuerwehrmann suchte Blickkontakt mit dem Pfleger, und der faßte Phil mit diesem hinterhältig-hilfreichen Doppelhand-Griff an Unterarm und Oberarm, wollte ihn zur Treppe führen. Phil riß sich los.

«Das Archiv», empfing er den Streifenbeamten, den er anläßlich Winkelmanns Leiche kennengelernt hatte. «Sie haben das Archiv angesteckt! Das war Brandstiftung!»

«Selbstverständlich», modulierte der Streifenbeamte nachsichtig.

«Wie reden Sie denn mit mir?» empörte sich Phil. Doch jetzt waren die Pfleger zu zweit. Sie packten zu, das war das Ende des Widerstands. Phil zeterte, irgendwo stand Doktor Belize und wirkte für seine Verhältnisse bemerkenswert blaß. Sie brachten Phil in sein Zimmer, legten ihn auf sein Bett, und der Dragoner jagte ihm eine Spritze knapp neben den Schließmuskel, in der alle Aggressionen der Mannfrau steckten, die sie im Sanatoriums-Alltag sonst nur loswerden konnte, wenn es darum ging, mittwochs die Müllcontainer an den Straßenrand zu rollen.

Phil Parker erwachte, weil er von einer Bedrohung träumte, die sich schwarz vor ihm auftürmte, sich auf ihn legen, ihm die Luft nehmen wollte.

«Geht's wieder?» fragte Doktor Belize und setzte sich auf den Bettrand.

Phil drehte sich an die Wand und murmelte: «Mist, verfluchter. Warum erfindet ihr Salbader nichts, das einen in fünf Minuten stark wie einen Löwen macht?»

«Ich denke, Sie sind frisch verliebt. Bei mir wirkt sich so ein Zustand stets stärkend aus.»

Phil drehte sich um: «Ich sehe meine Geliebte in der letzten Zeit so wenig.»

«Ich habe sie vor einer Viertelstunde gesehen.»

Phil wollte aufstehen, Belize hielt ihn mühelos mit einer Hand nieder.

«Was habt ihr mir gegeben?» schimpfte Phil.

«Einen guten Tropfen. Man sieht durch ihn die Dinge gelassener.»

«Was wollen Sie eigentlich? Sitzen Sie hier statt Arm- und Beinfesseln?»

Belize stand auf. «Das werden Sie nicht erleben, daß ich... Was wolltest du mit diesen verstaubten Kartons?»

«Wieso?»

«Ich habe vorhin gehört, wie du gezetert hast. Sagt man gezetert in Deutsch?»

«Ich wollte etwas nachschlagen. Da oben stand die komplette Geschichte des Hauses. Jedenfalls für einen nicht unwichtigen Zeitraum.»

Der Mediziner stellte sich mit auf dem Rücken gefalteten Händen ans Fenster. «Einige Kartons gibt es noch.»

«Klar, wenn es einen Himmel für Aktenordner geben sollte.»

«Sie stehen auf dem Dachboden. Nur in der gegenüberliegenden Ecke.»

Phil rappelte sich hoch. Arme und Beine waren kaum zu überreden, die nötigen Bewegungen zu vollführen. Phil wollte Belize an der Schulter berühren. Da sackten die Beine weg, und der Arzt mußte zugreifen, um Phil vor einem Sturz zu bewahren.

«Er ist uns draufgekommen», sagte Belize düster. «Der Förster.»

«Hat er euch auf dem Hochsitz erwischt?»

«Im Bett. Sie hat sich von diesen zugigen Nächten eine Eierstockentzündung geholt, und bei mir zieht es mächtig in den Nieren.»

«Ja und?»

«Er hat auf Helgoland das Handtuch geschmissen, der Förster. Hat behauptet, die Helgoländer wollten keine Kiefern und Fichten auf ihrer Düneninsel. Da war er natürlich empört und hat sich mit allen Instanzen bis hoch zum Bürgermeister angelegt. Sie haben ihn auf eine Fähre gesetzt, und dann stand er plötzlich vor dem Bett. Mit zwei Taschen voller Kiefer- und Fichtenschößlinge.»

«Mein Beileid», sagte Phil.

«Deshalb habe ich den Dachboden hier freigeräumt, damit wir's schön ruhig haben.»

«Wahnsinn», murmelte Phil. «Und da habt ihr die Kartons...»

«Alle nicht, aber einige. Als Sichtschutz.»

Phil bat Belize, ihm beim Anziehen der Hose behilflich zu sein. Der Doktor war so nett, den Taumelnden zu begleiten. Unterwegs begegneten sie Quattro. Er hielt einen Ball in der hoch erhobenen Hand, lachte und rief:

«Die Welt wird sich wundern.»

Belize mußte die Kartons aus der Dachschräge hervorziehen, er mußte sie auch auspacken und die Jahreszahlen vorlesen. Freuen konnte sich Phil aus eigener Kraft. Auf der sündigen Matratze von Doktor Belize und seiner Försterin sitzend und neben sich einen hilfsbereiten afrikanischen Mediziner, blätterte Phil Januar, Februar, März und April des Jahres 1945 durch.

«Unglaublich», murmelte er, als er seitenlang Namen von polnischen, französischen und russischen Deportierten las. Doktor Belize las mit, und Phil sagte:

«Wehe, wenn Sie jetzt eine Bemerkung über Deutschland als Kulturvolk fallenlassen.»

Zwischen einigen Seiten lagen noch Lebensmittelkarten:

57 Gramm Fett pro Woche als Zulage für Schwerarbeiter; 42 Gramm Kunsthonig für Kinder bis 6 Jahre; 21 Gramm Käse für alle. Nach dem Käse die Todeslisten der KZ-Lager Ellrich, Nordhausen und Langenstein. Evakuierte, Kriegsgefangene, Zivilarbeiter, Häftlinge – der Harz mußte Anfang 1945 ein brodelnder Topf gewesen sein; Ende März kammen 100000 deutsche Soldaten dazu, 50000 Flüchtlinge aus dem Osten, und immer wieder seitenlang Namen, Namen, Namen.

«Sie müssen sich hinlegen», sagte der Mediziner, maß den Puls, ließ sich Phils Augen zeigen, fragte einige Symptome ab: «Das wird ein astreiner Kollaps. Das macht der Kreislauf nicht mehr lange mit.»

«Sie sind ja in der Nähe», murmelte Phil, riß zwei Seiten heraus und drückte sie Belize in die Hand:

«Wojcicki, Vorname unbekannt. Aber geboren 1918 in... ich weiß nicht wo.»

Ihm fielen 23 Wojcickis in die Hände. Die biographischen Angaben waren sehr dürftig. Phil fand keine handfesten Hinweise auf den Gesuchten.

«Schade», murmelte Phil. «Er hätte sich bestimmt gefreut.»

Neben ihm stöhnte Belize auf. Er hatte die Liste mit den «Abgängen» erwischt. Krankheiten, Unfälle, Schwächezustände – nie Gewalt. Vordrucke der örtlichen Polizei, Protokolle über Diebstahl, Einbrüche.

«Hier», sagte Phil. «Sie haben einen erschossen, weil er ein Kaninchen gewildert hat.»

Phil schluckte, schloß die Augen, vertrieb den Schwindel, las über Vergewaltigungen, begangen von Deportierten an Arierinnen, und frohgemute Wirtshausschlägereien, begangen von Ariern an Deportierten. Er steckte ein, was er mitnehmen wollte und in seinem jetzigen Zustand nicht mehr lesen konnte. Doktor Belize schüttelte die Kopfkissen auf, die Phil breitgedrückt hatte. Dann besichtigte Phil das Lotterlager: Matratze, Fernseher, ein Tischkühlschrank, der auf der Erde stand, Cola, Champagner und Zellkulturen enthielt.

«Lieben Sie Ihre Försterin wirklich, oder ist es nur das Tier in Ihnen?» fragte Phil.

«Wir arbeiten Hand in Hand», erwiderte Belize, und Phil stellte sich vor, wie er auf Bildern in Gesellschaft von Nicht-Olga aussehen würde. Er steckte den Kaninchen-Wojcicki ein und ließ sich von dem Doktor aufhelfen.

«Mäxchen soll jetzt schlafen», sagte die Krankenschwester aus dem südlichen Teil Koreas.

«Ich singe ihn in den Schlaf», log Phil, und Max brüllte:

«Er soll nicht singen! Er soll nicht singen!»

Phil klopfte vielsagend an seine Hosentasche, und bei Max stellte sich schlagartig Speichelfluß ein. Er schmiegte sich an Onkel Phil und erklärte der Schwester, daß ohne Onkel Phil an Einschlafen nicht zu denken sei. Kaum war die Schwester draußen, wollte er Phil an die Hosentasche.

«Erst die Informationen», sagte Phil und brachte sich in Sicherheit. Max ratterte los: Vincent habe der letzte geheißen. Er sei Australier gewesen, jedenfalls nicht von hier. Blond, sehr blond und muskulös. Er habe Julia mit einer Hand in die Höhe stemmen können. Phil schluckte und strich die Australier von der Liste der Nationen, gegen die ihm beim besten Willen nichts einfallen wollte. Vor Vincent ein Hans-Joachim – Phil entspannte sich. Den habe Julia beim Snowboardfahren in Davos kennengelernt oder in Braunlage, jedenfalls in den Bergen. Phil fühlte sich ein wenig schlechter. Schwarz, sehr schwarz, mit Haaren auf den Schultern und auf dem Rücken, dafür kaum welche auf dem Kopf, was Max schade, Phil dagegen gerecht fand. Er sei mit Julia auf einem einzigen Snowboard Snowboard gefahren; dann sei Hans-Joachim in eine Gletscherspalte oder zurück zu seiner Frau gefahren, das wußte Max nicht mehr genau, gab vor, sich überhaupt nicht mehr konzentrieren zu können, wenn er nicht sofort Süßigkeiten... Phil zog den Schokoriegel aus der Tasche, brach ein winziges Stück ab und reichte es Max. Der schluckte, ohne zu kauen, und referierte Ulf, einen Schiffsmakler. Anschließend Weltreise von Julia auf einem Bananendampfer, der Ulf gehört habe.

«Bananen», murmelte Phil, «ausgerechnet Bananen.»

Das wollte Max genauer wissen, aber Phil fragte:

«Wann kommt denn dein Vati dran?»

«Ach der», sagte Max. «Mit dem bin ich fertig.» Er gab verwaschen Auskunft. Phil, der sich schwummrig fühlte, rückte den Schokoriegel heraus. Beim Verlassen des Zimmers sagte Max:

«Julia streichelt mir immer über den Kopf, wenn sie geht.»
Phil streichelte, und die Krankenschwester sagte zum Abschied:
«Max hat schon wieder ein dreiviertel Pfund abgenommen.»

Als er vor dem Peugeot stand, befiel ihn eine große Angst, in den Wagen zu steigen. Es wäre nicht das erste Auto gewesen, das man manipuliert hatte. Seine Gedanken flossen träge wie dicker Wein. Er wollte schlafen, und er mußte doch erst Julia treffen. Laut Max war sie um 18 Uhr für ein paar Minuten bei ihm gewesen. Phil stieg ein, entdeckte da erst den Zettel hinter dem Scheibenwischer.

*Ich muß dich sehen. Julia.* Er legte den Zettel auf den Beifahrersitz und entdeckte den Zettel hinter dem anderen Scheibenwischer.

*Ich würde so gerne wieder Auto fahren. Iwan.*

«Alles zu seiner Zeit», sagte Phil, schaltete das Radio ein, stellte ein psychedelisches Gesäusele aus seiner Frühzeit laut und tauchte in die Nacht ein.

Die Straßen von St. Andreasberg waren leer wie immer nach Geschäftsschluß. Phil bog nach rechts ab, noch einmal nach rechts, ging in den vierten Gang – und trat auf die Bremse, daß der Wagen in allen Verschraubungen stöhnte.

«Du Pißkopf, du Sackratte, du mieses Subjekt!» brüllte sich Phil den Schreck vom Herzen.

Die Gestalt, die schwankend vor der Kühlerschnauze stand, fand am Wagen Halt.

«Sie! Respekt, ja? Sie hätten beinahe einen...»

«Schmitt, Sie fleischgewordenes Minuszeichen», bellte Phil. «Weg von der Straße. Sonst mangel ich dich breit, und die Sanitäter werden sich wundern, warum in diesem Fall kein Gehirnaustritt stattgefunden hat.»

«Was willsu damit sagn?» lallte Schmitt. Er war ja so was von betrunken. «Dassis ein Kurort. Ein Kurort issas. Und ich bin eine Kuh, eine Kuh, eine Kur treibe ich. Ouzo-Kur, das macht einen... einnnn... einnn...» Über dieses Wort kam er nicht mehr hinaus, lehnte den Oberkörper auf den Peugeot und war in Sekundenschnelle eingeschlafen. Phil stieg aus, Schmitt stank nach Anis wie ein Jahrmarktsstand. Hilflos blickte er sich um. Da wurde die Tür des türkischen Lokals geöffnet, ein dazu passender Mann trat auf die Schwelle, erfaßte die Situation und kam herbeigeeilt.

«Ist etwas passiert?» fragte der Türke.

«Mir», sagte Phil mißmutig. «Dem nicht. Kindern und Betrunkenen passiert ja nie was. Zwei Gründe für Schmitt, heil davonzukommen.»

«Ich kenne den Herrn», sagte der Türke. «Er beehrt uns seit zwei Tagen mit seinen Besuchen.»

Phil, der in dem Türken den Wirt wiederzuerkennen glaubte, faßte zu. Gemeinsam hievten sie die Schnapsleiche ins Lokal. Ein schneller Rundblick, und Phil verstand, warum er sich den Laden bisher nicht häufiger angetan hatte. Der Geruch, die Tische, das Licht, die Musik und die Dekoration: Wagenräder, Heugabeln, Teller, Töpfe, Tiegel, Fotografien aus der Heimat. Ein Lokal für Studenten, aber in St. Andreasberg gab es keine Studenten. Eduard Klettenberg saß allein am runden Tisch, vor sich zwei Platten mit Fleischspießen, Reisbällen, Gemüse. Vor sich ein Weinglas, ein Schnapsglas, eine Flasche mit Schnaps.

«Gestatten», stöhnte Phil und ließ den schlaffen Körper Schmitts auf einen Stuhl am runden Tisch stürzen. Klettenberg suchte Blickkontakt mit dem Türken.

«Ich denke, Sie haben es mit dem Magen», wunderte sich Phil.

«Immer nur Jammern hilft nicht», erwiderte Klettenberg und goß ein Glas Schnaps ein. Er reichte es dem Türken, der es Schmitt unter die Nase hielt. Die Nase nahm Witterung auf. Die Augen öffneten sich, dann flößten sie ihm den Ouzo ein.

«Widerlich, so was», sagte Phil.

«Noch eine Woche», murmelte es aus Schmitt. «Und ich bin ein neuer Mensch.»

«Frankenstein war auch ein neuer Mensch», gab Phil zu bedenken.

«Aber er hat keine Ouzo-Kur gemacht», sagte Schmitt, blickte um sich und rief: «Da wäre ich, Jungs. Packt die Karten aus.»

Phil blickte den Türken an, blickte hinter die Theke, wo ein Mädchen von 15 Jahren stand und große Augen machte. Sie schien die einzige zu sein, die sich hier nicht wohl fühlte. Schmitt strahlte in seinem Vollsuff, Klettenberg und der Türke blickten um Verständnis werbend, und im Hintergrund lachten Kurgäste. Phil empfahl sich und wankte aus dem Lokal.

«Guckt mal», blökte Schmitt ihm nach. «Ich mach die Ouzo-Kur, und er, er wackelt.»

Phil Parker gelang es noch, den Wagen anzuhalten. Aussteigen konnte er nicht mehr. Er hupte zweimal, hupte fünfmal, bevor der hölzerne Fensterladen im Lehrerhaus aufgerissen wurde.

«Ruhe! Ich brauche meinen Schlaf», brüllte der Lehrermann. Der Eskimo erschien in seiner bevorzugten Nachtbekleidung: einem Nachthemd, unter dem er eine Skiunterhose trug.

«Phil, meine Güte», sagte der Eskimo bestürzt.

«Danke, daß du für mich den Kältetod riskierst», murmelte Phil und klappte über dem Lenkrad zusammen. Er spürte, wie ihn sich der Eskimo über die Schulter warf und in die Hütte schleppte. Claudia begann, übelriechende Tees zu kochen, und der Eskimo sagte:

«Er braucht jetzt Ruhe und nichts als Ruhe.»

«Eskimo», murmelte Phil. «Du mußt mir einen Gefallen tun.»

«Tu ich gerade.»

«Du mußt nach Hamburg fahren.»

«Quatsch.»

«Wenn du nicht fährst, fahre ich selber.»

Der Eskimo gab sich nicht die Mühe zu lachen. Claudia flößte Phil den Sud ein. Der Husten warf ihn aufs Bett zurück.

«Winkelmann», flüsterte Phil. «Du mußt zu Winkelmann gehen.»

«Da war doch die Polizei schon.»

«Die Polizei war in der seriösen Winkelmann-Wohnung. In der, die er seinen Eltern gezeigt hat. Winkelmann hatte eine zweite Wohnung.»

«Ach», sagte der Eskimo. «Und wo?»

«Auch in Hamburg. Auf dem Kiez.»

«Wozu das denn?» Phil antwortete nicht, und der Eskimo kam von allein drauf. «Für seine Sauftouren?»

«Ich weiß nicht, ob du Winkelmann jemals erlebt hast, wenn er auf Phase war.» Der Eskimo schüttelte den Kopf. «Es war besser, daß er dann eine eigene Wohnung hatte. Zwei Zimmer, Klo in der Küche, 280 Mark kalt.» Phil nannte dem Eskimo die Adresse. «Zum Aufmachen nimmst du deinen Dietrich. Falls noch ein Schloß in der Tür ist.»

«Und was soll ich da?»

«Du sollst rauskriegen, was Winkelmann hier in St. Andreasberg wollte. Kennst du seine Taktik des Artikelschreibens? Natürlich kennst du sie nicht. Er hat jedesmal, bevor er angefangen hat zu recherchieren, eine erste Version des Artikels geschrieben. Winkelmanns sogenannte ‹naive Version›. Die hat er gebraucht, hat er behauptet, um sich an seine klaren Anfangsgedanken zu erinnern, bevor er anfing, in den Details zu versacken.»

«Hört sich nicht dumm an.»

«Im Prinzip nicht. Allerdings wurde Winkelmann fauler und fauler. Zum Schluß hat er kaum noch recherchiert und das bißchen, das er rausgekriegt hat, in seine naive Version eingefügt. Nannte das ‹Modultechnik›, der faule Hund. Die Zeitschriften-Fuzzis sind ihm natürlich nie draufgekommen. Die haben noch weniger Ahnung über das Leben vor den Verlagshäusern.»

Dann half der Eskimo Phil, die neue Tee-Attacke Claudias abzuwehren. Sie ließen Phil allein. Schlaf und Wachsein wechselten. Paul Van Dyke suchte einen Hemdenaufbügler, gefolgt von Nicht-Olga, die unbedingt ihre volkseigenen Präservative abrollen wollte, und Julia, die Reportern Interviews gab und hundertmal sagte: «Philip Mann? Ein netter Name. Wer, bitte schön, ist Philip Mann?»

Da war es schon besser, aufzuwachen, aber als er den Kerl im Finstern am Hals hatte, wußte Phil Parker, daß es besser gewesen wäre, nicht aufzuwachen und am besten nie in den Harz gefahren zu sein. Der Griff zog Phil aus dem Bett, nahm ihm die Luft zum Schreien, beließ ihm so eben noch Luft zum Atmen. Und die Ohren hatte er frei zum Hören.

«Hör zu, Bürschchen», fauchte die Stimme. «Das muß aufhören, was du hier treibst.»

«Luft», keuchte Phil. «Ich kriege keine Luft.»

«Du packst deine Sachen und machst, daß du Land gewinnst. Neun Uhr morgen früh ist deine Deadline. Wenn wir dich um fünf nach neun hier noch treffen, machen wir Ernst.»

«Aber was habe ich... was habe ich gemacht?»

«Du bist zu neugierig.»

«Ich bin allein. Ich... ich bin keine Gefahr.»

«Jeder, der neugierig ist, ist eine Gefahr. Wir dulden keine Schnüffler. Hau ab, sonst erlebst du morgen mittag nicht mehr.» Die Hand im Finstern ließ los, und Phil stürzte zu Boden. Schritte im Finstern, Innehalten, Schritte kamen zurück. Phil versuchte, unters Bett zu robben, da packte die Hand zu, riß ihn in die Höhe, und nach einer Sekunde, in der Phil schon wußte, was folgen würde, der schreckliche Schlag auf die Leber. Phil klappte zusammen, der andere stieß das Bein hoch. Sein Knie am Kieferknochen riß Phil die Beine fort. Er schlug auf den Boden auf, und zwei Schritte entfernten sich.

«Neun Uhr», kam es von der Tür. Eine Stimme, die nicht außer Atem war. Schritte, die sich entfernten. Kein Auto, das gestartet wurde. Zeit, die vergeht. Blut, das rinnt, ein pelziger Mund. Die Tränen flossen ohne Schluchzen. Er fühlte Scham, aber das meiste waren doch Schmerzen. Ein Auto, Schritte vor dem Haus. Phils Kiefer aufeinandergepreßt. Licht, Augen brennen:

«Philip, mein Gott, Philip. Was haben sie mit dir...?»

Julia fischte eine Decke vom Bett, legte sie unter seinen Kopf, rannte zur Tür.

«Bleib hier», flüsterte er, hustete, und Julia schrie leise auf. Phil wischte den Mundwinkel ab. «Sieben Monate umsonst», sagte er mit der Neutralität eines Nachrichtensprechers. «Sieben Monate heilt die Scheiße, ein Schlag, und sieben Monate sind umsonst.»

Er stellte sich vor, wie das Blut aus den Wunden floß, wie er es durch die Luftröhre nach oben hustete. Dann lag er im Bett.

«Du bist kalkweiß im Gesicht», sagte Julia. Sie trug eine Lederjacke, die er noch nie gesehen hatte. Sie trug Stulpenstiefel, aus denen Strickstrümpfe ragten. Auch der Rock gefiel ihm.

«Bißchen schlafen», flüsterte Phil. «Bißchen streicheln. Dann geht das.»

«Und du meinst, ich bleibe bei dir», sagte Julia.

«Geh nicht», flüsterte Phil, schloß die Augen. «Ich bin ein Idiot.»

«Was ein Grund wäre, zu gehen.»

«Bleib. Geh morgen. Noch besser wäre...»

«Ja? Sprich, Philip Mann!»

«Noch besser wäre, du gehst nicht und lernst mich an, wie man mit Vernunft und Schönheit durchs Leben schreitet.»

Sie ging zur Tür, und er schloß mit dem Leben ab. Sie löschte das Licht. Er hörte, wie sie sich auszog. Dann spürte er, wie sie ihn auszog. Sie breitete die Decke über ihn und kam unter die Decke. Sie glühte, und er war kalt, und er konnte sogar schon wieder küssen. Dann nahm sie seine Arme und legte sie an seinen Körper. So wurde aus Abend und Schlafen ein neuer Tag.

# 13

Der Eskimo betrat Phil Parkers Hütte in warmer, ausgeglichener Stimmung und verließ sie in kaltem Entsetzen. Als er mit Claudia zurückkehrte – Claudia mit zwei Tüten Kräutertee –, stand Julia neben dem Bett und war bereits angezogen. Phil probierte Arme, Beine und den Bauch und fand alles überraschend manierlich.

«Eskimo, du mußt los nach Hamburg. Nimm Claudia mit. Kann sein, daß hier die Fetzen fliegen. Dann hilft kein Gottvertrauen mehr. Dann helfen nur noch Zweikampftechniken.»

«Red nicht so einen Unfug», fuhr Julia ihn an. «Die Polizei wird kommen. Dir wird nichts passieren.»

«Polizei», wiederholte Phil und dachte an die Polizisten, die er kennengelernt hatte. «Eskimo, fahr los.»

«Aber Winkelmann ist doch völlig uninteressant», protestierte der Eskimo, und die Frauen nickten.

«Vielleicht kommen heute noch einige Opfer dazu», sagte Julia. «Heute nachmittag ist Drehtermin im Sanatorium.»

Um halb neun hatte Phil den Eskimo und Claudia im Wagen.

Claudia reichte ihm ein Buch durchs Autofenster, und Phil war naiv genug, es anzunehmen.

«Es gibt Kraft», sagte sie, «auch dem, der nicht glaubt.»

Sie fuhren Richtung Bundesstraße davon, und Phil pfefferte die Bibel neben die Terrasse der Lehrerhütte. Gleichzeitig rauschte ein Wagen durch den Wald heran, und die Lehrerfrau ließ den heranstürmenden Doktor Belize herein. Julia kochte Kaffee, und Phil nagte an der Unterlippe.

«Es muß mehr als eine Partei geben», sagte er. «Paul Van Dyke ist der Repräsentant der einen Fraktion, die die Abzweigungen Richtung DDR bauen will. Und dann gibt es eine zweite Fraktion. Was will die? Die Abzweigung verhindern? Andere Abzweigungen? Wohin und warum? Verstehst du das?»

Julia sah mißbilligend zu, wie er zwei Tabletten einwarf. «Ich fahre dich ins Sanatorium. Du mußt dich unbedingt durchchecken lassen. Vielleicht ist was kaputtgegangen.»

Phil schnappte sich das Telefon, ärgerte sich über die zu kurze Schnur und wählte:

«Mann. Morgen, Frau Brandenburg. Was macht die Buddelei? Nächste Woche schon? Sieh mal an. – Ich sollte umschulen und Tunnelbauer werden. Muß schön sein, einen Beruf zu haben, wo man alle paar Wochen einen ‹Durchbruch› erzielt. Hat Ihr Feuerwerker schon sein nervöses Lidzucken?» Julia legte ihm eine Hand auf die Stirn. «Weswegen ich anrufe, liebe Hella. Ich darf Sie doch noch Hella nennen?» Julia schüttelte den Kopf, aber sie lächelte, was Phil ungemein beruhigte. «Ich soll Ihnen einen schönen Gruß von Egon bestellen.» Phil keckerte zufrieden, weil er sich das dumme Gesicht der Brandenburg vorstellte.

«Haben Sie mich verstanden? Einen schönen Gruß von...»

«...hier ist Nauke. Guten Morgen, Herr Mann. Sie lügen ja schon wieder. Ich habe nie darum gebeten, einen Gruß auszurichten. Hallo, Herr Mann! Sind Sie noch da?»

«Was stierst du denn so?» flüsterte Julia besorgt. Phil faßte den Hörer fester.

«Sie reagieren schnell», sagte er anerkennend.

«Ich lasse mich ungern veralbern», sagte Nauke, während im Hintergrund ein schweres Baufahrzeug vorbeifuhr. «Und ich darf Ihnen versichern, was Sie nach Lage der Dinge ja längst wissen. Sie haben eine Schmierenkomödie abgeliefert. Und der Leichenwagen war der geschmacklose Höhepunkt des Ganzen.»

«Ja, ja», sagte Phil unlustig. «Man kann sich's manchmal nicht aussuchen. Immerhin haben Sie mir ja doch einiges verraten.»

«Habe ich nicht», stellte Nauke klar, ohne zu triumphieren.

«Haben Sie nicht, aha. Haben Sie also nicht. Na gut. Sonst noch was?»

«Ihnen hat's die Sprache verschlagen, was? Soll ich Ihnen noch mal Frau Branden...»

«Danke, die können Sie behalten.»

Er feuerte den Hörer auf die Gabel, daß er wieder hochsprang und auf den Boden fiel.

«Ich höre auf», knurrte er. «Ich wechsle meinen Beruf. Einmal doof, immer doof. Ich lerne um. Wie wird man Restaurator?»

Julia erlaubte ihm, seinen Kopf gegen ihre Schulter sinken zu lassen.

«Ach, mein armes Hascherl», sagte sie, «hat dich keiner lieb? Sind die anderen schlauer?»

Phil hob den Kopf und sagte kläglich:

«Das Einfache wird auch immer schwieriger. Kannst du mir erklären, wie dein Mäxchen es anstellt, Tag und Nacht heimlich Schokoriegel zu verputzen und Tag für Tag ein Pfund abzunehmen?»

Aus Julias Gesicht floß das warme Lächeln ab wie Wasser aus dem maroden Rohr. «Was soll das?» fragte sie tonlos. «Was spielst du jetzt wieder für ein Spiel? Kannst du nie Ruhe geben? Mußt du immer...?»

«Nein!» rief Phil. «Hör auf. Ich habe nichts beabsichtigt, ich habe nichts in der Hinterhand. Ich stehe in Hemd und Hose da, und mir tut alles weh. Ich habe doch nur was gefragt.»

«Du hast das Falsche gefragt», zischte sie und war so weit entfernt von ihm wie am ersten Tag. In diesem Moment betrat Doktor Belize den Raum.

«Verbandszeug», rief er wie ein Marktschreier. «Schönes weißes Verbandszeug.»

«Was ist los bei denen da drüben?» wollte Phil wissen.

«Sie behauptet, er habe sich Hand und Arm in der Tür eingeklemmt und sei dann unglücklich hingefallen. Er würde gerne etwas anderes behaupten, aber immer, wenn er will, guckt sie ihn an, und er ist stumm.»

«Also hat sie ihn mißhandelt», behauptete Phil.

«Die haben sich gehauen, ganz klar», sagte Belize. «Sie sind beide Lehrer, haben zuviel Zeit. Das frißt sie auf. Sie haben ein Kind, Daniel, bei uns im Sanatorium bekannt als Daniel das Hängebauchschwein. Beide haben beantragt, daß sie ihr Söhnchen zur Kur begleiten dürfen, und beiden ist es genehmigt worden. Das haben sie nun davon.»

«Kommt er gut voran mit dem Abnehmen, der Daniel?» fragte Phil.

«Nicht so gut wie Ihr Herr Sohn», sagte Belize und verneigte sich vor Julia.

«Aha», sagte Phil, obwohl Julia ihn mit sengendem Blick den Mund verschließen wollte. «Sie würden also sagen, in den letzten Jahren hat kein Kind so problemlos abgenommen wie Max?»

Belize nickte. Danach verwickelte Phil den Mediziner in ein Gespräch über Motivation im Kindesalter. Nebenan betrat der Lehrermann, unwesentlich gestützt von seiner Frau, die Terrasse, um frische Luft zu schöpfen. 8 Uhr 55, 9 Uhr, 9 Uhr 05, und auf dem Schotterweg näherte sich ein Wagen. Doch er fuhr nicht bis an den Rand des Waldes und war noch unsichtbar, als der Motor erstarb. Julias und Phils Aufmerksamkeit richtete sich nach draußen, Doktor Belize sagte: «Bis dann», und betrat die Terrasse. Ein Schuß schlug in den Türrahmen ein, und Doktor Belize stand wieder im Haus. Er zog den Kopf zwischen die Schultern, murmelte «Kulturvolk», dann stürmte er aus dem Haus. Schuß zwei, Schuß drei, und bei den Lehrern schrie das Männchen auf. Schuß vier, brechende Äste, männliche Stimmen, Grunzen, Hilferufe, durchdrehende Reifen, ein anfahrender Wagen und die Stimme der Lehrerfrau: «Einen Arzt! Wir brauchen einen Arzt!»

Julia und Phil rannten hinaus. Der Lehrermann lag verdreht auf der Terrasse, die Windschutzscheibe des Corrado war so kaputt wie die Heckscheibe, das Dach des Peugeot hatte etwas Siebartiges, und auf der Grenze zwischen Weg und Wald wehrte sich ein Mann gegen Doktor Belize, der offenbar mit der Autopsie bereits beginnen wollte, während der andere noch lebte. Julia übernahm den Lehrermann, Phil eilte zu Belize.

«Hören Sie auf», rief er. Daraufhin stellte sich Belize den Mann zurecht, holte aus und verpaßte ihm einen Schwinger, der den Mann – Phil sah es genau – mit beiden Beinen vom Boden liftete, bevor er zu Boden stürzte.

«Das galt doch gar nicht Ihnen», keuchte Phil.

«Aha», sagte Belize und holte ein Fläschchen aus seiner Tasche. «Das hat das Bleichgesicht leider vergessen mitzuteilen.» Er hatte den Ohnmächtigen komplett zuschanden geschlagen.

«Doktor, Doktor», sagte Phil vorwurfsvoll. «Nennen Sie das noch Temperament oder schon Arbeitsbeschaffungsprogramm?» Belize lachte und tupfte mit der Flüssigkeit im Gesicht des Liegenden herum.

«Sie müssen aufpassen, daß der uns nicht durchgeht», sagte Phil. Belize entnahm der Tasche Mullbinden und begann, den Körper zu verschnüren.

«Ist eine altchinesische Strangulierungsfesselung», sagte er gemütlich. «Für ein Stündchen erfüllt es seinen Zweck.» Sie legten die Pistole des Schlafenden in einen Plastikbeutel und gingen zur Hütte, wo der Lehrermann jammerte. Nach dem ersten Schuß hatte die Lehrerfrau unter dem Terrassentisch Deckung suchen wollen. Sie traf dort ihren Mann an, der sich angeblich geweigert hatte, zur Seite zu rücken. Die Lehrerfrau beschwor, daß er «Jeder ist sich selbst der Nächste» gesagt habe. Sie hatte ihm vor Wut den kranken Arm umgedreht. Doktor Belize nahm den Mann mit zum Röntgen. Julia zog einen Schuh aus und klopfte das Spinnennetz der Scherben aus dem Autofensterrahmen. Dann band sie ein Kopftuch um, während Phil in Belizes Wagen Platz nahm.

30 Minuten später waren die Diagnosen gestellt. Der Lehrermann hatte eine Fraktur der rechten Speiche und erzählte jedem, daß er den Scheidungsantrag dann eben mit links unterschreiben werde; die Lehrerfrau hatte die Nase voll, was mit den medizinischen Mitteln des Sanatoriums nicht zu beheben war; Doktor Belize hatte einen Oberarmstreifschuß mit Versengung der Haut mehr erhalten als erlitten; der unbekannte Mann hatte einen gebrochenen Unterkiefer, Quetschungen, Stauchungen, Prellungen, Blutergüsse selbst an Stellen, die getroffen zu haben Doktor Belize sich gar nicht erinnern konnte; Philip Mann hatte eine Prellung am Kinn, hervorgerufen durch ein fremdes Knie sowie keine sichtbaren Folgen des Hiebes auf die Leber erlitten. Die örtliche Polizei erschien, Belize erstattete Anzeige gegen den Pistolenschützen.

Phil suchte den Kindertrakt auf. Max stand vor der Tür zur Sauna und machte Faxen durch die Scheiben.

«Sie müssen schwitzen», sagte er lachend. «Sie werden zu langsam leichter. Ich bin viel besser.»

«Sag mal, mein Sohn, wer steckt dir eigentlich noch kleine Schweinereien zu?»

Max wollte das Thema wechseln, doch Phil nagelte ihn fest.

«Ich weiß nicht, was du willst», jammerte Max.

«Wer gibt dir alles was?»

«Nur du. Fast nur du. Kaum einer außer dir. Nur Julia und du, aber Julia ganz selten. Und der Professor will immer, daß ich erst einen Kopfstand...» Max kam auf zehn Leute, die ihn mit Süßigkeiten versorgten.

«Zieh das Hemd hoch», forderte Phil ihn auf.

«Geil, was?» fragte Max und drehte sich im Kreis. Der Dragoner bog um die Ecke, und Phil zog Maxens Hemd herunter. Der Dragoner stemmte beide Arme in die Hüften, und Phil fragte im Vorbeigehen:

«2 und 2?»

«4», blaffte der Dragoner.

«Sehen Sie», sagte Phil, «das habe ich bis vor einigen Tagen auch gedacht.» Nachdenklich ruhte sein Blick auf Max, der an der Saunatür stand und Faxen machte.

Das Sanatorium summte vor nervöser Erwartung. Die Artisten trugen Anzüge und Trikots. Filmemacher Rüssel schwebte huldvoll über die Flure und hielt Audienz. Phil stieß zu Rüssel, als der gerade Sir Bommi über die Wange strich und sagte:

«Wird schon schiefgehen.»

Sir Bommi nahm einen tiefen Schluck aus der Flasche und verschwand.

«Wunderbar», sagte ein alter Artist. «Das haben wir alles Ihnen zu verdanken, Herr Generaldirektor. Sie geben alten Menschen wieder einen Lebenssinn. Sie können dem jüngsten Tag beruhigt entgegensehen.»

Mutter Teresa bog um die Ecke. Sie hatte alles angelegt, was groß und pompös war.

«Muß weiter, muß weiter», rief Rüssel und tat wichtig. Seine Korona folgte ihm frackschößefliegend.

«Iwan sucht Sie», rief ein Pfleger Phil zu.

«Der will sein Auto», murmelte Phil. Kein Iwan in seiner Wohnung, und wie immer unverschlossen. Phil holte die erste Dose Tomatensaft seines Lebens aus dem Kühlschrank und trank sie im Bewußtsein, daß das häufig Helden in amerikanischen Filmen tun. Er drückte auf den Recorder und war gespannt, welche Pornokassette Iwan in der letzten Nacht aufgelegt haben mochte. Als Rüssels Priamos-Film startete, war Phil ein wenig enttäuscht. Nur die Schlappheit hielt ihn davon ab, eine andere Kassette aufzulegen. Rüssel interviewte:

«Herr Kilesi, wie war die Resonanz Ihrer Ausstellung von byzantinischen Zeugnissen in Bremen?»

«Wir waren alle sehr beeindruckt, wie verständnisvoll und interessiert...»
Phils Oberkörper ging nach vorne.


«Keine Zeit, keine Zeit», blies sich Rüssel auf.
Phil Parker hielt den Wichtigtuer fest.
«Kilesi», sagte Phil, «sagt dir der Name etwas?»
«Kilesi, Kilesi, laß mich nachdenken...» Als Rüssel das Gefühl hatte, wenigstens zehn Zeugen um sich versammelt zu sehen, begann er dramatisch nachzudenken.
«Er spielt in deinem Priamos-Film mit», sagte Phil.
«Natürlich... Ein selten kultivierter Mensch. Ist Staatssekretär im türkischen Kultusministerium. Hat bei uns studiert, in Heidel...»
«Hat der Mann einen Zwillingsbruder?»
«Das weiß ich doch nicht.»
«Hast du eine Viertelstunde Zeit?»
«Ausgeschlossen. Was soll aus dem Projekt werden, wenn der Chef...»
Glücklicherweise tauchte der Kameramann auf und ließ Luft aus der Chef-Blase. Phil packte den Zögerlichen an der 2000-Mark-Jacke und zog ihn mit sich.


«Paß auf jetzt», sagte Phil Parker zehn Minuten später. Er ließ Rüssel im Schutz der Bushaltestelle stehen und fuhr einmal um den Häuserblock. Er gab Gas und bremste Rüssels Lancia brutal ab. Ein toller Wagen, ein tolles Quietschen. Die Tür des Restaurants wurde aufgerissen.
«Was ist passiert?» rief der Türke, erkannte Phil und lachte befremdet.
«Alles okay», rief Phil. «Es war nur eine Katze oder Bisamratte. Ich dachte im ersten Moment, es müsse Schmitt sein. Ouzo-Kur, Sie verstehen?»
«Ich verstehe», sagte der Türke und verschwand im Lokal. Phil rutschte auf den Beifahrersitz, und Rüssel löste sich aus der Deckung der Bushaltestelle.
«Was halte ich denn hiervon?» murmelte er.

«War er's oder war er's nicht?»

«Selbstverständlich war er es. Wie kommt Kilesi hierher? Und dann in so ein piefiges Lokal. Dieses ganze Gelump auf den Regalen. So was gewinnst du ja nicht mal mehr auf dem Jahrmarkt.»

«Vielleicht ist er Urlaubsvertretung für einen Freund oder Verwandten.»

Rüssel startete den Wagen. «Schade», murmelte er, «daß ich keine Zeit habe, mich darum zu kümmern.»

«Wirklich jammerschade», stimmte Phil zu. Und er lächelte.

Rüssel tat es nicht gerne, aber er tat es. Die Fahrt im Lancia nach Braunlage war die reine Freude. Auf halber Strecke begann Phil, an Julia zu denken. Ihm wurde warm ums Herz. Er hielt es für Liebe, ihm fiel einfach nichts Besseres ein.

Ja, Herr Direktor Klettenberg beliebte, im Hause zu sein. Phil konnte ihn aber nicht finden, rannte die Stockwerke hinunter, fragte am Empfang, stöhnte über die vielen Verlustierungsangebote des *Maritim*. Das Angebot «Klo» hatte er nicht auf der Rechnung gehabt. Ein entschlackt wirkender Klettenberg stand ihm erstaunt gegenüber, wollte gleich wieder den Gastgeber rauskehren und sagte an der Ortsausfahrt von Braunlage:

«Sie entführen mich nicht zufällig?»

«Wieviel sind Sie denn wert?»

Klettenberg lachte und schnallte sich an.

Phil hatte das Ziel nicht genannt, aber Klettenberg war schlau:

«Wir fahren zu Hellas Arbeitsplatz.»

«Da fahren wir hin», bestätigte Phil, den eine nervöse Unruhe ergriffen hatte. «Dort laden wir jemanden ein, dann fahren wir in eine Art Theater. Das Fernsehen wird anwesend sein.»

Der Feuerwerker in der gelben Gummijacke rannte mit seinem Koffer über die Baustelle und warf hektische Blicke um sich.

«Wird schon schiefgehen», rief ihm Phil auf dem Weg zum Container zu, und der Feuerwerker drückte den Koffer gegen seine Brust.

Die Tür stand halb offen. So waren sie sofort vor dem Schreibtisch, hinter dem Hella Brandenburg saß und seitlich Egon

Nauke. Die Brandenburg reagierte wie eine Hysterische auf der Flucht vor der Maus. Nauke erhob sich steif. Klettenberg war vollkommen ruhig. Nur seine Augen arbeiteten. Phil Parker fühlte sich unheimlich gut.

«Hallöchen», sagte er. «Versteht das Ganze als eine Art Familienzusammenführung. Human touch in schwerer politischer Zeit. Was, Hella, das ist doch schöner als dieses ständige Gematsche mit Ton und Holz und Kork und Donnerwurz mit Mäuseaugen?»

«Worauf wollen Sie hinaus?» fragte Hella Brandenburg.

«Ich wollte die Punktniederlage gegen Herrn Nauke auswetzen», antwortete Phil. «Er hatte ja recht, daß ich beweismäßig etwas schwach auf der Brust war. Jetzt habe ich ein klitzekleines Beweischen.» Er wandte sich an Nauke: «Oder wollen Sie mir erzählen, daß Sie in einer fadenscheinigen offiziellen Mission hier sind?»

«Selbstredend bin ich offiziell», sagte Nauke. «Mein Besuch ist Teil des routinemäßigen Informationsaustauschs zwischen Reichsbahn und Bundesbahn.»

«Herr Mann glaubt, einem geheimen Projekt auf der Spur zu sein», teilte die Brandenburg Nauke mit. «Er denkt...»

«Los jetzt», sagte Phil. «Wenn wir schnell machen, schaffen wir's noch. Teil zwei der Familienzusammenführung. Das betrifft jetzt Sie, Herr Nauke.» Nauke verspannte sich, und Phil schob die Lüge nach: «Ihre Frau Mama hat gesagt, wenn Sie nicht dabei sind, läßt sie die ganze Veranstaltung platzen. Wie ich bereits sagte: Das Fernsehen ist da. Wenn es zu einem Skandal kommt, können Sie das heute abend in der Tagesschau sehen, Herr Nauke. Vielleicht sogar in der Aktuellen Kamera.»

«Los», sagte Nauke und verließ den Container. Hella Brandenburg mußte erst den Athleten Raimund suchen und ihm die Verantwortung auf die meterbreiten Schultern packen.

Er fuhr bis zum ersten Dorf, dann hatte er die hungrigen Augen von Egon Nauke richtig gedeutet. Phil ließ den DDR-Mann ans Steuer. Nauke wollte es erst gar nicht glauben, fuhr anfangs die Gänge nicht aus und hielt schwächere Pkws auch für Autos. Dann fuhr er schneller, dann fuhr er immer schneller, links fuhr er sowieso und hatte nach der Abfahrt von der Autobahn Probleme, zu vernunftbegabtem Verhalten zurückzufinden.

Das Sanatorium brodelte. Quattro hatte Mühe, auch nur zwei Bälle in der Hand zu halten. Das Radfahrer-Duo lag mit Nervenleiden flach, und Strauss hatte beim letzten Probelauf zwei Triangel unlösbar ineinander verhakt. Professor Morak bekam von Phil die drei Gäste aufs Auge gedrückt. Phil rannte nach oben. Max trat vor Ungeduld von einem Bein aufs andere. Der Eskimo hatte vor zehn Minuten angerufen und eine Telefonnummer hinterlassen. Phil drückte dem Knaben statt Schokolade fünf Mark in die Hand, und Max, der dachte, daß er mit einem Schokoladentaler abgespeist werden sollte, brach sich beim Zubeißen einen Zahn an. Heulend wollte er sich aufs Bett werfen. Phil schob ihn aus dem Raum.

«Du glaubst es nicht», lauteten die ersten Worte des Eskimo.

«Ich glaube es», sagte Phil.

«Ein Schweinestall. Soviel Gestank. Zwei Wände im Schlafzimmer sind voller Schimmel. Die Rückwand des Kleiderschranks ist verschimmelt. Alle Klamotten riechen spakig. Dreckige Jalousien, alle runtergezogen, das Klo... Er hat das Klo vollgekotzt, alles ist verstopft, und er hat irgendein verbranntes Essen reingeschüttet. Auf dem Herd stehen Töpfe, da krabbeln Maden herum...» Phil brachte ihn aufs Thema zurück. Der Eskimo hatte vier ‹naive Entwürfe› Winkelmanns gefunden: Zusammenhänge von Alkohol und Erleuchtung; Sittenbild einer bundesdeutschen Vereinigung von Kriminalschriftstellern; Geschichte eines Diätmittels; eine Woche mit Serieneinbrechern unterwegs.

«Lies die Diätsache vor», befahl Phil.

«Interessiert dich denn die Literatur...?»

«Die Diät.»

«Chemiefirma Porto ist neuem Mittel zur Gewichtsabnahme auf der Spur. Peptid (Eiweißmolekül) der Bauchspeicheldrüse. Wenn es gelingt, das Zeug zu synthetisieren und dem Körper in Tablettenform zuzuführen, ist das die Revolution auf dem Diät-Sektor. Aufstand im Porto-Labor – zwei Biochemiker gründen Alternativfirma, sollen mit noch sensationellerem Ziel experimentieren: Einpflanzung der Diätinformation in die DNA – also Aufnahme des Diätbefehls in das Erbgut. Nach Liebesaffäre des männlichen Biochemikers macht in der Branche Gerücht die Runde: Ex-Porto-Chemiker haben Versuche an Menschen unternommen. Porto und andere Firmen haben Detektive in Marsch gesetzt. Wo sitzt die Alternativ-Laborküche? Wer findet die mit der neuen Erbinformation ausgestatteten Versuchspersonen? Wie viele gibt es? Wo leben sie? Gerücht 1: Ostblock mischt mit. Gerücht 2: Ostasiatische Staaten und Firmen mischen mit. Kontakt Eselsohr, Chiffre benutzen, kein Klartext, keine Klartextzahlen. Schwarze Kasse Jack Daniels anzapfen. Vorbeugend Kontakt zu Agentur Romann in Zürich. Dieser Gig muß die Altersversorgung bringen.»

«Das war's?»

«Das ist der Urtext», sagte der Eskimo. «Jetzt kommt noch was Handschriftliches. Es könnte heißen: ‹Ostasien-Connection falsche Spur. Halbes Flugzeug voller Spürnasen tapert durch Singapur. Auge des Orkans bei Sturm am allergemütlichsten. Wo ist Deutschland am deutschesten?› Kannst du was damit anfangen? Ich könnte nichts damit...»

Phil legte sich aufs Bett, um die Informationen sacken zu lassen. Es klopfte, Julia betrat den Raum. Er rückte zur Seite, doch wenn sie nicht wollte, wollte sie nicht. Daran mußte er sich noch gewöhnen. Immerhin setzte sie sich auf die Bettkante und strich ihm die Haare aus der Stirn.

«Ist was, mein Lieber?» fragte Julia, und Phil genoß jeden Laut der Frage.

«Nein, es ist nichts.» Er wußte, daß der Tag kommen würde, an dem er Julia die Wahrheit sagen konnte. Er war sicher, daß sie in diesem Moment wußte, daß er mehr wußte, als er ihr sagte. Er wußte ja auch, daß sie ihm weniger sagte, als sie wußte, und er liebte sie trotzdem. Das Geheimnis hieß Max. Vielleicht hatte Julia das Kind im Wald gefunden. Das wäre noch kein Grund gewesen, ihn dort nicht für den nächsten Spaziergänger liegenzulassen. Julia küßte ihn mit merkwürdigem Ernst.

«Wir beide», sagte Phil. Sie sah ihn lange und schrecklich ernst an und sagte dann:

«Wir beide.»

Phil fand das ungeheuer schön. Er war in der Stimmung, in der er auch die Zeitansage – gesprochen von Julia – ungeheuer schön gefunden hätte.

«Es geht gleich los da unten», sagte Julia. «Ich habe Angst.»

«Ich auch. Um Rüssel. Man liest so oft, daß ein Senioren-Mob wehrlose Menschen zerfleischt.»

Etwas krachte gegen die Tür. Phil versuchte, sich zwischen Julia und die Tür zu stellen, bevor die anderen das Zimmer gestürmt hatten. Aber das einzige, was am hereintorkelnden Schmitt gefährlich war, war die kapitale Fahne. Schmitt begann sofort zu singen:

«Oh, wie wohl ist mir am Mohorgen, wohl am Mo...»

Kommissar Wojcicki folgte, und Schmitt hing an seinem Hals: «Das isser», lallte er entsetzlich und versuchte, auf Phil zu deuten. «Das iss der nedde Herr, der mir zu dieser ffff... fffantastischen Kur hatta mir geraten. Dafür hab ich ihn ganz, ganz doll lieb.» Schmitt warf sich an Phils Hals und hatte ihm bereits zwei Küsse auf Mund und Auge gedrückt, bevor Wojcicki dazwischengehen konnte und den Assistenten wegzerrte.

«Geh nach unten», sagte Wojcicki «Unten ist Fernsehen.»

«Fernsehen?» fragte Schmitt und sah sich hektisch um. Er ging zu Phils Fernseher, blickte hinter das Gerät und drohte Wojcicki mit dem Finger:

«Du willst mich verscheißern. Soll man denn kleine, dumme Helfer verscheißern, du Oberhirsch? Soll man das?» Er kicherte, wie Heinz Rühmann in irgendeinem Film gekichert hat. Nur sah man ihm nicht so gern dabei zu wie Heinz Rühmann. Wojcicki drehte den Trunkenbold zur Tür. Schmitt intonierte: «Wir lagen vor Madagaskar» und torkelte davon. Draußen knallte es, dann brüllte Schmitt: «Ouzo! Wir fahrn nach Lodz!»

Wojcicki straffte sich und sagte:

«Wenn ich eines Tages vor meinen Richter trete, rechnet er mir das hoffentlich als Pluspunkt an.»

«Ich hab was für Sie», sagte Phil und stellte alarmiert fest, daß der Kommissar Julia anblickte. Er konnte nicht wissen, was Julia über Phils Identität wußte. Phil wollte ums Verrecken nicht von der Schlagfertigkeit eines Polizeibeamten abhängig werden. «Magst du schon vorgehen, mein Leben? Ich habe mit dem Kommissar ein... ein...» Phil druckste herum, sie erlöste ihn, indem sie ging.

«Was weiß sie?» lautete Wojcickis erste Frage.

«Über mich weiß sie nichts. Dabei soll es einstweilen auch bleiben. Ich möchte um meiner selbst willen geliebt werden und nicht, weil ich eine Berühmtheit bin.» Phil suchte die Archiv-Papiere zusammen, und der Kommissar sagte:

«Die Kollegen aus Goslar haben die Identität des Pistoleros noch nicht ermitteln können.»
«Ist er wieder bei Bewußtsein?»
«Jedenfalls solange sich kein dunkelhäutiger Arzt im Raum befindet. Alles, was abgetönter ist als ein Ostfriese, versetzt ihn in Panik.»
«Dann hätte er vor mir keine Angst.» Phil reichte Wojcicki die Blätter.
Wojcicki schaute sich das erste Blatt an und begann zu zittern. Phil wurde Zeuge, wie sich Wojcicki mit einer Scheu, die das Lesen jeder Zeile zur Qual machte, die Situation im Frühjahr 1945 antat. Phil verschwand auf einen entfernten Stuhl. Wojcicki las, aber häufig waren seine Augen starr auf einen Punkt gerichtet, der sich nicht auf dem Papier befand. Dann sagte er etwas: leise, nicht auf deutsch. Wojcicki ließ das Blatt sinken:
«Warum tun Sie mir das an?»
«Haben Sie was gefunden? Es wäre ja ein Zufall bei den vielen...»
Wojcicki reichte ihm das Blatt.
«Oh nein.» Anklage wegen Wilderei. Sichergestellte Beute: ein Kaninchen (weiblich, trächtig). «Wegen der besonderen Schwere der Tat kann auf mildernde Umstände nicht erkannt werden, zumal angesichts der fortgesetzten Renitenz des Angeklagten, der jede Reue vermissen läßt. Seine Einlassung, er habe einen Sohn und eine schwangere Frau zu ernähren, betrachtet das Gericht als Schutzbehauptung. Um 6 Uhr morgens erschossen. Das Kaninchen wird der Lazarettküche überstellt.»
«Vielleicht ist er's nicht», sagte Phil. «Vielleicht ist es...»
«Alles stimmt. Geburtsdatum, Geburtsort, Vorname, der kleine Sohn stimmt, die schwangere Frau stimmt. Keller heißt der Richter.» Phil sah sofort, was Wojcicki nicht entdeckt hatte.
«Welcher Richter? Hier gibt's keinen Richter. Das haben die zwischen Tür und Angel erledigt.» Er las, reimte zusammen. «...ein Polizeiposten, der Bürgermeister und ein Förster. Polizist, NSDAP-Mann und Förster haben Gerechtigkeit gespielt. Erschießen wegen eines Kaninchens.» Phil schluckte. «Und Ihre Mutter? Ich meine, wie ist sie... Wie ist es ihr ergangen?»
«Sie hat überlebt. Donata kam zwei Monate zu früh, war nie richtig gesund. Mit sieben hat sie eine Lungenentzündung bekom-

men. Eine echt polnische. Da waren wir ja wieder zu Hause. Daran ist sie gestorben.» Er stand auf. «Sie haben hier geheiratet», sagte Wojcicki und wischte über die Stirn. «Im April noch, 24 Stunden, nachdem alles vorbei war. Als wir dachten, wir seien befreit. Eine kleine Massenhochzeit mit einem zweiten Paar und richtigem Geschirr zum Poltern. Mann, das war schwieriger zu bekommen damals als Schnaps oder Blumen. Hat ja keiner rausgerückt, seine Teller und Tassen.»

«Haben Sie ein Kantinendepot leergemacht, oder was?»

«So ähnlich», sagte Wojcicki. «Die Mutter hat erzählt, sie hätten Geschirr gefunden. Im Wald, zwischen Wald und einem Stollen. Wie im Märchen. Mitten im Krieg steht im Wald eine Kiste mit Geschirr.»

«Eine Kiste mit Geschirr», sagte Phil, und genau in diesem Moment öffnete sich die Tür, und ein außer Rand und Band geratener Dragoner rief in galoppierender Redeweise:

«Wer nicht sofort runterkommt, wird erschossen.»

Der Dragoner strahlte in der Region, die – wer ihn nicht kannte – als Gesicht bezeichnet hätte. «Is was?» fragte das Pflege-Monstrum. «Was starrt ihr mich so an, Kerle? Könnt ihr nicht oder wollt ihr nicht? Kommt endlich in die Hufe. Wir haben das Fernsehen im Haus. Das Fernsehen.»


Die Ärzte-Combo spielte schräge Weisen, um den Saal in Stimmung zu bringen. Hinter der Bühne stützten sich die alten Artisten gegenseitig. Rüssel hatte St. Andreasberger Vereine eingeladen, hatte Touristen eingeladen und schickte, als der Saal voll war, die Überzähligen lieblos auf den Rückweg. Vor dem Sanatorium spielten sich ergreifende Szenen ab, und Marietta, der weibliche Clown in der Tradition Maria Valentes und Leontine Olschanskis gab im Nieselregen eine Solovorführung, bis ihr der Regen das letzte Gramm Schminke vom Gesicht gespült hatte.

Hella Brandenburg, Klettenberg und Nauke hatten keine besonders guten Plätze erwischt. Phil grüßte hinüber, und plötzlich stand Schmitt auf der Bühne. Die Ärzte-Combo brach ab, Schmitt dankte für Beifall, den nur er hörte. Dann öffnete er den Mund, und alles war zu spät.

«So ein Tag, so wunderschön wie... Aua.»

Doktor Belizes Griff saß beim ersten Versuch, und Schmitt landete erst hinter der Bühne und dann an einem Ort, den Belize niemandem verraten wollte.

«Ich muß mit dir...» weiter kam Paul Van Dyke nicht. Phil ließ ihn stehen und arbeitete sich zu Julia vor, die mit Max, Daniel und den beiden anderen Abspeckern zusammenstand. Er drängte sie, sofort die Telefonnummer von Meta aus ihrem Telefonverzeichnis zu suchen. Dann rannte er ins erste freie Büro.

«Hier Par... oder sagen wir Mann. Philip Mann. Sie erinnern sich? – Genau, der freundliche junge Mann mit der wunderschönen Frau. – Nein, noch nicht verheiratet. Klar, das kommt noch. Meta, wo waren Sie im Frühjahr 1945? – Bodenständig, bodenständig. Und wo genau? Ich meine jetzt speziell den April, falls Sie sich... Ist ja sagenhaft. – Ja, ja, wer's nicht im Kopf hat. – Was? Was haben Sie? Das ist nicht wahr. – Das ist ja rührend. Und wen? Entschuldigen Sie meine Neugier, es geht mich natürlich überhaupt nichts... Was?!»

Er betrat den Saal, als Quattros Bälle auf den Bühnenboden fielen. Die Zuschauer stöhnten auf. Rüssel, der hinter der Kamera stand, hob verzweifelt drei Finger in die Höhe.

«Drei kann jeder», sagte Quattro. «Ich werde vier schaffen. Ich brauche nur etwas Zeit.»

Rüssel begann, auf seine Armbanduhr zu tippen und schüttelte den Kopf.

Phil setzte sich mit einer Arschbacke auf ein Fensterbrett.

«Ein Skandal», wisperte Van Dyke. «Das trifft auf meine schärfste Ablehnung.»

«Wovon redest du eigentlich?»

«Der Zwischenfall vor deiner Hütte heute morgen.»

«Ach. Deine Gestalten waren das.»

«Das will ich damit nicht gesagt haben.»

«Dann wird der Kerl bestimmt flugs freigelassen, und alles war ein großer Irrtum. Oder?»

«Natürlich wird er freigelassen. Noch ist es...» Vor ihnen drehte sich eine Frau um und zürnte mimisch. «Noch ist es in diesem Land nicht verboten, seinen Dienstpflichten nachzukommen. Übereifer eingeschlossen.»

Phil sah auf dem Fensterbrett das Programmblatt liegen. Die nächste würde Mutter Teresa sein.

«Guck mal, Paul», flüsterte er und wies in Richtung Nauke. Van Dyke redete weiter, Phil wies ihn erneut auf Nauke hin, und wieder kapierte Van Dyke nicht. Dritter Versuch, und da brach barmherziger Applaus für Quattro los. Eine Schwester führte den weinenden Mann von der Bühne. Sie waren noch nicht unten, als Mutter Teresa aus den Kulissen brach. Sie hatte in den letzten Minuten noch ein Pfündchen Make-up nachgelegt. Jesus fing sofort an, sich mit ihr zu streiten. Phil sah, wie Nauke den Kopf zwischen die Schultern zog. Teresas Wortkämpfe mit Jesus waren so überholt, daß es Phil schauderte. Aber der Humor kam an, und die Frau war ja auch mitreißend und besaß mit 80 Jahren eine Spannung, die die meisten mit 40 verlassen hat. Natürlich konnte von Bauchrednerei nicht die Rede sein. Jesus sprach mit verstellter Teresa-Mundstimme. Aber die beiden kamen an. Rüssel blickte sich begeistert um, animierte die Leute zum Klatschen und streichelte in seiner Freude einem alten Herrn über den Scheitel. Nauke wurde kleiner und kleiner. Klettenberg befand sich in heftiger Unterhaltung mit Hella Brandenburg, und plötzlich stand Julia vor Van Dyke:

«Haben Sie die Fotos geschickt?»

Van Dyke wollte sich zum Pfau aufblasen, und Phil sagte:

«Natürlich war er es.»

Phil wartete auf die Ohrfeige, die sie ihm verpassen würde. Auch ein Tritt in das Vorratslager für potentielle Pauls hätte seine volle Sympathie gefunden. Aber Julia sagte nur: «Das haben Sie nicht umsonst getan.» Sie wandte sich dem Ausgang zu, kehrte zurück, und dann knallte sie Van Dyke, der wohl auch nicht mehr damit gerechnet hatte, ein solches Ding an die Wange, daß es ihm den Kopf verriß. Vom Eingang näherte sich eine Schwester.

«Da sind zwei Herren», sagte sie zu Phil.

Van Dyke guckte verdutzt, und Phil folgte der Schwester. Ein Techniker und ein Jurist. Badura und Dr. Waldvogel aus Frankfurt und Bonn. Besorgt, sehr besorgt. Praktisch sanatoriumsreif. Man fand Platz in einer der Besucherecken mit billigen Skai-Möbeln. Dr. Waldvogel stieß sofort zum Thema vor:

«Das können Sie uns nicht antun.»

Phil drückte eine Tablette aus der Packung und warf sie ein. Als hätte er damit das Startzeichen gegeben, taten die beiden Nervösen das gleiche mit pastellfarbenen Pillen.

«Was kann ich Ihnen nicht antun?» fragte Phil.

«Sie wissen doch.»

Aus dem Festsaal brandete Gelächter. Mutter Teresa ließ offenbar nicht locker. «Meine Herren», sagte Phil, «meine Zeit ist begrenzt. Wenn Sie etwas auf dem Herzen...»

«Arbeitsplätze», brachte Waldvogel emphatisch aus. «Sie gefährden Arbeitsplätze.»

«Toll», sagte Phil. «Ich habe ja schon vieles gefährdet in meinem Leben. Den Staat, die Würde der Frau, einen Goldhamster namens Lübke. Aber Arbeitsplätze... Nicht schlecht.»

«Darüber scherzt man nicht», sagte Badura.

Phil schwieg, die anderen schwiegen, und Mutter Teresa brachte den Saal zum Kochen. Zwei Pfleger führten einen Senioren aus dem Saal auf die Toilette.

«Gut», sagte Waldvogel, «reden wir Klartext.» Badura schien alarmiert. «Herr Mann, Sie dürfen darüber nicht berichten. Sie gefährden eines der faszinierendsten Zukunftsprojekte unserer Wirtschaft.» Er holte Luft. «Es ist so zart, das Projekt. Sie sind so empfindlich, die Kontakte. Dieser Plan hat kein Vorbild. Ein Wort zur falschen Zeit, und wir können einpacken.» Waldvogel beugte sich weit nach vorn und arbeitete mit seinen langen gelben Fingern: «Sie müssen sich das als zarte Pflanze vorstellen», sagte er eindringlich. «Als wertvolle Orchidee. Oder nehmen Sie die Frauen. Vielleicht kennen Sie so eine Kapriziöse, eine von Welt, kultiviert, charmant, mit Klasse. Ein falsches Wort, und Sie können wieder das Loch in der Hosentasche auftrennen. Ist doch so.»

Phil starrte den Unglücksmenschen an, Badura bohrte düster in der Nase.

«Wovon reden Sie eigentlich?» fragte Phil gebändigt.

«Herr Mann, wir müssen uns nichts vormachen. Wir wissen doch, wo Barthel den Most holt.»

«Welchen Most, und wer bitte ist Herr Barthel?»

Nun schaltete sich Badura ein: «Nauke ist unser Mann drüben.»

«Also doch», murmelte Phil. «Hat gelogen, dieses Rübenschwein.»

«Das erklärt die Pikanterie», fuhr Badura fort. «Sie machen sich keine Vorstellungen über das Ausmaß an Paranoia, das auf den entsprechenden Ebenen herrscht.»

«Und Sie», unterbrach ihn Phil. «Auf welcher Ebene sind Sie angesiedelt?»

Die Männer blickten sich an, griffen beide in die Innentaschen ihrer Jacketts und überreichten Visitenkarten: Eric Badura, Dr. rer. nat. Dipl. Ing. Bundesbahnvorstand, Referat Anbahnungen und Dr. Kai-Uwe Waldvogel, Bundeskanzleramt, Grundsatzreferat Deutschland.

«Sie sehen in uns Troubleshooter in Sachen Wiedervereinigung», sagte Waldvogel.

«Kleiner haben Sie's nicht?» fragte Phil.

«Es hat doch keinen Sinn, sich was vorzumachen», antwortete Waldvogel. «Mancher arbeitet für den Alltag. Und die Arbeit von wenigen wird eines Tages als epochal bezeichnet werden.»

«Ich sehe das mehr unter verkehrstechnischen Gesichtspunkten», sagte Badura beherrscht.

«Leider», sagte Waldvogel spitz. «Leider.»

«Unser guter Nauke tut, was er kann. Aber er ist nicht der liebe Gott.»

«Das kommt davon, wenn man mit den zweitbesten Mitarbeitern zufrieden ist», nörgelte Dr. Waldvogel.

«Daher unsere Bitte», sagte Badura und nahm Phil ins Visier: «Halten Sie die Tinte, Herr Mann, auch wenn es Ihnen schwerfällt. Alle Firmen des Konsortiums werden es Ihnen danken.»

Das wollte er nun doch genauer wissen. «Ich hätte Umsatzausfälle», behauptete Phil. Ein wenig schockiert sah er zu, wie Badura in seine Brieftasche griff und einen Scheck über den Tisch schob. Im Hintergrund kam der Senior mit den beiden Pflegern von der Toilette zurück. Auf halbem Weg zur Tür brüllte der Saal vor Lachen, und der Senior drehte gleich wieder um und strebte mit verkniffenen Beinen dem Klo zu. Der Scheck war bunt, seriös, unterschrieben mit zwei Arzt-Unterschriften, versehen mit Ort St. Andreasberg und Datum des heutigen Tages. Die Summe fehlte.

«Nur zu», sagte Waldvogel lächelnd.

Phil ließ sich einen Füllfederhalter reichen. Als er Baduras *Parker* in der Hand hielt, zuckte in ihm allerlei.

«Sie wissen, daß ich Schriftsteller bin.» Beide nickten. «Ich hab noch nicht viel auf der Kante für das Alter.» Die beiden nickten, vielleicht war es etwas starrer geworden.

«Beantworten Sie mir vorher eine Frage: Wer steckt hinter dem Konsortium?»

«Die Bundesbahn kann nicht verlangen, daß wir das neben den 6,5 Milliarden Mark Baukosten auch noch alimentieren», sagte Waldvogel rechthaberisch.

«Einige der ersten Adressen dieses Landes», schaltete sich Badura ein. «Sie müssen weit in die Vorlage gehen. Ich weiß nicht, wie diese Posten im Geschäftsbericht erscheinen sollen.»

«Am besten wäre, wenn es im Steuerrecht einen Deutschland-Paragraphen gäbe», schlug Waldvogel vor. «Keine Waschanlagen, keine Umwegfinanzierungen. Geld für Deutschland – gutes Geld.»

«Und nun», sagte Phil, «verraten Sie mir bitte noch, wie intensiv sie Herrn Van Dyke kennen.»

Die beiden wurden spürbar munterer. «Ist der hier?» fragte Waldvogel kiebig. «Schmeißt er wieder mit Dreck?»

«Sechsstellig müßte es schon sein», sagte Phil. «Wie gesagt: Ich habe Umsatzausfälle.»

«Der Mensch muß leben», sagte Badura unterstützend.

Offenbar meinten die Jungens das alles ernst. Offenbar war er drauf und dran, seinem zukünftigen Kontoführer ein orgiastisches Erlebnis zu bescheren.

«Was würden Sie von 250000 halten?» fragte er und räusperte sich.

«Da muß eine alte Frau lange für stricken», sagte Waldvogel.

«Was halten Sie von 500000?» Phil brachte die Worte nur gequetscht heraus.

Badura holte Papiere aus der Tasche, schob sie über den Tisch.

«Darunter kommt Ihre Unterschrift», sagte er. «Das ist, wie Sie verstehen werden, unsere Absicherung.»

Phil las den Vertragsentwurf durch. Sie wollten ihm den Mund verbieten. Er hätte seinen Beruf wechseln können, bestenfalls noch Sonnenuntergänge betexten dürfen.

«750000?» fragte er lauernd.

«Was glotzen Sie mich immer so an?» entgegnete Waldvogel patzig. «Ich muß für mein Geld arbeiten.» Badura legte ihm die Hand auf den Unterarm. Phil beugte sich über den Scheck, nahm eine Tablette, dann trug er zügig die Zahl 995000 ein. Badura tippte mit dem Zeigefinger auf die Stelle unter dem Vertrag, und plötzlich brandete drinnen nicht nur Gelächter auf, sondern es waren Schreie zu hören, Entsetzen, Schmerz, Empörung. Aus war's mit dem Lachen, und die Flügeltüren brachen aus dem Rahmen, als eine Frau herausstürmte, gefolgt von einer zweiten Frau, und dann kam nur noch Masse Mensch, Menschenmassen. Auf den Treppen stürzten die ersten, alles schrie, und Phil raste mit dem entsetzten Ruf: «Julia! Sie dürfen dir nichts tun» mitten hinein in dieses Getümmel. Aufruhr, Hektik, und Phil sah, wie Pfleger eine Bahre aus dem Festsaal trugen, auf der ein kleiner Mensch lag; daneben im Laufschritt eine Ärztin, die Infusionsflasche in erhobener Hand. Das ganze Richtung Operationssaal. Paul Van Dyke stand bemerkenswert aufgelöst eine Sekunde im Mittelpunkt, bevor sich der Mittelpunkt verschob: Badura und Waldvogel, die Augen groß vor Schreck, mit dem Rücken an der Flurwand, einer den Vertrag, der andere den Scheck gegen den Brustkorb pressend. Menschen hier und Menschen da; wer irgendwohin strebte, kam ganz woanders an. Immerhin erreichte Phil ein Fenster: Er sah die Frau am Ende des Rasens Richtung Osten hasten und ihr auf den Hacken eine zweite Frau, stärker, schöner, aufholend.

«Julia», sagte Phil bibbernd. Wovor hatte er Angst? Es war Julia, die die Pistole in der Hand hielt. Die Frau hastete in den Schutz der mehr als menschenhohen Büsche, Julia hinterher. In gehörigem Abstand Männer, Frauen, jung und alt. Viel zu weit entfernt, um in das Duell eingreifen zu können.

«Ist das nicht entsetzlich?» rief die Schwester neben Phil einer Kollegin zu. Gestützt von zwei Männern verließ in diesem Moment Rüssel den Festsaal. Seine Körperhaltung war die eines gebrochenen Mannes.

«Kann mir einer sagen, was passiert ist?»

Die Schwester sah Phil an. «Es war entsetzlich. Mit dem Skalpell! Mitten unter allen Menschen! Ins lebendige Fleisch! Der arme Max.»

Die Schwester eilte weiter. Die wogenden Massen kamen zum Stillstand, fluteten teilweise schon zurück in den Festsaal. «Julia», sagte Phil. Vor dem Operationssaal herrschte routinierte Eile. Ärzte führten verirrte Touristen auf den rechten Weg zurück, Artisten in verrutschten Anzügen verstanden die Welt nicht mehr, und aus dem Nichts radelte das weibliche Kunstfahrer-Duo herbei, und alles sprang zur Seite. Durch den Geräuschbrei drang ein Martinshorn, Bremsen quietschten, Männer brüllten, und irgendwo im Sanatorium fand ein Wettlaufen statt.

«Was...?» hob Phil an, und der Pfleger sagte sofort:
«Keine Lebensgefahr. Ich darf nichts sagen. Sind Sie Angehöriger?» Dann eilte er weiter. Phil überwand seine Zögerlichkeit, drückte die Tür auf und befand sich im Vorraum zum OP. Ein schneller Blick durch die Scheibe auf das Ärzteteam in Aktion. Der blutbesudelte Handschuh des messerführenden Mediziners, und Phil schaute zur Seite. Als er sich erneut umdrehte, zog der instrumenteführende Arzt einen phänomenal langen Faden vom OP-Tisch in die Höhe, und seine Helfer schienen Klavier auf dem Körper von Max zu spielen. Der Narkosearzt entdeckte Phil und winkte ihm zu, eine Schwester beobachtete den Narkosearzt und lachte Phil an. Einer der drei am OP-Tisch blickte sich um, und Phil begann, sich um Max zu sorgen. Er verließ seinen Standort, wartete draußen.

Sie kamen bald, schoben das bißchen Max an ihm vorbei, und Phil paßte den Narkosearzt ab: «Wird er überleben?»

«Eine kapitale Fleischwunde. Wir mußten im Oberschenkel ganz schön was zusammenziehen.»

«Aber...»

«Ich versteh's auch nicht. Max ist betäubt worden. Im Saal mitten unter all den Leuten. Keiner hat's gemerkt.»

«Aber wie...?»

«Mit einer Spritze. Dann mit dem Skalpell durch die Hose ins Bein, das saftet natürlich. Ein paar Tropfen sind einer Urlauberin auf die Schuhe gespritzt. Als sie sich gebückt hat und ihr Brillentuch aufheben wollte, hat sie's gesehen.»

«Der Kinderkiller», entfuhr es Phil.

«Also, erst mal war es ja eine Frau. Quotenregelung auch bei den kranken Hirnen. Hätte ich persönlich drauf verzichten können. Aber ich werde polemisch. Ich werde bei diesem Thema immer polemisch. Empfehle mich. Ich habe nämlich überhaupt keinen Dienst.»

Phil rannte aus dem Haus. Links herrschte der meiste Betrieb. Zwei Streifenwagen standen vor dem Haus, und ein Feuerwehrwagen rollte vor. Phil spürte, daß er schon wieder seinen Kreislauf überforderte. Er setzte sich in Trab.

«Hier sind sie verschwunden!» rief einer. «Nein, da», ein anderer. Phil fragte sich, wann endlich die Angst um Julia über die Verwunderung um Julia siegen würde. Dann kamen sie. Die fremde

Frau war nicht verletzt. Julia ging einen Schritt hinter ihr und hielt die Pistole mehr wie eine Gabel als wie eine Waffe. Im Gesicht der Fremden war der Teufel los. Kurz nacheinander zuckten Schmerz, höhnische Überlegenheit, Stolz und Angst durch die Mimik.

«Geht's dir gut, mein Lieber?» fragte Julia im Vorbeigehen, und Phil kam sich vor wie ein kleiner dummer Junge.

Erst jetzt sah er den Beutel in Julias Hand. Er schaukelte beim Gehen, und er war nicht groß. Phil hätte sich den neugierigen Blick sparen können. Aber er mußte ihn riskieren, den Blick, und so sah er es: ein blutiges Stück Fleisch. Fleisch aus dem Oberschenkel von Max.

«Und was soll das Ganze nun?» bellte ihn Hella Brandenburg an. Phil schlurfte an ihr vorbei, doch sie eilte hinterher und packte seinen Arm: «Ich habe Sie was gefragt.»

Phil wünschte, daß sie verschwinden möge – sofort, weit weg und für immer. Er hatte weder Lust noch Kraft, sich für all die Geheimnisse zu interessieren, mit denen ja offensichtlich jeder Zweite durch seine Biographie stolperte.

«Ich hatte vor, Sie alle mit Paul Van Dyke zusammenzubringen.»

«Und dann?»

«Und dann hätte ich gehofft, daß sich einer von euch verplappert.»

«Sie sind naiv», sagte die Brandenburg verächtlich.

«Werde ich wohl sein. Macht, was ihr wollt. Spielt euer Spiel. Ich lege mich jetzt ins Bett.» Er schlurfte davon, freute sich auf sein Zimmer, sein Bett, seine Ruhe. Er warf eine Tablette ein und wußte nicht mehr, die wievielte es heute war. Er fühlte sich wie ein Jet vorm Abheben.

«Diese Frau», murmelte er. «Kann mit Pistolen umgehen, kann mit dicken Kindern umgehen, kann mit Phil Parker umgehen. Ein Universalgenie.»

An Schlaf war nicht zu denken. Sein Geist sprang über Stock und Stein, baumelte am Gardinenbrett, saß auf dem Schrank, und plötzlich war Julia da.

«Mein Held», sagte sie und setzte sich zu ihm.

Sie trug im Gesicht Spuren eines Kampfes, wenigstens eines Zweiges.

«Bist du heil?» fragte er dumpf. «Geht's dir gut?» Sie nickte. «Wie schön», sagte Phil. «Dann erzähl doch mal.» Sie legte ihre

Hand in seine Hand, und er wunderte sich, daß seine Hand immer noch größer war als ihre. «Porto. Du bist eine der abgesprungenen Chemikerinnen. Right?»

Sie streichelte über seine Wange. «Das Abspringen war nicht das Problem. Das Problem war Max.»

«Menschenversuche.»

«Und dann der verdammte Zeitdruck. Wir hatten uns total verkalkuliert. Wir waren pleite.»

«Vincent und du?»

«Vincent und ich. Vincent widmete sich dann seiner Affäre und hat bis zur letzten Sekunde nicht geglaubt, daß seine Heilige von der Gegenseite auf ihn angesetzt war. Da hatten wir gerade die Peptide gespritzt. Ich habe mir Max geschnappt, die Kulturen geschnappt, 400 Kilometer weg. Und dann habe ich meine Freunde sortiert. Übrig blieb ein gewisser Alois Morak. Er hat mir auch den Job bei der Klosterrestaurierung besorgt.»

«Aber du hast doch keine... Ich meine, du bist doch gar nicht...»

«Habe ich dir das noch nicht erzählt?» fragte Julia nebenbei. «Altertum ist auf der Universität meine Leidenschaft gewesen. Du wirst blöd, wenn du dich zu sehr spezialisierst.»

Phil schluckte und sehnte sich sekundenlang nach einer Geliebten mit bescheidenerer Ausstattung.

«Du hast hier Unterschlupf gefunden.» Julia nickte. «Mit deinem Sohn.» Julia nickte nicht. «Und dann trat der Killer, nein, dann trat Frau Killer ihren Weg an.»

«Durchgeknallt. Vollkommen durchgeknallt. Die Leute von Porto haben eine Belohnung von zwei Millionen für den ausgesetzt, der ihnen die Peptide für das Diätmittel besorgt. Zwei Millionen.»

«Was mußte er oder sie dafür liefern?»

«Am besten Max, wenigstens Körperzellen. Du schluckst es nicht, du kriegst es nicht gespritzt, beziehungsweise du kriegst es nur einmal gespritzt. Dann lagert es sich in den Zellkernen ab, wird ein Teil deiner genetischen Grundausstattung.»

«Und ich nehme nie mehr zu?»

«Du nimmst so lange ab, bis dein Körper das Gewicht erreicht hat, bei dem er sich im Gleichgewicht befindet. Das ist was anderes als dieses alberne Idealgewicht. Das ist aber nie Fettleibigkeit.»

«Armer Max», sagte Phil. «Er ist wirklich kein Charmeur, aber das hat er nicht verdient.»

«Ich packe meine Sachen», sagte Julia. «Für Max kann ich im Moment nichts tun. Du möchtest nicht zufällig die Kunde von der Festnahme der Killerin an die Medien rausgeben?»

«Nein», sagte Phil. «Möchte ich nicht.»

«Was möchtest du denn dann?»

«Ich möchte mit dir zusammensein.»


Auf dem Weg zum Wagen kamen sie an Nauke und Klettenberg vorbei. Phil Parker hörte Klettenbergs Worte: «Das letzte Mal im Leben.» Phil blieb stehen:

«Herr Klettenberg, wie lange waren Sie nicht mehr in diesem schönen Land?»

«23 Jahre. Warum?»

«Hätten Sie Lust auf noch eine Überraschungsfahrt?»

Rüssel sammelte seine alten Artisten und die verbliebenen Zuschauer zu einem neuen Versuch. Hella Brandenburg war nirgendwo zu entdecken. So saßen Phil, Klettenberg und Nauke im Corrado, den Julia Richtung Walkenried lenkte.

«Große Klappe, die Wessies, aber kein Glas in der Scheibe», murmelte Nauke und schlug den Kragen hoch.

«Wo stecken denn die anderen Mitglieder Ihrer offiziellen Delegation?» stänkerte Phil. Nauke knurrte:

«Jedenfalls ist bei uns der Kannibalismus abgeschafft.»

Phil fühlte sich zittrig, und ihm fiel ein, daß er so gut wie nichts gegessen hatte.

«Waren Sie schon mal in Walkenried?» fragte er den Wahlamerikaner.

«Natürlich. Ich habe sehr beeindruckt vor der mächtigen Fassade gestanden.»

«Haben Sie sonst noch eine Erinnerung an Walkenried?»

«Nein. Sollte ich?»

Als Klettenberg auf dem Klosterparkplatz noch immer keine verstohlenen Blicke zum Haus von Meta warf, begann sich Phil zu freuen. Klettenberg wollte Richtung Kloster und Phil sagte:

«Ich möchte Ihnen vorher nur schnell eine Freundin von mir vorstellen.»

Meta war nicht im Haus, also gingen alle im Gänsemarsch um das Haus herum. Hintern hoch und Oberkörper tief gebeugt, stand sie in einem mächtigen Mistbeet.

«Meta!» rief Phil. Sie richtete sich auf, drehte sich um.

«Meta», sagte Klettenberg.

Meta sagte nichts.

«Meta», sagte Klettenberg leise. Dann ging er, seine handgemachten Halbschuhe nicht schonend, durch die Pferdescheiße auf die kleine Person in Gummistiefeln und vier übereinandergezogenen Jacken zu. Meta ließ den Spaten fallen. Dann umarmten sie sich mit einer Innigkeit, die Phil mächtig anrührte.

«Das ist doch nicht...?»

Dann schwieg Nauke, wich Phils Blick aus.

Meta und Klettenberg umarmten sich immer noch. Dann schüttelte es Klettenberg. Es war ein einziger Laut. Dann schluchzte er lautlos weiter.

«Was hat das zu bedeuten?» fragte Julia.

«Die beiden sind verheiratet», sagte Phil. «Oder sie waren es. Ich glaube, sie sind es immer noch. 1945 haben sie es besiegelt. Anfang der Sechziger ist Klettenberg in die USA ausgewandert.»

Der Pferdedung dampfte in der kalten Mittagsluft, das Paar hielt sich umarmt. Julia und Phil ließen Nauke in der Scheiße stehen. Phil kaufte im Café die Kuchenvorräte auf, und Julia hatte ihren Kollegen etwas mitzuteilen, bei dem Phil störte. Als der Kuchen alle war, machte sich Phil auf die Suche. Er kam am Kapitelsaal vorbei. Meta und Klettenberg standen vor dem Grabmal von Graf Ernst. Als sie Phil bemerkte, zog ihn Meta vor das Grabmal.

«Hier begann alles», erzählte sie. «Der Schnee lag meterhoch, und eiskalt war's. Eiskalt und trocken.»

«So viel Schnee noch im April?»

«Wieso April?» rief Meta emphatisch. «Wir haben uns im Januar kennengelernt. Nicht wahr, Eduard? Im Januar.»

Eduard Klettenberg war ein glücklicher Mann. Alle vornehme Zurückhaltung war von ihm abgefallen. «Ich habe den Harz früh kennengelernt», sagte er und umarmte seine Meta. «Ich war mit dem Sportverein hier, später mit Kommilitonen.»

Phil dachte an seine Zugfahrt nach Ellrich. «Reisen bildet. Wenn in Ellrich der Bach rauscht und wenn in St. Andreas...»

«Welcher Bach?» fragte Klettenberg freundlich. «In Ellrich

rauscht kein Bach. Es sei denn, man hat dort jetzt... Wo wollen Sie hin, junger Mann?»

Im Wagen durchstöberte Phil das umfangreiche Kartenwerk. Nur eine Karte mit dem Harz. Am Bahnhof von Ellrich floß nichts, was Geräusche verursachte. Phil überfiel den Mann, der im Kloster den Büchertisch betreute und hier auch zu wohnen schien, mit dem Wunsch nach einem Bildband, inklusive Ost-Harz. Der gute Mann mußte passen, hatte so ein Buch aber im Wohnzimmer stehen.

«Ellrich.» Phil fand zahlreiche Fotos, keinen Bach, aber auch keinen Bahnhof. Den Durchbruch brachte ein Buch mit den Eisenbahnen des Harzes.

«Ellrich!» Ein netter Bahnhof, aber kein Bahnhof, den Phil jemals gesehen hatte.

«Vielleicht haben sie umgebaut», sagte Julia. Phil fuhr los – nach Walkenried und dann westlich.

Die erste menschliche Behausung, die die Bahnstrecke berührte, war der Rand der Siedlung Neuhof. Der war es nicht. «Was kommt als nächstes?» fragte Phil fahrend, und Julia sagte: «Osterhagen. Und vorher ein Gipswerk.»

Phil stieg aus, ging 50 Meter hin und 100 Meter her, wechselte über die Gleise, vergegenwärtigte sich seine damalige Position. Dann stimmte der Standort. Regungslos starrte er auf die Gleise, auf das Gipswerk und die zwei, drei Wohnhäuser.

«Was hast du?» fragte Julia, als er neben ihr auf den Sitz fiel. Er fuhr Richtung Braunlage und fand seine Fassung wieder.

«Paul hat mich reingelegt. Nicht zum erstenmal. Aber so einen Aufwand wie diesmal hat er noch nie getrieben. Julia, er läßt Züge für mich fahren.»

Sie erreichten Braunlage 20 Minuten später. Phil nahm die Karte und kreiste den Weg ein, den er vor 10 Tagen mit dem schweigsamen Mann unter der Erde gegangen war. «Zwischen Andreasberg und Braunlage», murmelte Phil. «Aber da ist nichts. Ich brauche Felsen, einen schönen weißen Waldweg und ein Haus.»

Beim Kinderheim bog er ab, fuhr am Silberteich vorbei, links, einige Dutzend Meter den Waldweg hinein, fuhr zurück, fuhr weiter und spielte Weg für Weg das Spiel mit finsterer Entschiedenheit. Als er nicht mehr fahren konnte, übernahm Julia das Steuer. Phil warf eine Tablette ein.

«Laß das», sagte sie. «Du bist schon ganz blaß.»

«Den nächsten Weg rechts. Wir sind in der Nähe der Hahnenklee-Klippen. Mist, daß es dunkel wird.»

Julia fuhr, Phil suchte. Einmal dachte er, er hätte es. Aber es war ein neues Haus, mit viel zuviel Jägerzaun.

«Vielleicht seid ihr in die andere Richtung gegangen», gab Julia vorsichtig zu bedenken. Phil sah seine Felle davonschwimmen.

«Eins nach dem anderen», sagte er und haßte sich für seine altklugen Sprüche. Er wurde zunehmend gereizter, und regelmäßig kamen ihnen Autos auf Waldwegen entgegen.

«Was ist denn auf einmal los?» bellte er, und Julia sagte zart: «Ostern ist. Morgen ist Karfreitag.»

«Ich erinnere mich. Verlängertes Wochenende, dieses Arbeitnehmer-Phänomen. Den nächsten Weg links.»

Der war es nicht, genausowenig wie der übernächste und zehnte und zwanzigste. Phil sagte gar nichts mehr und wäre ohne Julias besänftigende Hand auf seinem Oberschenkel geplatzt. Als es dann soweit war, rollte der Wagen friedlich am Haus vorbei, und Julia wollte schon beschleunigen, als Phil mit feierlicher Stimme sagte:

«Parken. Paul Van Dyke, dies wirst du büßen.»

Lauschig war das Haus, Birkenzaun, kein Volvo, kein Lada, keine nachgemachte DDR. Und die Geräusche, die von drinnen kamen, kannte Phil auch vom Westen.

«Da können wir jetzt nicht rein», sagte Julia, und Phil erwiderte: «Wenn du jedesmal wartest, bis irgendeiner ausgevögelt hat, wirst du schwarz.»

Haustür unverschlossen, der Flur stimmte, das Büro mit dem Schreibtisch, aber ohne den Olivgrünen. Phils Hand auf der Klinke. Er zögerte nun doch, aber nicht lange. Nicht-Olga war in der Oberlage, unter ihr Raimund Schmitt. Ein herziger Anblick von zwei produktiven Menschen. Man sah ihnen einfach gern dabei zu. Selbst der Blick aus dem Fenster auf das zarte Aprilgrün der Birken war erquickend. «Man möchte sich glatt daneben legen», sagte Phil zu Julia. Nicht-Olga blickte über die Schulter, und Raimund Schmitt hob den Oberkörper ohne Armeinsatz allein mit seinen Bauchmuskeln. Sie trennten sich nicht, blieben in der Ausgangsposition, und Phil sagte:

«'tschuldigung. Aber ich brauche einen Satz der Erklärung.»

«Hat alles seine Ordnung», sagte Raimund. «Ehefrau und Ehemann.» Nicht-Olga nickte.

«Und das Anwesen hier, was ist das? Datscha?»

«Ausbildungszentrum», sagte Raimund Schmitt. Dann bekam er etwas Drängendes und Bittendes in die Pupille. Phil und Julia empfahlen sich. Drinnen quietschte und jubelte es, und Phil öffnete entschlossen die Tür zum zweiten Schlafraum. Es dauerte nicht lange, aber es war dringend nötig. Hinterher sagte Julia:

«Bei so was entstehen Kinder.»

«Wieso?» fragte Phil alarmiert.

«Wegen der Intensität», antwortete Julia, und er kam von der Zimmerdecke runter.

In der Küche briet Raimund Schmitt mit nacktem Oberkörper Spiegeleier und fragte, als Phil hereinschaute:

«Eins?»

Phil bestellte zwei, Julia wollte nicht, und Phil fragte:

«Weil wir gerade so entspannt zusammenstehen, wäre doch eine gute Gelegen...»

«Sülzkopf», unterbrach ihn Schmitt. «Genau wie Van Dyke gesagt hat: ein Sülzkopf.»

Phil begann mit der Verdauung des Sülzkopfes, und Schmitt sagte:

«Die Sache ist abgeblasen worden. Was soll ich mich verrückt machen? Ich bin nur ausführendes Organ.»

«Und was für einen Part spielen Sie? Kein Ingenieur?»

Raimund Schmitt lachte und löste die Eier vom Pfannenboden.

«Beamter.»

«So einer?»

«So einer. Solche wie mich muß es auch geben.»

«Und Sie sind wirklich mit Nicht-Olga...?»

«Ja doch.»

«Und Sie wissen, was sie mit mir...?»

«Was meinen Sie, wer die Fotos geschossen hat?»

Phil schluckte. «Sie erhalten Ihre Anweisungen von Van Dyke?»

«Die Martin sagt, Sie wissen Bescheid. Was fragen Sie dann so scheinheilig?»

Phil zählte die Oberkörpermuskeln des Protzes durch. Kein Wunder, daß Nicht-Olga noch liegengeblieben war. Er schaufelte sich die beiden Eier rein, Raimund aß fünf.

«Van Dyke ist also euer Chef», sagte Phil, als Nicht-Olga um die Ecke bog und sich am Kühlschrank ein Müsli mixte. Sie trug eins dieser Männerhemden, die nur für den Zweck geschneidert zu sein scheinen, daß attraktive Frauen sie als Nachthemdsurrogat tragen.

«Van Dyke ist ein Großsprecher», sagte Raimund Schmitt und drückte sich zwischen Ei zwei und Ei drei eine Stelle am linken Oberarm aus.

«Der macht seinen Weg», sagte Nicht-Olga und setzte sich zu den Männern. Phil bekam leichte Beklemmungen. Nun fehlte nur noch, daß... Da stand Julia schon in der Tür, wurde zum Müsli eingeladen, und sie saßen zu viert. Mehr Stühle waren auch nicht vorhanden.

«Diesmal hat Paul sich geschnitten», sagte Phil grimmig. «Die Geheimhaltung ist hin. Pech für Paul.»

«Wieso Pech?» fragte Raimund Schmitt. Phil konnte sich an diesen Brustkorb einfach nicht gewöhnen.

«Wieso nicht Pech?» fragte er zurück. «Ist doch schiefgegan...»

«Er kapiert's nicht», sagte Raimund zu Nicht-Olga. «Ist er nicht rührend in seiner Arglosigkeit?»

Phil guckte aufgebracht, und Raimund sagte: «Junge, Van Dyke ist überhaupt *der* Gegner dieses Planes. Keiner hat so gegen die gesamtdeutsche Fraktion Front gemacht wie Van Dyke.»

«Aber dann...» Phil brach ab.

«Van Dyke ist ein raffinierter Hund. Was einmal geklappt hat, klappt auch zum zweitenmal.»

«Wieder mit mir?» fragte Phil entgeistert.

«Er hat's», sagte Nicht-Olga zu Raimund. «Van Dyke hat seine Oberen hinters Licht geführt. Kam an und erzählte uns, daß er grünes Licht hat, und wir dürfen uns ins Zeug legen und spielen das Spiel mit Ih... mit dir. Van Dyke verrät dir unter dem Siegel der allerallerstrengsten Verschwiegenheit ein Staatsgeheimnis, inszeniert Szenen aus dem Abenteuerfilm und paßt auf, daß dir kein Leid widerfährt. Dann muß er nur noch warten, bis dein Jagdtrieb durchbricht und du das Staatsgeheimnis an die Medien verpfeifst. Kapito?»

«Aber die DDR...» haspelte Phil.

«Glaub doch das nicht», sagte Nicht-Olga. «An diesen gesamtdeutschen Schienen sind die Eisen- und Stahl- und Verkehrsfirmen West interessiert und sonst null.»

«Richtig», murmelte Phil. «Ich habe Van Dyke im Sanatorium diesen Nauke gezeigt, und er hat ihn nicht erkannt. Weil er ihn nie gesehen hat.» Dann fuhr er hoch: «Aber die beiden Fritzen von der Bahn und der Regierung haben behauptet, es würde Kontakte zum Osten geben.»

«May be», sagte Raimund zwischen Ei vier und fünf. «Aber dann nicht auf der Nauke- und Van-Dyke-Ebene, sondern da, wo die Luft ganz, ganz dünn ist.

«Also war ich...» stammelte Phil. «Also haben sie mich...»

«Er hat's kapiert», teilte Raimund seiner Nicht-Olga mit. «Was er aber noch nicht kapiert hat, ist, wer ihn nachts in seiner Holzhütte besucht hat.»

Phil starrte den feixenden Mann an, der versonnen mit der linken Hand über seine rechte Faust strich. Julia saß daneben und lächelte still.


Quattro lief vor dem Sanatorium auf und ab und fragte jeden:

«Ich war gut, ey? Ich war sensationell, oder? Vier Bälle, vier! Und das mindestens zwei Sekunden! Ich war gut, ey?»

«Ja, Quattro», sagte Phil, «du warst phänomenal.»

«Nur, daß du nicht da warst», sagte Quattro. «Aber du hattest einen Grund, ey? Du würdest nicht einfach nicht kommen, nur weil du keine Lust hast, oder?»

Phil beteuerte, lobte, umarmte die Bryginskaya, die vor laufenden Kameras den schockierten Rüssel erst in die Luft und dann in die vorderen Bankreihen geworfen haben sollte. Phil befragte unverzüglich den Kameramann, und der wollte auch mehrfach antworten. Aber er schaffte es nicht, spätestens nach dem zweiten Satz krümmte er sich vor Lachen. Dem Mann hatten die Lachtränen Gesicht und Hemdkragen aufgeweicht. Zwei Minuten später standen Julia und Phil vor dem Krankenbett.

«Es wird schon werden», sagte Phil aufmunternd, aber Rüssel telefonierte mit einem Redakteur in München oder Köln und wollte nicht gestört werden. Sie wechselten zu Max hinüber. Der lag spitznäsig in dem Bett, für das er viel zu klein wirkte. Man rechnete mit dem baldigen Erwachen des Knaben. Phil wurde dankbar an K2R und seine letzte Hauptrolle erinnert. Er bestand darauf, Julia das Aufbahrungszimmer zu zeigen.

Die Luft war durchtränkt mit dem Geruch von Ouzo. Schmitt lag schlafend auf dem Totenbett. Und am Bettrand saß Kommissar Wojcicki. Schmitt hatte sich vollgesabbert. Sie verließen das Zimmer.

Am Fuß der Treppe trieb sich wankend Sir Bommi herum.

«Da oben alles in Ordnung? Der Gendarm hat keinen Verdacht?»

«Was hast du, Bommi?» fragte Phil. «Plagt dich das schlechte Gewissen?»

Bommi bot seinen Flachmann an. «Es ist nur wegen dem Schnüffler», sagte er und becherte.

«Welcher Schnüffler?»

«Na, der Verunfallte, der Mann aus Ham...»

«Winkelmann», stieß Phil hervor und packte Bommi am Hemd. «Was weißt du über Winkelmann?»

«Nichts. Ich weiß nicht mal, wie er heißt. Kam an, der Mann, und fragte uns aus. Nach dem Essen, dem Trinken, der ärztlichen Versorgung. Nach dir auch. Und nach Max, ist das nicht lustig?»

«Urkomisch. Weiter.»

«Ich habe ihm mein Zimmer gezeigt, und wir haben einen kleinen gezwitschert. Na ja...»

«Na ja?»

«Na ja. Er wurde etwas gierig, der Mann. Griff mir schon mal an meinen...»

«Bommi!»

«...an meinen Flachmann. Dann tat er mir doch leid, denn er hatte den falschen erwischt, den, in dem ich die Luschen ersäuft habe.»

«Bitte?»

«Na, die Luschen, die Fliegen, die es nicht gebracht haben. Die Untalentierten. Wo soll ich hin mit denen? Ist besser, wenn das schlappe Erbgut ausgemerzt wird.»

«Winkelmann hat Fliegen getrunken, weil er Stoff trinken wollte», sagte Phil andächtig.

«Und dann wie der Blitz aus dem Zimmer und mit einem Rad los. Wollte einen Arzt suchen, hat er noch rausgewürgt. So ein Quatsch, wo's doch hier von Ärzten wimmelt.»

«Panik», sagte Phil. «Nackte Panik.»

Sie wollten gerade in den Corrado steigen, als aus einem der oberen Stockwerke eine machtvolle Stimme ertönte:

«Philip Mann, du Autodieb! Wo ist mein Cabrio?»

Phil winkte Iwan freundlich zu. «Ich weiß es nicht, Julia», sagte er leise und winkte Iwan zu. «Ich weiß es im Moment einfach nicht.» Julia lachte, und Phil rief: «Morgen früh. Ich versprech's.»

«Morgen früh!» brüllte Iwan. «Sonst drehe ich dir beim nächstenmal den Kopf auf den Rücken.»

Dann saßen sie im Wagen, aber sie kamen nicht vom Parkplatz runter, weil gleichzeitig sechs, sieben andere Autos runterwollten.

«Bißchen Rallye fahren?» rief Phil der chauffierenden Schwester Karla zu.

«Der Fernsehfritze gibt einen aus», rief Karla und gab Standgas. «Beim Türken.»

Phil war so müde und zerschlagen, aber das mußte er haben: Er schaute mit Julia zehn Minuten im Lokal vorbei. Der türkische Besitzer und das Mädchen mit den großen Augen waren voll im Einsatz. Rüssel saß am runden Tisch, zeigte seine Wundmale vor und hielt Audienz. Alte Artisten und junges Krankenhauspersonal sprachen den Getränken zu.

«Wenn das Schmitt riechen könnte», sagte Phil. Dann stand er vor dem Regal mit den Töpfen und Vasen und Fotos aus dem Neckermann-Katalog.

«Sag selber!» rief Rüssel aus dem Hintergrund. «Das kann man nur im Suff ertragen, diesen Kitsch.»

Phil ließ den Kopf gegen Julias Schulter sinken, riskierte unbeobachtet ein Auge auf ihren Busen und sagte jammernd:

«Ich muß ins Bett.»

Sie brachte ihn ins Blockhütten-Bett. Sie brachte ihn noch ganz woandershin. Zur Erde zurück fand er allein. Im DDR-Fernsehen entdeckten sie einen Spätfilm mit den Marx Brothers. Sie stopften sich Kissen in den Rücken und ließen die Bilder wirken. Phil war vollkommen fertig. Er schlief noch nicht, aber er war schon lange nicht mehr wach. Er mußte Julia so vieles fragen, aber das Wichtigste hatte sie schon beantwortet. Sie war bei ihm, legte ihre Hand auf seinen Bauch, auf seinen Kopf, auf sein Bein, und einmal sagte sie:

«Mein Lieber.»

Sie küßte ihn zart, dann sah sie den Marx Brothers zu. Phil schlief minutenlang, öffnete die Augen. Julia war noch da, und er konnte weiterschlafen. Die Marx Brothers tobten durch ihre Dramaturgie, und Julia sagte leise:

«Das sind ja nur drei. Waren die nicht mal zu viert in den frühen Filmen?»

Phil öffnete die Augen, sah Groucho zu, wie er Margaret Dumont demontierte und dabei Zigarre kaute.

«Drei», sagte Phil, vor Müdigkeit lallend. «Früher vier, dann waren's nur noch drei.»

«Na ja», sagte Julia, «wenn er nicht gestorben ist, der vierte Bruder, dann haben sie sich bestimmt Weihnachten getroffen. Oder Ostern.»

«Ostern», flüsterte Phil. «Aus aller Herren Länder kommen die Kinder an den häuslichen Tisch. Dann gibt's Kaffee und Kuchen. Mutti packt das Sonntagsgeschirr aus und die silbernen Bestecke. Ostern. Bescherung. Familientreffen.»

«Hast du was, mein Lieber?»

«Hella Brandenburg kennt Eduard Klettenberg. Hella Brandenburg kennt Egon Nauke. Eduard Klettenberg kennt Egon Nauke, ja oder nein. Auf jeden Fall ist Egon Nauke der Sohn von Mutter Teresa, und Hella Brandenburg ist die Tochter von Wolf Brandenburg. Numero vier ist tot und scheidet aus.»

«Was ist denn, mein Lieber?»

Phil schnappte die Fernbedienung und schaltete den Apparat stumm. «Drei oder vier Menschen schaffen die Kisten aus Berlin raus. Drei oder zwei Männer und eine Frau. 1945, da sind sie zwischen 20 und 30 gewesen. Macht 65 bis 75 heute. Oder älter oder tot. Die Toten scheiden aus, und die Alten schicken ihre Kinder ins Feld.»

Julia beugte sich über ihn. Ihre Brust auf seinem Gesicht, ihre Hände auf seiner Kopfhaut, traumhaft, Wärme, Geruch, und bald wieder gesund.

«Warum stehst du auf?» fragte Julia.

«Du stehst auch auf.»

«Aber warum denn?»

«Weil heute der Beginn eines langen, langen Wochenendes ist, wo man Zeit hat. Viel Zeit. Und Ruhe, viel Ruhe.»

Sie froren beide jämmerlich im zugigen Cabrio. Aber der Peugeot war wenigstens vorne geschlossen. Mutter Teresa war am Telefon verschlafen gewesen, und alle anderen nicht mehr nüchtern. Erst Sir Bommi, der Routinier in diesem Zustand, hatte Phil weitergeholfen: «Teresa hat für Zeitungen geschrieben. Am liebsten natürlich über Varieté.»

Die Wohncontainer waren dunkel. Hella Brandenburg hatte vormittags auf der Fahrt nach St. Andreasberg erzählt, daß alle Arbeiter über Ostern Richtung Heimat verschwinden würden; und viele Österreicher hatten ein paar Tage Urlaub drangehängt.

Die Nacht war klar und sehr kalt. Auf der Bundesstraße war nach Mitternacht nichts mehr los. So dunkel es war, der Eingang des Tunnels ragte noch schwärzer in die Nacht.

«Du darfst nichts riskieren, mein Lieber», sagte Julia. Phil stellte sich vor, wie sie Max einen Schokoriegel vor die Knollennase hielt und ihm mit links die Ladung Peptide in den Leib jagte. Er hatte in seinem Leben harte Frauen kennengelernt. Er war sicher, daß Julia die härteste von allen war.

«Vielleicht treffen wir deinen Freund Paul», flüsterte Julia.

Phil fühlte, daß dies nicht die Nacht des Paul Van Dyke war. Er drehte sich um: der Tunneleingang und dahinter die Nacht. Phil schluckte und drang tiefer in den Stollen ein. Plötzlich eine Hand auf seinem Unterarm. Das war nicht gut für Phils Nervenkostüm, auch wenn es Julias Hand war.

«Da ist doch was», flüsterte sie.

Ein Wispern in der Luft, aber kein Licht.

«Weiter», sagte Phil.

«Da!»

Flüstern? Metall auf Stein? Noch einige Schritte und ein Geräusch: Etwas war auf Fels gefallen oder gestoßen worden. Jeder Schritt war jetzt Arbeit. Der Untergrund rauh und unbearbeitet. Sie scharrten mit den Sohlen über den Fels, näher, noch näher, immer näher, und dann stieß Phil einen leisen Schrei aus! Er steckte mit dem Gesicht in Weichem, Nachgebendem. Sein erster Gedanke: ‹Gedärme.› Dann war plötzlich Licht, und eine Stimme sagte:

«Da ist doch was. Da ist doch einer!» Eine Hand packte Phil am Pullover, zog ihn ins Helle. Julia duckte sich in die Finsternis – Phil stand Nauke, Hella Brandenburg und Klettenberg gegenüber. Der vierte Mann stand an der Wand und trug eine gelbe Regenjacke. Den Feuerwerker hatte Phil nicht auf der Rechnung gehabt. «Zwei Minuten», sagte der Sprengstoffexperte und war so nervös, wie Phil ihn kennengelernt hatte.

Niemand hielt eine Waffe in der Hand. Niemand machte Anstalten, Phil an die Gurgel zu springen.

«Kannst kommen», sagte Phil, und Julia trat ins Licht. Sie hatten den Tunnel mit einem Tuch abgehängt. Dahinter brannten vier oder fünf Lampen, und im Fels steckten Dynamitstangen, über Schnüre verbunden mit einer Leitung, die der Feuerwerker jetzt ins Dunkel abrollte.

Die Brandenburg schob Phil in den Gang, und Nauke hatte eine Lampe, die ihnen voranleuchtete.

«Knallt's gleich?» fragte Phil, und Nauke antwortete: «Ihren Scharfsinn möchte ich haben.»

«Wo ist denn Ihre offizielle Delegation abgeblieben?» holzte Phil zurück.

«Ich hatte es im Urin», wandte sich Nauke an seine Leute. «Diese neugierige Fresse werden wir nicht mehr los. Ich hatte es im Urin.»

«Was findet hier statt?» fragte Julia.

«Beeilung, die Herrschaften», drängelte der Feuerwerker. Sie erreichten das Tunnelende.

«Kann ich? Soll ich?» fragte der Feuerwerker.

Naukes Lampe beleuchtete die Gruppe. Phil sah auf allen Gesichtern heiligen Ernst. Plötzlich hielten sie sich an den Händen, die Brandenburg, Klettenberg und Nauke.

«Jetzt wird es sich erweisen», sagte die Ingenieurin, und Nauke tönte: «Ich habe keinen Zweifel. Alle Berechnun...»

«Lieber Egon», unterbrach ihn Klettenberg. «Vergessen Sie nicht, daß Sie nicht dabei waren damals, sondern Ihre werte Frau Mut...»

«Kann ich jetzt?» fragte der Feuerwerker. Alle nickten. «Und bezahlt wird gleich hinterher?» Nicken. «Bitte Vorsicht», sagte der Feuerwerker. «Man steckt nicht drin im Sprengstoff.» Er verband Kabel, drückte den Hebel des Kastens. Es bullerte im Bauch des Berges, und Nauke rief enthusiastisch:

«Los jetzt.»

Im nächsten Moment war er im Tunnel verschwunden. Hella

Brandenburg hatte die Lampe und führte die Gruppe an. Sie liefen direkt in die Staubwolke.

«Weil ihr's nicht abwarten könnt», sagte Klettenberg und hustete.

«Der Schatz des Priamos», sagte Phil Parker. «Ihr seid das muntere Quartett vom April 45. Oder was davon übriggeblieben ist. Frau Brandenburgs Erzeuger ist Numero eins. Meister Klettenberg Numero zwei. Naukes Mutter Teresa Numero drei. Sie hat als Journalistin gearbeitet. Aber wer war Numero vier? Wer war der Museumsfachmann?»

«Mosis», antwortete die Brandenburg. «Jakob Mosis. Er war Kustos in Berlin. Er ist in Berlin geblieben. Fast hätte er's geschafft. Der vorletzte Angriff hat ihn erwischt.»

«Also ist der Schatz nicht in die Sowjetunion verschleppt worden», sagte Phil. «Es gibt ja auch die Theorie, daß ihn sich die Amerikaner geschnappt haben.»

«Theorien gibt's viele», sagte Klettenberg. «Die Praxis macht's.»

Sie erreichten den Ort der Explosion, und keiner kümmerte sich um Phil und Julia.

«Das war's fast», empfing sie Nauke begeistert. Er hatte die Jacke ausgezogen, griff die massive Bohrmaschine, setzte sie an den Fels. Die Brandenburg nahm eine kaum kleinere Maschine und begann zwei Meter neben Nauke zu wirken. Auf dem Boden lag ein drittes Gerät. Nauke schaltete seine Maschine ab.

«Mach dich nützlich!» schnauzte er Phil an und arbeitete weiter. Phil packte die Maschine, spürte, daß sie für seinen Zustand zu schwer war, setzte sie an, begann zu bohren. Die Schläge gegen Arme und Schultern ließen ihn aufstöhnen. Die drei Maschinen verbreiteten einen Lärm, der in groteskem Gegensatz zu allen Vorsichtsmaßnahmen der letzten Minuten stand.

«Ich hab's!» schrie Nauke. «Da ist ein Hohlraum. Her mit dem Ballermann.»

Hella Brandenburg mahnte zur Mäßigung, doch Nauke hatte es gepackt. Er stopfte einen zigarrenförmigen Gegenstand in das Bohrloch, rief: «Verschwindet!» und hielt im nächsten Moment ein Feuerzeug an die Lunte.

«Der hat sie doch nicht mehr alle», rief Phil, griff Julias Arm und zog sie in Richtung Tunnelausgang.

Es knallte, kaum Staubentwicklung, und in etwa 70 Zentimeter Höhe war Gestein aus der Wand gerissen. Dicke Menschen hätten durch das Loch nicht hindurchgepaßt. Nauke paßte. Die Brandenburg paßte, Klettenberg paßte. Julia paßte, und Phil Parker hätte durch viel engere Löcher gepaßt.

Der Hohlraum war eine Höhle von vielleicht drei Metern Höhe und den Ausmaßen 6 mal 6 Metern, eher weniger. Das Licht von Naukes und Hella Brandenburgs Lampe zitterte auf den drei Kisten. Phil hatte sie sich wertvoller vorgestellt. Jetzt standen da nicht gerade Sperrholzkisten, aber rohe, wenig massive Behälter, nicht mehr als 50 Zentimeter hoch. Die Vorhängeschlösser offensichtlich unversehrt. Ein bißchen Rauch war in der Höhle, sonst nur der Atem der fünf.

«Wunderbar», sagte Nauke.

Die Brandenburg ging in die Hocke, strich über das Holz. Die Spannung war plötzlich mit Händen zu greifen.

«Sag an, Eduard», murmelte Nauke, «hat es so ausgesehen?»

«Ja», sagte Klettenberg. «So haben wir sie hier reingestellt. Bis auf die vierte Kiste, die sie uns aus dem Stollen bei St. Andreasberg geklaut haben.» Klettenberg lächelte. «Es ist eine Ironie, daß wir die Kiste später wiedergesehen haben.»

«Ach ja?» fragte Nauke verdutzt. «Und warum weiß ich davon nichts?»

«Weil es Sie zerrissen hätte, Egon. Das polnische Paar, das mit Meta und mir geheiratet hat, hat uns den gesamten Inhalt vor die Füße geworfen. Polterabend! Besonders der Sohn der Polen war ganz wild aufs Zerdeppern.»

Phil begann zu grinsen – breit und immer breiter.

«Wir haben also drei Kisten reingestellt», sagte Klettenberg. «Therese, Wolf und ich. Therese war die Gierigste. Ich weiß nicht, wie sie ihre Zunge zwischen Kiste und Deckel gekriegt hat. Und dann kam der verdammte Erdrutsch und hat den Eingang verschüttet.»

«Macht doch nichts, macht doch nichts», jubilierte Nauke. «Dafür hat man ja Fachleute in der Familie. Und nun ran an die Buletten. Ladies first, wie der Franzose sagt.»

Er vollführte eine galante Handbewegung, und nun kam zu der Spannung auch noch Andacht.

«Los, Hella», rief Nauke, der es nicht mehr aushielt.

Hella Brandenburg hielt ein Stemmeisen in der Hand, setzte es am Schloß an. Hochreißen, und der Riegel flog zur Seite weg. Sofort war Nauke bei ihr und hob den Deckel.

Die Ingenieurin stöhnte, und auch von Julia kam ein Laut. Nauke begann wie wild auf der Unterlippe zu kauen.

«Nächste Kiste», kommandierte er. Er riß das Stemmeisen an sich, erledigte das Schloß. Die zweite Kiste war ebenfalls leer. Die dritte Kiste – leer.

Nauke sprang in der Höhle umher, untersuchte alle Schlösser. Aber keines war beschädigt gewesen.

«Sabotage», keuchte Nauke. «Räuber, Plünderer, Agenten.» Er war kurz vor dem Durchdrehen. Der Brandenburg standen Tränen in den Augen. Dann herrschte plötzlich völlige Stille. Alle starrten in die leeren Kisten. Jemand hustete. Und plötzlich begann Eduard Klettenberg zu sprechen. Er blickte auf seine Armbanduhr und sagte:

«Es ist gut. Es ist alles gut.» Keiner achtete auf ihn, und Klettenberg fuhr fort: «Ich habe euch eine Mitteilung zu machen.»

«Aber nur, wenn du weißt, wo der Schatz ist», sagte Nauke niedergeschlagen.

«Genau das will ich euch sagen.»

Nauke sprang Klettenberg an: «Du hast ihn dir unter den Nagel gerissen. Du hast ihn mitgenommen über den Atlan...»

Phil ging dazwischen und trennte die beiden.

Klettenberg blickte in die Runde und sagte: «Um 23 Uhr 50 ist der Schatz des Priamos mit der Postmaschine vom Flughafen Frankfurt aus gestartet. Er wird über Rom nach Ankara gebracht werden.»

Nauke lachte unfroh. «Ich weiß zwar nicht, wo da der Witz liegen soll. Aber gut, wenn du...»

«Das ist kein Witz, Egon. Der Schatz geht zurück in das Land, aus dem er geraubt wurde. Der Schatz gehört dem türkischen Volk.»

«Was soll das?» fragte die Brandenburg. «Die Höhle war verschlossen. Wir sind alle gleichzeitig rein. Die Kisten waren leer. Wie willst du an den Schatz gekommen sein?»

«Ich hatte ihn bereits. Seit dem 15. April 1945.»

«Der Tag, an dem ihr die Kisten vom Harz nach hier ausgelagert habt», sagte Nauke tonlos.

233

«Richtig», bestätigte Klettenberg. «Teresa, unser guter Wolf, Kustos Mosis und meine Wenigkeit. Nur daß meine Wenigkeit eine Verbündete hatte, und ihr wart alle Einzelkämpfer.»

«Meta», sagte Phil. «Die versponnene Meta.»

«Meta hat mir geholfen, die Stücke auszupacken. Zwei Stunden nach der Anlieferung waren die Kisten leer. Wir wollten sie mit Steinen auffüllen, dann kamen die Amerikaner mit einem ihrer Panzervorstöße. Der muß den Erdrutsch ausgelöst haben.»

Nauke schüttelte wie hospitalistisch den Kopf.

«Wo habt ihr den Schatz hingeschafft?» fragte Phil, während Julia die weinende Ingenieurin tröstete.

«Sie standen heute nachmittag unmittelbar davor», sagte Klettenberg, und jetzt dachte auch Phil, daß es den alten Mann schwer erwischt hatte.

«*Arkadash*», sagte Klettenberg. «Das türkische Lokal in St. Andreasberg.»

«Da sind keine Schätze», sagte Phil störrisch. «Da steht nur dieses Gelump auf den Regalen.»

Klettenberg lächelte.

«Das war...?» Phil brach ab.

«Das war er», sagte Klettenberg.

Naukes Kopfschütteln nahm bedrohliche Ausmaße an.

«Wer war ihr Verbündeter?» fragte Phil.

«Die türkische Regierung», sagte Klettenberg. «Ursprünglich wollte ich den Schatz gleich nach dem Krieg an seinen Ursprung zurückschaffen. Nennen Sie es Läuterung. Nennen Sie es... Ach, es ist mir eigentlich egal, wie Sie es nennen. Die Türken hatten Angst, daß ihnen der Schatz aus dem Tresor gestohlen wird.»

«Bißchen neurotisch, diese Angst», murmelte Phil.

«Sie kennen die Verhältnisse nicht. Die internationale Kunst-Mafia räubert und stiehlt auf der ganzen Welt. Diese Gangster haben Tonnen und Tonnen und Tonnen von einmaligen Kunstschätzen aus allen Epochen geraubt und in westliche Staaten gebracht. Da sitzen ihre Geldgeber. Von daher kriegen sie ihre Einsatzbefehle.»

«Kunst-Mafia», sagte Phil mißmutig und fühlte sich wie ein Amateur. Krank fühlte er sich sowieso.

«Deshalb blieb der Schatz hier», fuhr Klettenberg fort. «Versteckt in aller Öffentlichkeit.»

«Aber Kilesi», warf Phil ein. «Ist das in der Türkei üblich, das hohe Beamte in Lokalen kellnern?»

«Kilesi habe ich in Marsch gesetzt», antwortete Klettenberg. «Ich bin in Texas in den Flieger gestiegen und Kilesi in Istanbul. Er hat den Abtransport vorbereitet und überwacht.»

«Ich verstehe trotzdem nicht», sagte Phil. «Warum jetzt? Warum nicht vor 15 Jahren? Vor acht Jahren? Vor sieben Monaten?»

«Weil jetzt die Bauarbeiten soweit waren», antwortete Klettenberg. «Als Nauke und Hella mit dem Plan kamen, war ich ja vom ersten Tag an informiert. Ich konnte lange in Texas bleiben. Aber als der Tag abzusehen war, an dem... Und dann noch Sie mit Ihrer unqualifizierten Neugier. Nun ja, da bin ich. Und jetzt möchte ich diesen unwirtlichen Ort verlassen.»

Nun meldete sich Nauke: «Ich muß dir nicht sagen, daß ich das überprüfen werde.»

«Die Türken werden offiziell von nichts wissen.»

«Ich werde es nachprüfen. Mein Arm reicht weit, und wenn du eine Knallerbse losgelassen hast, Eduard Klettenberg, dann bringe ich dich um. Das kündige ich dir hiermit in aller Freundschaft an. Ich bringe dich um. Das lasse ich mit mir nicht machen. Das...»

Klettenberg drehte sich um und kletterte durch das Loch im Fels nach draußen. Phil sorgte dafür, daß er der zweite war.

«Eduard Klettenberg», rief Nauke aus der Höhle. «Der Schatz hat einen Wert von 800 Millionen Dollar.»

«Quatsch», sagte Klettenberg. «Er ist ein Vielfaches wert.»

Hella Brandenburgs Gesicht erschien in der Öffnung: «Wieviel Gutes könnte man damit tun, Eduard. Ich wollte doch...»

«Ein naives Herz entschuldigt vieles, liebe Hella. Aber keinen Raubzug in solchem Stil. Adieu.»

Klettenberg ging.

«Julia!» rief Phil und folgte Klettenberg. «Ruf im Sanatorium an.» Und dann sagte er ihr, was sie tun sollte.


Das Fenster befand sich in Kippstellung. Sanft beulte der Nachtwind die Gardinen. Im Zimmer roch es nach Petersilie, und in der Luft lag das pfeifende Schnarchen eines Mannes. Als sich die Zimmertür öffnete, vollführte er eine viertel Drehung, das Schnarchen wurde leiser. Mit zwei Schritten war die Gestalt am Bett, knipste die Nachttischlampe an, und der hochfahrende Pastor blickte entgeistert in das Gesicht von Phil Parker.

«Aufstehen, Gottesmann, die Arbeit ruft.»

«Sie sind ja betrunken», sagte der Pastor und warf einen Strunk Petersilie ein. Neben ihm raschelte es, und die Frau des Pastors arbeitete sich unter zwei Bettdecken ins Freie. Sie war sofort hellwach und ängstlich.

«Wirf den Einbrecher raus», forderte sie ihren Mann auf. Der machte tatsächlich eine Bewegung, aber im nächsten Moment war das Bein wieder unter der Decke.

Bibbernd starrte er auf das Mündungsloch der Pistole.

«Aufstehen», sagte Phil. «Bißchen nett anziehen und mitkommen.» Dann brüllte er los: «Brauchst du eine schriftliche Einladung?» Und der Pastor schnellte aus dem Bett.


In der ersten Reihe saßen Meta und Eduard Klettenberg. Gegenüber paßte Kommissar Wojcicki auf, daß der schlafende Schmitt nicht vom Sitz kippte. Dahinter erzählte Jesus dem schwer niedergeschlagenen Egon Nauke eine christliche Anekdote. Gegenüber schmusten Doktor Belize und seine Försterin. Plötzlich begannen die Glocken zu läuten. Es war 5 Uhr 35 am Karfreitag früh, und unter den Spitzbogenfenstern betrat Pastor Theophil den Kirchenraum. Hinter ihm schritten Julia Kaiserworth und Philip Parker alias Mann. Der Pastor blieb stehen und ging weiter. Phil ließ die Pistole sinken. Plötzlich bockte der Pastor und drehte sich verzweifelt um. «Es geht nicht», rief er. «Gut, meine Frau läutet die Glocken. Aber wer spielt die Orgel? Wer assistiert...?»

«Ich spiele die Orgel», rief ein Mann von der Empore. Paul Van Dyke blickte über die Brüstung und wurde wieder unsichtbar.

Der Pastor taumelte, und Meta stand auf:

«Ich mach den Handlanger. Ich kenne die Chose doch seit Jahrzehnten.» Sie schob den Pastor auf die Startposition, und Phil sagte freundlich:

«Wehe, wenn Sie jetzt nicht die Predigt Ihres Lebens hinlegen.»

Der Pastor begann mit der Zeremonie. Sobald er das Stadium der inneren Zweifel überwunden hatte, fand er zu altkluger Besinnlichkeit, der ein gewisser Charme nicht abzusprechen war. Die Zeremonie stand noch einmal auf der Kippe, als Van Dyke, den sie von der Seite Christa Martins aus dem *Maritim* geholt hatten, «Lola» von den Kinks intonierte. Der Pastor suchte Halt am Altar, und Phil flüsterte ihm zu:

«Er kann keine Kirchenlieder. Hat doch nur in der Schüler-Band gespielt.»

Phil sang, was die Kehle hergab, und beim Refrain waren alle dabei. Das zweite Lied «Knockin' on heaven's door» gefiel selbst dem Pastor. Als Phil Julia den von der Försterfrau geliehenen Ring überstreifte, mußte er pausenlos schlucken. Julia revanchierte sich mit dem Ring, den Wojcicki dem betrunkenen Schmitt abmontiert hatte.

Der Pastor legte Julia und Phil je eine Hand auf den Kopf. Er hatte das noch nie getan, aber heute war der Tag, an dem er Neuerungen in der Liturgie testen konnte.

«Und nun, liebes Paar, seid ihr Mann und Frau. Benehmt euch dementsprechend. Ich möchte keine Klagen hören.»

Von der Empore dröhnte «I'm a lover, not a fighter», und Phil flüsterte Julia ins Ohr:

«Ich muß dir ein Geständnis machen.»
«Jetzt schon, mein Lieber?»
«Ich heiße gar nicht Mann.»
«Ich muß dir auch ein Geständnis machen.»
«Ja, meine Liebe?»
«Ich heiße auch nicht Kaiserworth.»


Philip Parker war Ehemann.

Keine Stadt ist so wie L. A. mit einer magischen Aura aus Sex, Ruhm, Geld und Verbrechen umgeben. Und kein Autor kann dies besser beschreiben als James Ellroy.

»*Einer der größten modernen Schriftsteller Amerikas.*«
Los Angeles Times

»*Aus seinen Büchern weht der Wind des Bösen.*«
Bücherjournal

»*Ellroy ist der wichtigste zeitgenössische Krimiautor.*«
Der Spiegel

James Ellroy
**Crime Wave**
Auf der Nachtseite von L. A.

# Econ | Ullstein | List

Pjotr Pustota, Petersburger Avantgardist und Bohemien, gerät 1919 ins Visier der Geheimpolizei und flieht nach Moskau, wo ihn eine Achterbahnfahrt an Abenteuern erwartet. Schließlich wird er von Wassili Tschapajew, dem legendären Divisionskommandeur der Roten Armee, zum Politkommissar ernannt. Wie aber ist es möglich, daß sich Pjotr plötzlich im Moskau unserer Tage in der Nervenklinik von Professor Kanaschnikow wiederfindet?

»Ich war von Anfang an von diesem Buch gefesselt. Es gibt Kapitel, die zum Grandiosesten gehören, was ich seit langer Zeit gelesen habe.«
Hellmuth Karasek im Literarischen Quartett

Viktor Pelewin

**Buddhas kleiner Finger**
Roman

Econ | **ULLSTEIN** | List